ORIGINES

DE LA MATERNITÉ

DE PARIS

ORIGÍNES

DE

LA MATERNITÉ

DE PARIS

LES MAITRESSES SAGES-FEMMES

ET L'OFFICE DES ACCOUCHÉES

DE L'ANCIEN HOTEL-DIEU (1378-1796)

PAR

Henriette CARRIER

ANCIENNE ÉLÈVE DE LA MATERNITÉ

SAGE-FEMME DE L'HOPITAL LARIBOISIÈRE

Ancienne Entrée de l'Hotel-Dieu à Paris.

PARIS

GEORGES STEINHEIL, ÉDITEUR

2, RUE CASIMIR-DELAVIGNE, 2

1888

PRÉFACE

 L n'est pas téméraire d'avancer que l'auteur qui écrira l'histoire obstétricale du dix-neuvième siècle, sera obligé de consacrer l'un de ses plus importants chapitres à la Maternité de Paris.

Aussi, a-t-il paru à l'auteur de ce livre, qu'il serait de quelque intérêt d'étudier, jusque dans ses moindres détails, les origines de cette Maison, et de présenter au public le résultat de ses recherches. En cela, d'après notre avis, il ne s'est point trompé, et tous ceux qui liront cet ouvrage partageront, nous le pensons, notre manière de voir.

Montrer la série d'actes successifs transformant progressivement la *Salle neufve* fondée par saint Louis, et destinée aux femmes *gisans denffants;* mettre en relief les phases diverses de la lente évolution aboutissant à cette génèse, représentée aujourd'hui par le magnifique Etablissement du boulevard du Port-Royal; faire connaître ce que furent, et ce que firent les sages-femmes depuis la *ventrière des accouchées* jusqu'à Madame Lachapelle; renseigner sur le rôle des médecins accoucheurs pendant cette période, tel est le but qui fut poursuivi et put être atteint, grâce à la libéralité du Directeur Général de l'Administration de l'Assistance publique, Monsieur Peyron.

C'est en effet, en dépouillant les Archives de l'Hôtel-Dieu et de la Maternité, mises à sa disposition par l'Administration, que Mademoiselle Carrier put recueillir, rassembler et classer les matériaux qui constituent son livre.

Cette moisson a été fructueuse, et ces documents sont aussi fertiles en enseignements qu'en renseignements.

S'ils nous donnent les indications relatives au rôle et aux attributions des sages-femmes pendant trois siècles, ils nous renseignent aussi sur ce qui a été fait au point de vue social pour les femmes enceintes et les nouvelles accouchées, et ils témoignent des efforts aussi incessants qu'infructueux tentés pour soustraire les parturientes à l'épidémie puerpérale.

Qui ne sera étonné, en voyant de quelle façon fut administré l'Hôtel-Dieu, lorsque le Parlement, en 1505, retira la gérance de l'Hôpital au Chapitre, pour la donner à un Bureau composé de huit bourgeois de Paris?

L'œuvre de ces hommes, simples bourgeois, fut admirable, et ceux qui liront ce travail penseront comme nous, que l'un d'eux en particulier, FABIEN PERREAU, a bien mérité que son nom soit tiré de l'oubli, et placé à côté de celui de Tenon.

Femmes enceintes, femmes accouchées, enfants nouveau-nés, tous furent l'objet de leur sollicitude éclairée, et sur certains points ce qu'ils constituèrent, pourrait encore servir de modèle.

De même, les élèves sages-femmes de notre époque ne peuvent qu'envier le sort des *apprentisses* de l'Hôtel-Dieu en 1657. Car en vertu d'une délibération prise par le Bureau, le 14 novembre 1657, « il y avait toutes les six semaines, dissection et anatomie de la matrice pour les seules apprentisses anciennes et présentes. »

Hélas! combien de sages-femmes reçues de nos jours, et qui n'ont vu d'utérus qu'en images!

Par contre, on sera étonné de voir que, parmi les médecins accoucheurs officiels de l'Hôtel-Dieu, aucun n'a laissé de quoi faire passer son nom à la postérité. Les accoucheurs justement célèbres du XVIIe et du XVIIIe siècle, ont été plus ou moins longtemps à l'Hôtel-Dieu, comme élèves, mais jamais comme chefs de service.

Il fallut le transfert de l'Hôtel-Dieu à la Maternité, et la réorganisation du fonctionnement de l'Établissement pour que le XIXe siècle nous donnât les Maîtres que l'on connaît, depuis Baudelocque jusqu'à nos jours.

Il nous est impossible de mentionner tout ce qu'il y a d'important dans ce recueil, mais nous pouvons affirmer que tous ceux qui s'occupent de ce qui concerne l'histoire et l'art des accouchements, liront ces pages, toujours avec intérêt, souvent avec fruit, et seront comme nous, reconnaissants à Mademoiselle Carrier, d'avoir entrepris ce travail, effectué avec autant de patience que de discernement.

Paris, 3 avril 1888.

A. PINARD,

Accoucheur de la Maternité de Lariboisière.

AVANT-PROPOS

EPUIS un temps immémorial, écrivait Madame Lachapelle en 1820, dans son introduction à la pratique des accouchements, la ville de Paris n'offrait pour tout asile aux femmes en couches qu'une chétive salle de l'Hôtel-Dieu; une sage-femme et cinq à six élèves dont les études n'avaient que trois mois de durée, suffisaient mal au nombre des accouchements qui s'y opéraient. Le local était plus insuffisant encore; les femmes y étaient

entassées et couchaient d'ordinaire plusieurs ensemble dans un seul lit. »

C'est l'histoire des maîtresses sages-femmes et de la chétive salle de l'Hôtel-Dieu auxquelles il est fait allusion que j'ai essayé de reconstituer d'après des documents appartenant aux Archives de l'Assistance publique, documents dont beaucoup sont inédits, la plupart inconnus des accoucheurs et des sages-femmes, et sur lesquels mon attention avait été attirée par M. Gallet, directeur de l'hôpital Lariboisière, et par M. Varnier, interne de M. Pinard; qu'ils veuillent bien accepter ici tous mes remercîments.

En publiant des notes prises tout d'abord pour moi seule, je crois combler une lacune regrettable.

Mesdames Lachapelle et Boivin, auxquelles la maison d'accouchements de Paris et notre profession sont redevables d'une bonne part de leur renommée, ont, comme le dit Velpeau, éclipsé toutes celles qui les ont précé-

dées. Madame Dugès n'a dû qu'à sa parenté
avec Madame Lachapelle de voir son nom
échapper à l'oubli qui a enseveli ceux des anciennes maîtresses sages-femmes de l'Hôtel-
Dieu. Or beaucoup de ces dernières ont été
des modèles d'abnégation et de dévouement,
beaucoup sont mortes à la tâche, des suites des
fatigues surhumaines qu'elles ont dû suppor-
ter dans la conduite d'un service énorme
qu'elles étaient presque seules à diriger.

A ces titres leurs noms et leur exemple
méritent de n'être pas inconnus des sages-
femmes françaises.

Je me suis proposé, en outre, de faire ressortir par le simple rapprochement des deux
époques, l'ancienne et la moderne, l'immen-
sité du service rendu aux femmes grosses, aux
sages-femmes de la Maternité, à la science
obstétricale par Madame Lachapelle, Baudelocque et le comte Chaptal, aidés du Conseil des Hospices.

Pour écrire cette monographie je n'ai eu
à faire œuvre que de patience. Il m'a suffi de

puiser largement dans les collections de l'Assistance, de trier, ordonner, relier et commenter les documents épars dans les 6 volumes in-8° publiés sous la direction de M. Brièle et dans les 200 registres in-f° des délibérations du Bureau de l'Ancien Hôtel-Dieu, très libéralement mis à ma disposition par M. le Directeur général Peyron et M. Brièle, que je ne saurais trop remercier de leur bienveillance.

Pour rendre plus aisément intelligibles les descriptions de l'Ancien Hôtel-Dieu j'ai joint une série de plans des XVI, XVII et XVIIIe siècles appartenant à la collection de la Ville de Paris et que M. Renaud, inspecteur en chef des Beaux-Arts à la Préfecture de la Seine, m'a autorisée à reproduire. Je dois à l'obligeance du docteur Witkowski, d'avoir pu illustrer des portraits de Mesdames Dugès et Lachapelle, les pages que je leur ai consacrées.

J'adresse ici l'expression de ma reconnaissance à mon maître, M. le docteur Pinard, pour l'honneur qu'il m'a fait de vouloir bien présenter mon livre au public.

M. Steinheil m'a donné le courage nécessaire pour mener à bien ce travail, en m'assurant qu'il serait intéressant de publier mes notes, et il a bien voulu en être l'Éditeur; je le prie d'accepter mes plus sincères remerciements.

Paris, 3 avril 1888.

H. C.

TABLE DES MATIÈRES

PREMIÈRE PARTIE

LES MAITRESSES SAGES-FEMMES DE L'HOTEL-DIEU
(DE 1378 A 1775)

DEUXIÈME PARTIE

L'OFFICE DES ACCOUCHÉES DE L'HOTEL DIEU

TROISIÈME PARTIE

MAITRISE DE MADAME DUGÈS, DERNIÈRE SAGE-FEMME DE L'HOTEL-DIEU — APPRENTISSAGE DE MADAME LACHAPELLE (1775-1797)

QUATRIÈME PARTIE

L'HOSPICE DE LA MATERNITÉ — MAITRISE DE MADAME LACHAPELLE

LES

MAITRESSES SAGES-FEMMES

DE L'HOTEL-DIEU

(DE 1378 A 1775)

I

LES SAGES-FEMMES

DE L'HOTEL-DIEU

ès le xiiiᵉ siècle, l'Hôtel-Dieu ou Maison-Dieu de Paris eut un département spécial pour les accouchées.

François Iᵉʳ dit en effet dans des lettres patentes données à Lyon le 14 mars 1515 : « Le « dit hospital et Maison-Dieu ou Ostel-Dieu de Paris a « esté fondé par feuz princes de bonne mémoire noz « prédécesseurs Roys pour recepvoir et recuillir « toutes pouvres gens navrez, enffans, *accouchées* et « gens malades de quelque maladie qu'ils soient dé- « tenuz contagieuses ou aultres, auquel hospital qui « est assis en cueur de ville et sur la rivière de « Seyne afflue ordinairement très grand nombre de « pouvres malades. »

Et de fait, une charte du xvᵉ siècle nous montre, *sous Louis XI*, l'Ostel-Dieu composé de cinq grandes salles.

Une à l'entrée, Saint-Thomas, renfermant soixante lits pour les moins malades, convalescents, pèlerins et autres.

Une deuxième, Saint-Denis, fondée par « le bon Roy Phelippe » (Philippe-Auguste), renfermant quatre-vingts lits pour les « malades de chaude maladie et aussi les malades de boces et autres bleceures qui ont besoing de cyrurgien. »

Une troisième, « l'Enfermerie, cinquante-quatre lits, pour les plus grefs malades et anciennes personnes qui ne se peuvent soustenir ne porter. »

La quatrième et la cinquième salle comprenaient les services réservés aux femmes et occupaient la *Salle Neufve* construite par *saint Louis* (xiiie *siècle*) sur le bord de l'eau et vers la rue du Petit-Pont.

« La quarte, Salle Neufve, qui est la plus grant de tout l'Ostel, et fut fondée par le bon Roy saint Loys, et illec sont couchiez les femmes malades de quelque maladie que ce soit, lesquelles sont séparées d'avec les hommes malades, et contient ladicte salle quatre-vingt et cinq lits.

La quinte salle est au-dessoubs de ceste grande salle en lieu destourné et clos et illec sont les femmes grosses et gisans denffant, car c'est raison et bien chose convenable que femmes gisans denffant soient en lieu clos et destourné et secret et non pas en apparent comme sont les autres malades, et ladicte salle contient vingt et quatre lits. »

D'après le même document, le personnel de l'Hôtel-Dieu comprenait douze prêtres, six clercs, deux chapelains, quatre-vingts femmes, dont quarante religieuses

portant le voile noir et l'habit de religion et quarante filles
blanches ou novices, « plusieurs cyrurgiens, barbiers,
médecins, tous aux gages et sallaires dudict Hostel-
Dieu pour revisiter et garir par chascun jour les malades
qui ont besoing de cyrurgien. » Il n'est pas fait mention
dans cette charte de la sage-femme. Cependant il existe
aux Archives de l'Assistance publique des documents
attestant que dès 1378, il y avait à l'Hôtel-Dieu
une « *ventrière des acouchiez* », du nom de *Juliette*.

En 1385, sœur Jeanne Dupuis est désignée sous le titre de maîtresse des accouchées. C'est là tout ce que nous
avons pu trouver dans les registres des comptes de
l'Hôtel-Dieu de 1364 à 1505, période pendant laquelle
le grand hôpital fut administré par le chapitre de
Notre-Dame et la Mère Prieure de l'Hôtel-Dieu.

En 1505, un arrêt du Parlement retire la gérance au
Chapitre pour la confier à un Bureau composé de huit
bourgeois de Paris. Les registres des comptes de ce
Bureau, bien mieux tenus que les précédents, et qui
vont de 1505 à 1581, nous ont conservé les noms des
« saiges-femmes » de l'Hôtel-Dieu dont suit la liste.

1512. — Jaqueline Gaillart.
1529. — Nicole Carandel.
1531. — Symonne Chrestienne, veuve Crau.
1535. — Magdeleine de La Salle.
1536. — Catherine, veuve de Guillaume Gournay.
1538. — Edeline, veuve Robert Baesle.
1540. — Nicole Guérine.

1543. — Marie veuve Aubery Robert.

1546. — Katherine la Guillemarde et Perrette Lavoyne.

1547 à 1552. — Jehanne Closière et Perrette Lavoyne.

1552. — Margueritte Godeffroy et Barbe Caby.

1553 à 1556. — Perrine Dupuis.

1556. — Anne Brégil.

1558. — Perrette Coyon.

1559. — Nicolle Salle.

1560. — Nicolle Salle et Françoyse Simon.

1561. — Françoyse Simon.

1562. — Nicolle Salle et Françoyse Simon.

1563. — Françoyse Simon, Guillemette Melly et Perrette Couronne.

1564. — Pasquette Remy.

1565 et 1566. — Madaline Médot ou Nodo.

1567. — Magdaline Nodo, Pasquette la Royne et Opportune Desta.

1568. — Collecte Faucheure et Opportune Desta.

1569. — Opportune Desta.

1570. — Opportune Desta et Claude Mérienne.

1572. — Hubarde Mère.

1573, 1574, 1575. — Marie Thibault.

1579. — Perrette de la Fresche.

A partir de la fin du XVIᵉ siècle, les procès-verbaux des délibérations du Bureau de l'Hôtel-Dieu vont nous fournir des renseignements plus détaillés.

La sage-femme de l'Hôtel-Dieu y est pour la première fois citée le 8 août 1573, dans un état de distribution du vin. Il appert de ce document qu'elle était déjà de quelque condition, car on lui voit « une chambrière. »

L'administration la logeait, la nourrissait et la payait à la tâche.

Nous voyons, en effet, qu'à la date du 9 mars 1594 « il a esté payé par le receveur général à la sage-femme dudict Hostel-Dieu, *Jacqueline Fleury,* pour trois femmes grosses qu'elle a délivrées, la somme de vingt-deux solz six deniers tournois de l'ordonnance de la Compagnye. »

Le 19 mai 1601, *Estiennette Rimbault* prête serment en qualité de maîtresse sage-femme de l'Hôtel-Dieu, après avoir été interrogée par le médecin et le chirurgien dudit Hôpital, ainsi que par deux matrones de la Ville de Paris, qui certifiaient de sa capacité « en l'expérience des accouchemens de femme. »

Elle devait faire les accouchements, visiter, et elle seule, les femmes grosses pour « rapporter au Bureau le temps qu'elles auraient encore à accoucher afin que la Compagnie pourvoie à leur réception si besoin est. » Il lui est interdit, ainsi qu'à la *dame des accouchées,* de recevoir aucune femme grosse sans avoir l'ordonnance du Bureau au bas de la requête de la femme.

Le 5 septembre 1614, le Bureau charge le maître au spirituel de destituer la sage-femme. en fonction, et d'installer en sa place *Jacquette Laffradde,* veuve de feu Fracie Ledoux, voicturier par eau. Elle reçoit cent livres tournois par an, au lieu de soixante qu'avaient les précédentes depuis 1606.

Cinq jours plus tard, la Compagnie est obligée de faire intimer à la sage-femme destituée l'ordre d'avoir à céder la place qu'elle ne voulait point abandonner, et le même jour elle édicte le premier règlement de l'office des accouchées.

On peut supposer, d'après ce document, qu'il y avait eu manquement par la sage-femme à deux articles auxquels paraît tenir beaucoup le Bureau dès cette époque :

1° Ne recevoir aucune femme sans l'ordre du Bureau ;

2° Ne rien exiger des femmes et se contenter du traitement alloué par la Compagnie.

Geneviève Goupil succède, le 19 mai 1617, à Jacquette Laffradde, mais elle ne fait que passer à l'Hôtel-Dieu et est remplacée, le 30 octobre 1618, par *Marie de Hacqueville,* maîtresse sage-femme à Paris, dont mention est faite pour la dernière fois sur les registres en 1624.

De 1624 à 1651, trois noms seulement nous sont restés, ceux de *Thiennette Janet* (9 mars 1629), de *Jeanne Douailly* (1632) et de la *dame Le Vacher.* C'est sous la maîtrise de cette dernière que Peu commença à pratiquer les accouchements, en 1646. Elle prit volontairement sa retraite en 1651 et fut remplacée le 11 août de la même année par *Marie de Laroche,* veuve de feu Berthélemy *Moreau,* maître chirurgien à Paris.

Le Bureau déclare dans le règlement de l'office des

accouchées (20 mars 1658), qu'il est assuré de la suffisance et capacité de la dame Moreau, tant par l'examen que la Compagnie en a fait faire avant que de l'avoir admise, que par les témoignages qui lui en ont été rendus de temps en temps par les médecins et chirurgiens de la maison.

Mais en 1659, arrivent au Bureau des plaintes continuelles contre la dame Moreau et sa fille qui lui servait d'aide.

On les accusait de ne pas assez surveiller les apprentisses dont l'ignorance et l'inexpérience étaient la cause d'un grand nombre de mauvais accouchements. Deux administrateurs, Leconte et Forne, furent chargés par la Compagnie de faire un rapport, à la suite duquel six mois furent accordés à la dame Moreau et à sa fille pour se corriger, faute de quoi ce temps passé il y serait pourvu par le Bureau.

Pour comprendre la nature et la valeur des plaintes formulées contre la sage-femme, il faut savoir que l'office des accouchées était à cette époque en proie à l'anarchie. Mme Moreau devait à la fois être *persona grata* aux gouverneurs de l'Hôtel-Dieu, aux religieuses et à quantité de nobles dames incompétentes qui s'ingéraient à tous propos dans les affaires de l'hôpital. Par ordre du Bureau, la maîtresse sage-femme ne devait sous aucun prétexte recevoir les femmes grosses, avant le huitième mois. Or les religieuses d'une part, les femmes des fonctionnaires influents de l'autre, recommandaient constamment, pour les faire admettre, des protégées à elles, enceintes de quelques mois à peine.

Le Bureau réprimandait la sage-femme et lorsque celle-ci voulait faire observer le règlement, elle se heurtait à des influences capables de mettre en échec l'autorité des gouverneurs eux-mêmes.

C'est ainsi que Mme la première présidente ayant, en 1659, fait admettre à la salle des accouchées une femme supposée enceinte de quelques semaines, la dame Moreau s'avisa d'examiner cette femme et de déclarer qu'elle n'était point grosse. La Compagnie décide aussitôt que ladite femme sortira le jour même. Refus de la malade et intervention de la présidente qui réclame un complément d'examen. Le Bureau fait alors appel à la dame le Vacher, ci-devant sage-femme à l'Hôtel-Dieu, et au sieur de Lacuisse, accoucheur, qui confirment le diagnostic porté. Nouvel ordre de faire sortir immédiatement la femme en question qui refuse. Seconde intervention de la présidente.

Les gouverneurs décident, le 16 avril 1659, que la femme supposée grosse sera transférée à la salle Saint-Augustin et soumise à l'examen des médecins.

Mais loin d'éclaircir l'affaire, l'intervention médicale l'obscurcit encore. Les médecins se sont en effet trouvés différents dans leurs avis : l'un ayant assuré que la femme est enceinte d'enfant, l'autre en doutant et le troisième disant seulement qu'il y a quelque chose.

On gardera donc la malade deux ou trois mois à

condition que la personne qui s'intéresse à elle paye sa nourriture. Mais, le 23 avril, la Compagnie revenant à la charge donne ordre d'expulser ladite malade qui, dernière ressource, est prise d'hémorragie forçant à surseoir à l'expulsion. En définitive, la Compagnie et la sage-femme étaient battues.

C'est à partir de ce moment que les plaintes pleuvent contre la dame Moreau.

Au mois de décembre, Mme la première présidente signale des désordres à la salle des accouchées.

Le 16 janvier 1660, le premier président juge bon « pour la satisfaction du public » de faire faire une enquête sur les plaintes formulées contre la dame Moreau, enquête dont sont chargés les administrateurs Leconte, Forne, Lhoste et Hélyot.

Enfin, le 4 février 1660, un ecclésiastique vint au Bureau et y présenta, de la part de Mme la chancelière, un mémoire contenant quatre sujets de plaintes contre la maîtresse sage-femme. Lecture faite de ce mémoire, il fut renvoyé à la Commission d'enquête qui se prononça pour la dame Moreau contre ses accusateurs.

Dans une délibération en date du 20 février 1660, la Compagnie se demande s'il ne serait pas à propos d'aviser Mme la chancelière que les plaintes contre la maîtresse sage-femme n'ont pas raison d'être et proviennent *de personnes mal informées ou désirant introduire dans l'Hôtel-Dieu une autre sage-femme à leur dévotion.* Mais le premier président, consulté à ce sujet, conseille de ne plus s'occuper de cette affaire. On se contente de faire venir au Bureau l'ecclésiastique accusé d'être l'auteur de ces calomnies, homme de réputation déplorable, expulsé jadis par la prieure. Il est vertement réprimandé par le premier président.

Fatiguée de ces attaques continuelles, Mme Moreau demande, le 9 avril, à se retirer de l'Hôtel-Dieu au jour de la Saint-Remy, jusqu'auquel elle continuera de rendre service aux pauvres comme elle a fait jusqu'à présent.

Les candidates ne manquèrent pas pour la remplacer. Le Bureau pour sa part en distingue trois (10 septembre 1660), parmi lesquelles le sort décidera.

De leur côté, les *Dames de la charité* de Paris, qui venaient déjà de mettre la main sur les enfants trouvés, offrent, « pour prévenir de pareilles plaintes que celles qui ont été faites jusqu'à présent de la sage-femme de l'Hôtel-Dieu », de fournir audit hôpital des sages-femmes expertes et charitables qui se soumettront aux règlements du Bureau et dont elles paieront les gages. Mais elles mettent à cela la condition qu'on leur permette d'avoir l'œil sur ce qui se passe dans la salle des accouchées de l'Hôtel-Dieu, promettant de suivre en toutes choses les ordres du Bureau.

La Compagnie ne voulut point de cette ingérence, et le 24 septembre la *dame Gaïan, veuve de France,* une des trois candidates du Bureau, fut reçue sage-femme de l'Hôtel-Dieu, après un interrogatoire que lui firent subir Patin, Blondel et Boucher.

Ceci n'était pas pour satisfaire tout le monde. M. Forne conduit le 1er octobre la dame Gaïan pour l'installer. Mais il y trouve des difficultés apportées de la part des religieuses préposées à ladite salle. D'autre part, les maîtres au spirituel remettent la dame Gaïan à un autre jour pour l'interroger sur sa profession en ce qui regarde le spirituel. Enfin, le Bureau reçoit une missive de Mlle de Lamoignon, qui le prie d'admettre pour sage-femme à l'Hôtel-Dieu la dame Oudin ou la *dame de Billy, étant le désir de Mme la première présidente, sa belle-sœur*.

Les gouverneurs répondent à Mlle de Lamoignon que sa demande arrive trop tard, que leur choix est fait ; ils mandent la prieure qui déclare réprouver ses subordonnées d'avoir fait obstacle à l'installation.

En attendant, le Bureau accepte l'offre de Mme Moreau de continuer sa charge quelques jours encore.

Mme de France ne resta pas longtemps à l'Hôtel-Dieu, où tout le monde était contre elle, et où l'on tenta de recommencer la campagne menée jadis contre la dame Moreau. Devenue malade en juin 1662, elle prie la Compagnie de lui permettre de se retirer à la Saint-Remy, et la remercie de la bonté qu'elle a eue de l'employer jusqu'à présent au service des pauvres.

Mme la première présidente était arrivée à ses fins, et son mari propose au Bureau, qui l'accepte cette fois, *Françoise de Billy,* maîtresse sage-femme à Paris, veuve de Gilles Cornet, maître tailleur d'habits privi-

légié suivant le roi (28 septembre 1662). Courtois, de
Garbes et de Sartes, médecins, et Bouchet, maître chirurgien, constituaient le jury d'examen.

Mme de Billy exerça ses fonctions jusqu'en avril 1670,
et fut, elle aussi, en butte à mille tracasseries.

On sait, et nous le verrons plus loin, que l'office des
accouchées de l'ancien Hôtel-Dieu était un foyer de
fièvre puerpérale ; les conditions hygiéniques en étaient
déplorables, mais il fallut longtemps pour que l'administration s'en aperçût, et en voulût convenir.

Françoise de Billy était à peine en exercice depuis
six mois (mai 1663), qu'une épidémie décimait ses
accouchées.

L'un des administrateurs les plus zélés de l'Hôtel-
Dieu, M. Perreau, désirant savoir la cause des décès de
plusieurs femmes, peu après leur accouchement, fit
faire l'ouverture de plusieurs corps en présence des six
médecins de l'Hôtel-Dieu, et du sieur Bouchet, chirur-
gien-expert aux accouchements.

« Ils ont trouvé ausdites femmes la matrice tellement
gangrenée et infecte qu'on n'a peu découvrir au vrai si
cela provient de la faute et ignorance de la sage-femme,
ou d'un mauvais air qui soit dans la salle des accouchées, ou de quelque mauvaise constellation, ce dernier pouvant bien estre, veu qu'il s'est fait grand nombre
de mauvaizes couches dans la ville.

« L'affaire mize en délibération, la Compagnie a aresté
que ledit sieur Bouchet, chirurgien, sera prié de donner

une sage-femme qui travaille dans l'Hostel-Dieu, au plus tost toute seule pendant quinzaine, pendant laquelle la dame de Billy s'abstiendra de toucher ausdites femmes, à quoi elle sera dispozée par MM. Forne et Perreau, qui la verront pour cet effet, et ledit sieur Bouchet prié d'y venir lui-mesme travailler et voir travailler le plus souvent qu'il pourra, pendant ladite quinzaine, pour, après icelle, délibérer sur ce qui sera à faire. »

Cette mesure fut, on le pense bien, sans effet. C'était le service et non la sage-femme qu'il fallait changer. Cinq mois plus tard (5 septembre 1663), le Bureau chargeait Gayan, maître chirurgien, de faire une nouvelle enquête à la salle des accouchées « touchant la capacité de la dame de Billy au fait des accouchemens des femmes. »

Après avoir assisté à plusieurs accouchements faits par Mme de Billy et fait l'ouverture de quelques femmes mortes en couches, Gayan déclare qu'il n'y a rien remarqué qu'il puisse assurer ou soupçonner être de la faute de la sage-femme.

Néanmoins le Bureau persiste dans ses soupçons. « Par la dépozition des chirurgiens, dit-il, on ne doit pas attendre la vérité, si ladite dame de Billy est incapable, à cauze de son frère qui est maistre chirurgien à Paris. » Les médecins seront plus croyables. Aussi la Compagnie décide que les médecins et chirurgiens, et quelques dames charitables qui peuvent avoir quelques connaissances des accouchements, seront priés de se rendre assidus en ladite salle jusqu'à la fin du mois de septembre pour faire un rapport.

En attendant, on se décide à faire changer de place les femmes en couches qu'on a mises au plus bel air de la salle, ce qui leur apportera peut-être quelque soulagement.

Fatiguée et malade, la maîtresse sage-femme demande un congé pour aller aux eaux (mai 1664).

Le premier président lui dit, à cette occasion, que « la satisfaction que le Bureau a de ses services fait qu'il regrette qu'elle soit obligée de s'absenter », mais que puisque sa maladie l'y oblige, la Compagnie lui accorde sa demande.

La *dame Rabier* est chargée de la suppléance. L'épidémie continue et M. Perreau fait observer (13 juin 1664) que des femmes qu'a accouchées la dame Rabier dans l'Hôtel-Dieu, depuis l'absence de la dame de Billy, de cinq il en est mort trois, qu'on les a ouvertes et qu'on a trouvé les parties d'en bas gâtées de la même manière qu'elles étaient lorsque la dame de Billy travaillait, « ce qui marque que cela ne peut provenir du défaut de capacité de la sage-femme, mais du mauvais air qui est dans la salle, qui est un mal auquel il faut porter remède. »

Tel n'était pourtant pas l'avis de la mère prieure. Ayant appris que la dame de Billy se présentait pour reprendre dans l'Hôtel-Dieu la place qu'elle y avait de maîtresse sage-femme, elle vient (le 1er août) supplier le Bureau de considérer que la mortalité des femmes accouchées a notablement diminué depuis que ladite de Billy s'est retirée de l'Hôtel-Dieu, de quatre-vingt-dix n'en étant mortes que douze.

Le premier président réplique que les femmes sont à présent en moins grand nombre qu'elles n'étaient, et par conséquent n'infectent pas l'air autant ; que de plus la saison est beaucoup plus favorable pour toutes sortes de malades. Mais, objecte alors la mère prieure, la dame de Billy est malade et on la croit, à cause de sa maladie, incapable de la profession de sage-femme.

Le Bureau fait à ce sujet une enquête et le 17 décembre 1664, vu le certificat des sieurs Moreau et Labier, médecins, il est décidé que la dame de Billy reprendra ses fonctions « dont elle s'est acquittée jusque-là à la satis-faction de la Compagnie. » Elle ne résista pas long-temps aux fatigues de sa charge et mourut à l'Hôtel-Dieu en 1670.

Elle fut remplacée par *Marguerite du Tertre,* veuve de Jean Didiot dit *de la Marche,* ancienne apprentisse à l'Hôtel-Dieu, maîtresse sage-femme à Paris. Celle-ci, qui a laissé des « Instructions familières qu'une sage-femme doit savoir, Paris, 1677 », exerça à l'Hôtel-Dieu pendant seize ans, aidée de sa sœur, la dame du Trésor.

Une délibération du 14 août 1686 nous apprend que Mme de la Marche s'est retirée à Orléans « pour voir si son air natal lui rendra la santé. »

2

L'intérim, de courte durée, fut confié à la *dame du Trésor* que le Bureau avait en vain sollicitée de continuer à l'avenir l'exercice de maîtresse sage-femme, « ayant fait connaître qu'elle y était très habile. »

Le 24 septembre 1686, *Louise Cocquelin*, veuve de Michel *Morlet*, maistre horlogeur à Paris, « ayant répondu avec beaucoup de prudence et de capacité sur les accidents plus extraordinaires de l'accouchement », aux questions que lui posèrent, deux heures durant, six médecins ordinaires de l'Hôtel-Dieu, fut conduite en la salle des accouchées pour y être reconnue en qualité de maîtresse sage-femme. Bien qu'elle fût, nous dit Saviard, « très entendue dans sa profession », elle ne fit pas longtemps bon ménage avec le Bureau, qui décida le 17 novembre 1691 qu'elle serait congédiée au plus tôt, et qu'il en serait mis une autre en sa place. Cette décision fut prise sur les plaintes, faites depuis deux mois, de la mauvaise conduite de la maîtresse sage-femme et de sa fille, et de leur peu d'assiduité pour le service des pauvres.

Monsieur le prévost des marchands témoigne alors que madame son épouse voudra bien, par charité pour les pauvres, s'entremettre pour trouver une sage-femme qui ait les qualités requises. Sur ces entrefaites, le 24 novembre, la *dame Bureau* s'offre pour être maîtresse sage-femme à l'Hôtel-Dieu, à telles conditions qu'il plaira à la Compagnie qui la refuse, ayant pour l'en exclure des raisons particulières sur lesquelles nous aurons à revenir. Et le 1ᵉʳ décembre la *dame Descarreaux,* ancienne apprentisse, maîtresse sage-femme, la protégée de monsieur le prévost des marchands et de madame son épouse, est nommée, sur l'assurance du sieur Clément, maître chirurgien accoucheur, qu'elle est fort habile dans sa profession.

Elle demande au moins 600 livres par an au lieu de 300 qu'on donnait aux précédentes. La Compagnie les lui accorde, non sans discussion, et à condition que « ce sera pour toutes choses, qu'elle ne pourra prendre aucuns droits ny présens des apprentisses et des femmes grosses et accouchées, et encore qu'elle ira manger au réfectoire. »

La dame Descarreaux conserva pendant toute sa maîtrise 600 livres de gages. Elle n'en fit pas pour cela un meilleur service, si l'on en juge par la délibération du 4 avril 1693. « Monseigneur le premier président a dit avoir été assuré par des personnes de probité que la maîtresse sage-femme de l'Hôtel-Dieu manque de capacité pour les accouchements difficiles, et juger de l'état de la grossesse, qu'il en est arrivé des accidents. » La Compagnie arrêta qu'elle serait changée.

Un des administrateurs annonce alors avoir appris qu'il y a une femme, domestique dans l'Hotel-Dieu, fort capable de remplir la place de maîtresse sage-femme. On fait une enquête à ce sujet, et l'on apprend que cette femme, nommée *Marie-Magdeleine Léger, femme de Jacques Le Gouey,* fille de maîtresse ayant opéré fort longtemps à Dieppe, est fort capable en effet. Il est donc décidé (22 avril 1693) qu'elle accouchera les femmes de l'Hôtel-Dieu ; mais avant de la recevoir et pour connaître sa capacité et son expérience au fait des accouchements, le Bureau décide qu'elle fera les fonctions par provision pendant quelque temps, et qu'elle sera installée à l'office des accouchées « comme domestique aux gages de 150 livres par an. »

Il y avait à cet arrangement une difficulté. La dame Le Gouey, n'étant pas maîtresse, ne pouvait donner des certificats aux apprentisses de l'Hôtel-Dieu, et la Compagnie fut obligée de prier la dame Descarreaux de rester jusqu'à nouvel ordre à l'Hôpital. Toutefois, pour éviter la division qui en pouvait résulter, il fut défendu à la dame Descarreaux d'entrer dans la salle des accouchées. On chargea la mère prieure « de lui trouver un petit lieu dans la maison pour la mettre coucher pendant le temps qu'on aurait affaire d'elle pour signer les certificats. » Pour abréger ce temps, on fit recevoir maîtresse la nouvelle sage-femme, à qui l'on avança les cent quarante-six livres nécessaires, mais à condition « qu'elle ne pourrait exercer la maîtrise que dans l'Hôtel-Dieu seulement, et non en ville, afin de la rendre plus assidue en lui ôtant tout moyen et prétexte de sortir. » (15 mai 1693.)

Ce ne fut que trois ans plus tard (3 mars 1696), que les gages de la dame Le Gouey furent portés à trois cents livres par an. Elle n'en jouit pas longtemps et quitta volontairement l'Hôtel-Dieu, le 17 avril 1697, pour aller s'établir en Pologne.

Claude Hénault, veuve Langlois, lui succède le 20 avril 1697.

Le 7 juillet 1713, « la Compagnie a arresté, sous le bon plaisir de l'Assemblée générale, d'accorder à sa fille la survivance de la place de maîtresse sage-femme de l'Hôtel-Dieu, si elle en est jugée capable dans l'interrogatoire qu'elle subira. » Ladite *demoiselle Langlois* succède, le 1er novembre 1714, à la dame sa mère, décédée à l'Hôtel-Dieu, et reçoit les mêmes gages de quatre cents livres par an. Elle y devint, comme sa mère, infirme et caduque, et le 24 juillet 1737, après vingt-trois ans de services rendus aux pauvres, la demoiselle Langlois prie qu'on lui donne comme remplaçante *Edmée Gouet,* qui demeure avec elle depuis plus de douze ans, qu'elle a formée, dont elle répond et qui la supplée déjà depuis quelques années.

Cette requête est accordée. Edmée Gouet est nommée aux appointements de deux cents livres.

« Quant à la demoiselle Langlois, attendu les bons services qu'elle a rendus aux pauvres, auprès desquels elle a épuisé ses forces et sa santé, a esté arresté qu'elle restera dans la maison jusqu'à la fin de ses jours, pour y être nourrie, chauffée, éclairée et blanchie, et qu'il lui sera payé par chaque année, à compter du 1er juillet 1737, deux cents livres de pension. »

Edmée Gouet avait, elle aussi, épuisé ses forces et sa santé ; elle meurt en 1739.

Parmi celles qui se présentèrent pour la remplacer, la plupart étaient mariées et avaient famille.

« De celles qui étaient filles et qui par conséquent avaient moins de suite, ce qui convient mieux à l'Hôtel-Dieu, et ce qui est plus conforme aux règlements du Bureau qui ne permettent pas d'employer des gens mariés au service des pauvres », la Compagnie choisit *Marie-Claude Pour,* âgée de trente-un ans, ancienne apprentisse de l'Hôtel-Dieu, dont la mère est maîtresse sage-femme à Paris. Elle reste douze ans, jusqu'à 1751, puis se retire volontairement. On lui donne pour remplaçante *Anne-Catherine Caranda* qui, née à Paris, âgée de 46 à 47 ans, avait fait son apprentissage à l'Hôtel-Dieu sous la demoiselle Langlois, et vivait séparée, depuis plus de vingt ans, du sieur Violleau, son mari. Edmée Gouet qui, sur l'indication de la demoiselle Langlois, avait été nommée maîtresse de l'Hôtel-Dieu, et qui était « un excellent sujet », étant tombée malade d'une maladie de langueur, avait fait venir jadis ladite Caranda pour faire en 1738 le service, ce dont elle s'était acquittée à la satisfaction de tout le monde. C'est là la seule exception faite par le Bureau en faveur d'une femme mariée, et il eut soin de spécifier dans l'acte de nomination que « si elle venait à se réunir avec son mary, elle serait obligée de se retirer de l'Hôtel-Dieu » et qu'on en nommerait une autre en sa place.

Elle mourut à l'Hôtel-Dieu, le samedi 26 mars 1764.

Le 6 juin, on nomme pour lui succéder *Marthe-Marie Jouet,* veuve du sieur Joseph Delaplace, chirurgien privilégié à Paris, maîtresse sage-femme à Paris depuis onze ans, âgée de trente ans. Elle meurt à l'Hôtel-Dieu, le 5 décembre 1774, et le Bureau, pour reconnaître ses bons services, accorde à ses enfants une gratification de trois cent soixante-dix livres. C'est la dernière sage-femme de l'Hôtel-Dieu avant *Mme Dugès,* mère de Mme Lachapelle, à qui je consacrerai une étude spéciale.

DEUXIÈME PARTIE

———～∞∞∞～———

L'OFFICE DES ACCOUCHÉES

DE L'HOTEL-DIEU

CHAPITRE PREMIER

LA SALLE, SON AMÉNAGEMENT, SON HYGIÈNE

ous avons vu que sous Louis XI, l'office des accouchées était situé au-dessous de la salle Neuve, la plus grande de tout l'Hôtel-Dieu, construite par saint Louis sur le bord de l'eau et vers la rue du Petit-Pont, en lieu clos, détourné et secret. Il renfermait vingt-quatre lits.

Au temps de François Ier, il fallait descendre dix-huit ou vingt marches lorsqu'on était dans la salle Neuve (convalescentes femmes), pour arriver à cette salle des accouchées qui étaient ordinairement vingt-cinq ou trente, « laquelle salle par faulte d'aultre lieu, combien qu'elle soit basse comme ung cellier est appropriée à gésiner lesdites acouchées qui sont logées en lieu trop bas et acatif, tellement que en hyver que sont les grandes eaues l'eau de Seyne vient à ung pied près des fenestres, et deux piedz au-dessus desdits lictz, dont adviennent et peuvent chaque jour advenir grans inconvéniens. »

Les mêmes lettres nous montrent que cette salle avait douze mètres de large. On croit à l'Assistance que les fenêtres en ogive surbaissée que l'on remarquait, il y a quelques années encore, avant la démolition, dans les œuvres basses de l'Hôtel-Dieu, près du Petit-Pont, étaient celles de la salle des accouchées construite sous saint Louis.

Déjà à l'époque dont nous parlons (1515), les malades étaient horriblement à l'étroit dans l'Hôtel-Dieu (1). Comme l'hôpital, situé en plein cœur de la ville, était serré et environné de tous côtés de rues publiques, de la maison épiscopale et de la rivière, les maîtres et gouverneurs avaient demandé au roy de bâtir deux ou trois piles de pierre dans le bras de la Seine avec deux arches pour les tenir, puis de faire construire par-dessus deux grandes salles superposées de cinq à six toises de large et de vingt-cinq pieds de long.

Poussé par le chancelier Duprat, François Ier approuva le projet, mais l'affaire n'eut pas de suite, et ce n'est que plus tard, en 1533, que Duprat, devenu légat, fit construire derrière la salle Neuve, sur la rue Neuve-Notre-Dame et la rue du Petit-Pont, la salle dite du Légat.

Au mois de janvier 1618, les bâtiments de Saint-Louis et de Louis XI menaçaient ruine. En plein jour s'étaient écroulés les planchers de la chapelle Sainte-

(1) Voyez les plans des XVIe et XVIIe siècles.

Agnès, située à l'entrée de la grande porte du côté du Petit-Pont, et les experts avaient déclaré que, s'il n'y était promptement remédié, l'on ne pourrait éviter l'entière ruine et la chute des combles et planchers des deux grandes salles appelées l'Infirmerie et la salle Neuve, au-dessous desquelles se trouvait la salle des accouchées.

On déménage donc les sœurs et les malades. Claude Vellefaux, le « masson de l'hospital », reconstruit la salle Neuve et l'Infirmerie.

Une délibération de juin 1618 nous apprend qu'en conséquence des plans arrêtés, le logement des accouchées, qui est sous la salle de l'Infirmerie, se trouvera plus exhaussé et aura plus d'air qu'il n'en avait jusque-là. Mais la salle n'était pas plus élevée au-dessus de la rivière, car nous lisons, en 1658, au mois de mars, « qu'il ne sera mis dans la salle basse aucun malade, jusqu'à ce que la Compagnie en ait autrement ordonné, attendu l'humidité qu'y ont causé les eaux de la rivière qui y ont débordé. »

En 1626, on construit le Pont-au-Double, sur lequel est élevé le bâtiment du Rosaire, comprenant deux étages de salles et s'ouvrant sur la rue de la Bûcherie par un portail monumental. Puis de 1646 à 1651 est bâti, par Gamart, le pont Saint-Charles, reliant aux anciens bâtiments le bâtiment Saint-Charles, élevé en retour sur la rue de la Bûcherie (1).

(1) Voyez les plans du xviiie siècle.

« Ces différents bâtiments, dit M. Husson, se développant sans solution de continuité et plongeant dans les eaux du fleuve, avaient en quelque sorte transformé en cour intérieure, inaccessible du dehors, la partie du bras de la Seine qui s'étendait du Pont-au-Double au Petit-Pont. Cette disposition, jointe à la hauteur des bâtiments surélevés de plusieurs étages, donnait à ce côté de l'hôpital un caractère claustral, particulièrement sombre et sévère, peu propre à égayer les malades, réduits, pour toute promenade, à la terrasse étroite qui longe la salle Sainte-Marthe et au pont Saint-Charles. »

En 1645 (ainsi qu'il appert d'une délibération du 26 juillet touchant des réparations à faire à la salle de l'Infirmerie), les accouchées occupaient encore le local réparé en 1618.

Mais vers 1649 il y eut très vraisemblablement une désaffectation, car le Bureau arrête (30 avril 1649) que « l'hostel où se dit la saincte messe dans *la salle basse où estoient les accouchées* sera changé du lieu où il est et posé contre le mur à l'opposite du lieu où il est à présent. » Les femmes grosses et accouchées furent alors placées dans une des salles du Pont où elles étaient encore en 1660, ainsi qu'en témoignent les délibérations des 23 et 30 juin.

Lorsque les nouveaux bâtiments de la rive gauche furent achevés, on s'occupa d'y transporter l'office des accouchées devenu tout à fait insuffisant.

En la salle des accouchées, dit une délibération du

6 février 1660, le nombre des accouchées et des femmes grosses est deux fois autant qu'il avait coutume d'être de temps immémorial, les femmes grosses y étant couchées quatre et cinq dans un même lit.

En janvier 1661, « les femmes grosses et accouchées sont si pressées et serrées dans leur lit, y couchant quatre à la fois », qu'on doit rester quinze jours sans en admettre de nouvelles, et qu'il est décidé (26 janvier) de les faire passer *dans le nouveau bâtiment au second étage au-dessus de celui du rez-de-chaussée*. Ce déplacement s'imposait d'autant plus que les travaux entrepris pour relier les bâtiments des nouvelles salles à celui du Rosaire, avaient nécessité l'ouverture et le retranchement d'une partie de la vieille salle des accouchées.

En attendant que les lieux fussent aménagés, et pour remédier autant que possible à l'encombrement, le premier président (M. de Lamoignon) proposa de placer les *femmes accouchées malades* dans la salle précédemment occupée par les taillés.

Le Bureau donna des ordres en conséquence, mais ils restèrent sans effet. Un des administrateurs parle à ce sujet à la mère prieure, qui déclare qu'elle y trouve quelques difficultés, et s'excuse sur ce que messieurs les directeurs spirituels n'en sont pas d'avis, et disent qu'il y a de l'indécence que les femmes de cette salle passent par la salle de l'Infirmerie, où il n'y a que des hommes, pour aller aux aisances communs. Sur quoi la Compagnie a prié M. Leconte d'en parler

de nouveau à la prieure, de lui faire agréer la résolu-
tion du Bureau, et « au cas qu'elle y résiste, sur le
rapport qu'il en fera au Bureau, il y sera pourvu. »

Le 18 mars seulement, intervient un arrangement.
La mère prieure ne résiste plus à placer les accouchées
malades dans la salle des taillés ; pour satisfaire aux
ordres du Bureau, elle a commencé à la faire préparer.
Mais on n'y mettra que les plus malades pour que le
voisinage des hommes n'ait pas d'inconvénients.

En 1662, les travaux d'aménagement du futur office
des accouchées sont menés avec vigueur. En juin, le
maître au spirituel demande qu'on mette à la salle
neuve *que l'on prépare,* des mannes pour que les
enfants nouveau-nés ne couchent pas avec leur mère.

Ce fut à la fin de 1662 ou en 1663, que le passage
s'effectua. Les nouvelles salles sont en effet pour la
première fois citées en 1663, dans la répartition tri-
mestrielle faite aux médecins. Il en résulta peu d'avantages au double point de vue de l'encombrement et de l'infection. Car en 1664, il meurt, d'après M. de Lamoignon
(cité par Tenon), une quantité prodigieuse d'accouchées.
Ce malheur, dit Peu, n'était pas arrivé avant que les
accouchées fussent placées au-dessus des blessés. Aussi
voyons-nous, en février, M. Perreau faire remarquer
l'incommodité notable causée par le peu d'air qui
était à la nouvelle salle et qui rendait la guérison des
femmes en couches plus difficile.

Il fait à ce sujet deux propositions : 1° ou bien mettre

les femmes accouchées malades dans un grenier situé au-dessus des offices de cette salle et communiquant avec elle par un escalier particulier, « afin de n'estoner par leur mort celles qui se portent bien »;

2° Ou bien approprier ledit grenier pour y mettre les taillés qu'on avait imaginé de placer dans une partie de la salle des accouchées.

La première solution parut d'abord réunir tous les suffrages. En juin, la Compagnie se transporte à l'Hôtel-Dieu et visite la salle des accouchées et les offices qui en dépendent, en présence de six médecins de l'Hôtel-Dieu, des mères prieure et sous-prieure et autres anciennes.

Puis, tous ensemble vont au grand grenier qui est au-dessus de ladite salle, pour examiner la commodité et incommodité des lieux. Après plusieurs propositions faites de part et d'autre, on décide que les médecins se consulteront sur ce qui est à faire.

Quelques jours plus tard (27 juin 1664), Delaunay, Capon, De Garbe et Moreau, médecins ordinaires de l'Hôtel-Dieu, font leur rapport touchant le changement de lieu pour les femmes grosses et accouchées.

Tous sont d'avis de les placer dans le grenier au-dessus de la salle où elles sont à présent, faisant approprier les lieux pour les rendre commodes. Quelques-uns conseillent même, mais sans résultat, de le séparer en trois salles différentes, l'une pour les femmes malades, l'autre pour les femmes accouchées, et la troisième pour les femmes grosses.

3

Bien que la mère prieure témoignât que ce changement lui faisait peine, « peut-être à cause de la peine
que les religieuses auraient de monter si haut », la
Compagnie décida que les accouchées seraient mises
dans ledit grenier et qu'elle aviserait aux moyens de
les y placer pour le mieux.

Cette décision resta sans effet, et au mois d'août il
est de nouveau question du transfert des taillés. « Et
quant au changement qui avait été proposé de la salle
des accouchées, la mère prieure a dit qu'on peut suivre
la première pensée qu'on avait eue, donner aux accouchées ce qu'occupent à présent les taillés qu'on peut
placer ailleurs commodément. » Mais il faut auparavant « en communiquer avec le sieur Collo, qui fait
l'opération de la taille dans l'Hôtel-Dieu. »

Collo déclare que le grenier est trop haut (septembre).
Le Bureau fatigué passe outre et arrête, le 12 décembre 1664, que les taillés seront décidément déplacés
pour être mis, soit au-dessus, soit à la salle Saint-Louis,
et qu'on donnera ainsi toute la place aux accouchées.

La nouvelle salle, dite *salle Saint-Joseph*, continua
néammoins d'être encombrée, et, en avril 1666, les
registres signalent le grand nombre de femmes qui
y couchent jusqu'à trois dans un lit.

Une autre délibération du 3 avril 1671 nous apprend
que le nombre des femmes grosses est augmenté
excessivement depuis cinq ou six ans, y en ayant
toujours deux cent cinquante, ou un peu moins, au

lieu de quatre-vingts ou cent qui y étaient ordinairement.

La salle n'avait que deux cent cinquante-deux pieds
de long, et était fort basse. « Le trop grand rapprochement des lits, le peu de hauteur des plafonds et le
défaut de jour suffisant pour renouveler l'air, faisaient
qu'il n'était pas aussi salubre dans cette salle qu'il eût
été à souhaiter. »

Les fenêtres donnaient sur la Seine. Or, les atterris-
sements, vases et immondices qui se trouvaient dans
le bras de rivière « causés par un port au foin, et des
deschireurs de bâteaux » faisaient que, principalement
dans les saisons d'automne et d'été, il n'y coulait que
fort peu d'eau, si corrompue par les égouts de la bou-
cherie de la montagne Sainte-Geneviève, du marché de
la place Maubert, du quartier Notre-Dame, de Saint-
Séverin et par les latrines de l'Hôtel-Dieu, que bien
éloigné d'en prendre pour boire, on ne pouvait sans
danger y laver le linge des pauvres malades.

Cette situation ne fit qu'empirer avec les années.

A la fin du xviiie siècle, les femmes grosses et les
accouchées occupaient toujours la même salle Saint-
Joseph à laquelle on avait ajouté quelques salles voisi-
nes. Tenon nous a laissé, avec plan à l'appui, la
description du service (1).

Six salles avec leurs dépendances sont destinées aux

(1) Voyez le plan à la fin du volume.

femmes enceintes, aux accouchées, aux nourrices, aux nourrissons.

Elles sont situées au second étage, dans le bâtiment méridional (entre la Seine et la rue de la Bûcherie). Ces salles sont :

Saint-Joseph, A.

La salle des accouchements, B.

Les accouchées, C.

Les nourrices, D.

Sainte-Marguerite, E.

La crêche, F.

Les cinq premières communiquent toutes entre elles, la crêche en est détachée.

L'emploi des femmes grosses se développe sur les salles des blessés, des opérations et de Saint-Yves.

Saint-Joseph et les accouchées donnent sur la rivière ; les salles des accouchements, des nourrices, de Sainte-Marguerite, et leurs dépendances, répondent à la rue de la Bûcherie ; les deux premières sont séparées dans leur longueur, par un mur de refend, d'avec les trois dernières.

Les salles Saint-Joseph et Sainte-Marguerite servent aux femmes enceintes. On place les accouchées dans la salle des accouchées, et les nouveau-nés avec des remueuses et des infirmières dans celle dite des nourrices.

L'emploi des femmes enceintes exige un plus grand nombre de pièces de dessertes que n'en demandent les

autres emplois : on y trouve des chambres pour deux
religieuses, et d'autres logements, les uns pour la sage-
femme et ses quatre apprentisses, les autres, pour deux
remueuses, deux portières, douze infirmières.

Les femmes grosses saines et protégées sont mises
à Sainte-Marguerite. Cette salle renferme deux rangées
de lits, dont un grand lit pour quatre, et dix petits
pour dix.

Les autres femmes grosses, saines et malades, sont
placées à Saint-Joseph. Cette salle, mesurant trente-six
toises de long et trente-quatre pieds de large, renferme
cinquante-six lits, dont quarante-deux grands à quatre
personnes, et quatorze petits. Elle peut contenir cent
quatre-vingt-deux malades.

Les lits sont disposés sur quatre files.

L'une est appelée le *rang blanc*, parce qu'elle règne
le long des croisées qui donnent sur la Seine, et qu'on
y voit clair; l'autre, nommée le *rang noir*, est appuyée
au mur de refend qui sépare cette salle des autres
répondant à la rue de la Bûcherie ; les deux autres files
sont celles du milieu.

On couche les femmes grosses malades dans les
petits lits du rang blanc; toutes les autres, malades ou
non, dans les grands lits, les non recommandées dans
le rang noir et obscur. Celles qui couchent dans les
grands lits y sont au nombre de deux, trois, quatre,
et davantage, dans les temps de plus grande presse.

On entre de la salle Saint-Joseph dans la salle des

accouchées, dont elle est séparée par une cloison en
bois ayant des portes à jour. On compte dans cette salle
des accouchées trente-deux lits sur quatre files, savoir :
vingt-deux grands, dix petits, huit dans le rang blanc,
huit dans le rang noir, seize dans les rangs du milieu.

La salle des nourrices contient sept lits, deux grands,
cinq petits, deux berceaux : on y trouve une cheminée.

L'emploi des femmes grosses renferme donc soixante-
sept grands lits et trente-neufs petits. Il était occupé le
12 janvier 1780 par cent soixante-quinze femmes grosses
et accouchées, et par dix-huit personnes de service (non
comprises les sages-femmes qui ont leurs lits et leurs
chambres à part). Il y avait donc alors trois personnes
dans dix-huit grands lits de quatre pieds quatre pouces
de large. Ce n'était encore qu'une petite surcharge, car
il est certain qu'il y a des jours où il en couche quatre.

Les femmes enceintes bien portantes et les malades
(galeuses, vénériennes, fébricitantes) sont indistinctement rassemblées dans la même salle.

« La situation des accouchées est encore plus déplorable. Elles sont de même deux, trois, quelquefois
quatre dans le même lit, les unes à une époque de leurs
couches, les autres à une autre époque; leurs évacuations naturelles les infectent, d'autant plus que ces lits
sont plus échauffés dans cet état de pression, que la
santé de ces femmes est plus détruite, que leurs humeurs
sont plus corrompues; les tourments qu'elles endurent
sont accrus par les circonstances qui accompagnent les

suites de couches ; la tension et la douleur aux seins, à
la tête, au ventre, la fièvre de lait, une sueur aigrelette
qui survient, les augmentent encore.

« N'est-ce pas dans ces lits que sont confondues les
accouchées saines avec les malades ; avec celles qui sont
atteintes de cette fièvre puerpérale qui en fait tant périr.

« Quand on entr'ouvre ces lits de souffrances, il en
sort, comme d'un gouffre, des vapeurs humides, chaudes,
qui s'élèvent, se répandent, épaississent l'air, lui donnent un corps si sensible, que le matin, en hiver, on le
voit s'entr'ouvrir à mesure qu'on le traverse, et on ne le
traverse point sans un dégoût qu'il est impossible de
surmonter. »

Pour comble de misère, il n'y avait pas de berceaux ;
les femmes accouchées avaient leurs enfants couchés
avec elles. Le maître au spirituel ayant fait observer en
1672 qu'il y en avait eu ainsi quatre étouffés en huit
mois, que cela pouvait arriver encore fréquemment et
que les canons de l'Église le défendaient formellement,
la Compagnie répondait que ce mal avait été reconnu
depuis longtemps, qu'on désirerait y trouver un remède,
mais qu'il était difficile de le trouver ; que d'ailleurs
« tous les pauvres gens et quelques-uns de ceux qui
avaient assez de bien en usaient de la sorte. »

Ainsi, concluait Tenon, la surcharge de cette salle et
de ces lits, le mélange des accouchées malades avec
les saines, corrompent l'air : corrompu, il réagit sur
celles qui l'ont infecté, et comme cette salle des accou-

chées n'est séparée de la salle Saint-Joseph ou des femmes grosses que par des portes à jour, l'air, en se répandant de la première dans la seconde, en accroît l'infection ; de sorte qu'il agit encore sur les femmes enceintes qui n'attendent que le moment d'accoucher.

Ce ne sont pas là d'ailleurs les seules causes de l'altération de l'air dans l'emploi des femmes enceintes.

Placé sur la salle Saint-Charles-Saint-Antoine qui est surchargée de fiévreux et pleine d'air corrompu, placé aussi sur la salle des blessés (Saint-Paul, 1er étage) dont l'air est très infect, il reçoit les vapeurs de l'une et de l'autre par les escaliers Saint-Paul et Saint-Nicolas ; il reçoit en dehors celles de la salle des morts, et celles qui s'élèvent de la terrasse située au pied de la salle des opérations, sur laquelle tombent les vidanges de la salle des accouchements.

Ainsi les femmes grosses et les accouchées sont nuit et jour dans cet air corrompu : il pénètre leurs poumons, comme il se mêle aux aliments dont elles se substentent ; elles sont dans une atmosphère remplie de toutes ces espèces d'airs viciés, qui se développent ou qui se rassemblent dans cet important emploi.

Vainement se persuaderait-on qu'il serait possible de l'en retirer. Par un malheur inconcevable, ces salles sont les plus basses de toutes celles de l'Hôtel-Dieu et de toutes les salles des hôpitaux de Paris : elles n'ont que dix pieds quatre pouces du plancher inférieur jusqu'aux dessous des solives du plancher supérieur, ce qui est très extraordinaire, attendu la quantité de monde qu'elles renferment. D'ailleurs comment et par où en retirer l'air, puisqu'elles n'ont de croisées que d'un côté?

Enfin on suspendait du linge de lessive à une partie des croisées, ce qui était un autre obstacle à la circulation de l'air ; « mais ce linge répand en outre de l'humidité, il refroidit ; le grand séchoir, placé sur un bout de l'emploi des femmes enceintes, produit les mêmes effets.

« Il faut encore prendre garde qu'à l'Hôtel-Dieu, le linge chargé de vidanges, mis dans un cabinet au bout de la salle des accouchées, y fermente et accroît la corruption. »

On comprend ce que devait être la septicémie dans un milieu pareil.

Nous avons vu déjà l'épidémie de 1662, 1663, 1664.

Tenon nous apprend qu'en 1664, au dire de monsieur de Lamoignon, il mourait une quantité *prodigieuse* de femmes ; et que, dans l'hiver de 1746, en février, *de vingt de ces femmes malades en couches, à peine en échappait-il une.*

Cette épidémie de 1746 est décrite par Malouin, d'après Col de Villars et Fontaine, médecins de l'Hôtel-Dieu, dans les mémoires de l'Académie royale des sciences de Paris, de 1746.

« Il a régné, pendant l'hiver de 1746, une maladie épidémique parmi les femmes en couches. M. de Jussieu a le premier observé cette maladie ; elle commençait par le dévoiement, ou par une disposition au dévoiement, qui continuait pendant la couche : les eaux, qui accompagnent ordinairement la naissance de l'enfant, sortaient pendant le travail de l'accouchement ; mais après ce temps, la matrice devenait sèche, dure et douloureuse, elle était enflée, et les vuidanges n'avaient pas leur cours ordinaire.

Ensuite, ces femmes étaient prises de douleurs dans les entrailles, surtout dans les parties qu'occupent les ligaments larges de la matrice, le ventre était tendu ; et tous ces accidents étaient accompagnés d'une douleur de tête, et quelquefois de la toux.

Le troisième et le quatrième jour après l'accouchement, les mamelles se flétrissent, au lieu qu'elles durcissent et se gonflent naturellement dans ce temps par le lait qui s'y filtre alors en plus grande quantité : enfin ces femmes mouraient entre le cinquième et le septième jour de l'accouchement.

Cette maladie n'a attaqué que les pauvres femmes, et elle n'a pas été aussi violente, ni aussi commune parmi les pauvres femmes qui ont accouché chez elles, que parmi celles qui ont été accouchées à l'Hôtel-Dieu ; on a remarqué que dans le mois de février, de vingt de ces femmes malades en couches à l'Hôtel-Dieu, à peine en échappait-il une : cette maladie n'a pas été si meurtrière dans le reste de l'hiver. MM. Col de Villars et Fontaine, médecins de cet hôpital, nous ont rapporté qu'à l'ouverture des cadavres de ces femmes, ils avaient vu du lait caillé et attaché à la surface externe des intestins, et qu'il y avait une sérosité laiteuse épanchée dans le bas-ventre ; ils ont même trouvé aussi de cette sérosité dans la poitrine de quelques-unes ; et lorsqu'on en coupait les poumons, ils dégorgeaient une lymphe laiteuse et pourrie.

L'estomac, les intestins et la matrice bien examinés paraissaient avoir été enflammés, et il est sorti, suivant le rapport de ces deux médecins, des grumeaux de sang, à l'ouverture des canaux de la matrice.

Dans plusieurs de ces femmes, les ovaires paraissaient avoir été en suppuration. »

Nous verrons, sous la maîtrise de Mme Dugès, la fièvre puerpérale faire une troisième apparition à l'Hôtel-Dieu, et s'y acclimater, suivant l'expression de Tenon.

CHAPITRE II

LES FEMMES GROSSES ET LES ACCOUCHÉES

N recevait à l'Hôtel-Dieu les femmes grosses à partir du huitième mois; les autres étaient, jusqu'au XVII° siècle, renvoyées chez elles avec la recommandation « patience en attendant le temps. »

Plus tard la Salpêtrière se chargea jusqu'au huitième mois de celles qui pouvaient désirer un refuge secret. Après cette époque elle les renvoyait à l'Hôtel-Dieu pour y faire leurs couches. De plus, et comme aujourd'hui la Maternité, le service était ouvert à toutes les femmes en travail. Beaucoup n'arrivaient qu'au dernier moment, si nous en croyons une délibération du 5 juillet 1773. Le Bureau y objecte en effet au projet de Louis XVI (déplacement de l'Hôtel-Dieu), qu'il serait en tout cas nécessaire de laisser subsister sur l'emplacement actuel, une maison destinée à recevoir les blessés et les femmes enceintes.

Car, disait-il, « les femmes enceintes ne se rendent à l'Hôtel-Dieu que lorsqu'elles sont pressées par la douleur ; les unes redoutent le séjour sans le connaître, ou travaillent pour gagner leur subsistance jusqu'au dernier moment, d'autres ignorent le terme de leur état, ou veulent cacher leur honte au public et à elles-mêmes. Si, dans cette situation, elles se trouvent forcées d'aller pendant la nuit et dans la saison de l'hyver chercher au loin un asyle, elles seront exposées aux plus grands malheurs. »

On trouve, dans une délibération du 27 juin 1753, de curieux renseignements sur la façon dont se faisaient la nuit les réceptions d'urgence.

« Le chirurgien major de l'Hostel-Dieu est venu au Bureau et a dit qu'il croyoit être de son devoir de repré-senter à la Compagnie ce qu'il voit souvent arriver, lorsqu'on amène des malades et des blessés à l'Hostel-Dieu, ou que des femmes grosses et prêtes d'accoucher s'y présentent pendant la nuit. Le domestique employé au service des ecclésiastiques, qui couche dans une chambre proche celle de ces ecclésiastiques, qui a pen-dant la nuit la clef de la porte de l'église, et qui est chargé d'aller l'ouvrir, quoiqu'il y ait une cloche des-tinée pour l'appeler, s'éveille difficilement et souvent est très longtemps à dessendre, ce qui occasionna différents accidents, ayant veu des femmes grosses accoucher sur les degrés, proche la porte de l'église, y en ayant eu une dont l'enfant, étant tombé sur les degrés, s'étoit tué. »

La Compagnie décide en conséquence qu'on fera coucher le suisse à l'entrée de la salle de Saint-Denis, vis-à-vis la chambre de visite des malades, et qu'on le chargera de la clef qu'avait le domestique des prêtres, laquelle sert à ouvrir la porte de l'église qui répond sur le perron de l'Hôtel-Dieu, du côté de la rue Neuve-Notre-Dame.

Le mouvement des entrées était considérable, et en rapprochant la statistique suivante des renseignements qui précèdent sur la disposition des locaux attribués aux femmes grosses et accouchées, on comprendra mieux encore à quel degré atteignait l'encombrement, et à quelles fatigues surhumaines étaient soumises les maîtresses sages-femmes de l'Hôtel-Dieu.

Statistique des naissances à l'Hôtel-Dieu depuis 1722 (d'après les registres des délibérations du Bureau de l'ancien Hôtel-Dieu).

1722. — Avril...............	112
Mai...............	101
Juin...............	89
Juillet...............	83
Août...............	83
Septembre............	97
Octobre.............	95
Novembre............	101
Décembre............	97
Total.........	858

1723. — Janvier............. 117
Février.............. 90
Mars............... 121
Avril............... 95
Mai................ 98
Juin................ 85
Juillet............. 73
Août............... 91
Septembre........... 112
Octobre............. 109
Novembre........... 82
Décembre........... ?

Total......... 1073

1724. — Janvier............. 135
Février............. 112
Mars............... 109
Avril.............. 122
Mai................ 118
Juin................ 87
Juillet............. 79
Août............... 94
Septembre.......... 75
Octobre............. 94
Novembre........... 106
Décembre........... ?

Total........ 1111

1725......	1260	1754......	1367
1726......	1338	1755......	1468
1727......	1190	1756......	1663
1729......	2189	1757......	1508
1730......	1166	1758......	1480
1731......	1278	1759......	1630
1732......	1264	1760......	1459
1733......	1125	1761......	1518
1734......	1302	1762......	1442
1735......	1290	1763......	1427
1736......	1328	1764......	1541
1737......	1257	1765......	1480
1738......	1209	1766......	1504
1739......	1480	1767......	1653
1740......	1366	1768......	1693
1741......	1447	1769......	1720
1742......	1339	1770......	1715
1743......	1260	1771......	1699
1744......	1264	1772......	1661
1745......	1351	1773......	1464
1746......	1304	1774......	1559
1747......	1385	1775......	1594
1748......	1272	1776......	1581
1749......	1437	1777......	1573
1750......	1331	1778......	1608
1751......	1365	1779......	1670
1752......	1498	1780......	1586
1753......	1527	1781......	1576

1782......	1536	1787......	1507
1783......	1470	1788......	1578
1784......	1502	1789......	(?)
1785......	1523	1790......	1637
1786......	1443	1791......	1330

D'après Tenon, ces chiffres ne comprennent pas les enfants morts-nés. Ce sont, en effet, les états baptistaires : d'où il résulte qu'il y a plus, à l'Hôtel-Dieu, d'accouchées que d'enfants baptisés, et qu'il faut également avoir égard aux accouchées qui ont amené des enfants morts.

En venant à l'Hôtel-Dieu, les femmes grosses ou en travail devaient autant que possible apporter « le paquet » ou la layette de leur enfant. Toutefois, lorsque la femme était dans la misère, la Compagnie lui fournissait une layette et fit constamment tous ses efforts pour qu'aucune rémunération ne fût exigée à ce propos par la religieuse, la servante ou la portière des accouchées.

Les registres des délibérations sont remplis à ce sujet de rappels aux règlements. Mais ce ne fut que vers le milieu du xviiie siècle que le Bureau prit les mesures nécessaires pour que dorénavant les layettes pour emmailloter les enfants naissant à l'Hôtel-Dieu, fussent fournies gratuitement aux pauvres femmes grosses.

Voici la délibération réglant cette question :

« Le 31 mars 1751, Monsieur Vigneron a dit, qu'entre autres abus qui se sont introduits dans la salle des

4

accouchées de l'Hôtel-Dieu, on y fait payer par les femmes qui viennent accoucher, une certaine somme pour prix des layettes destinées à emmaillotter les enfants dont elles accouchent, sous prétexte, à ce qu'on prétend, qu'il faut environ quinze cents langes picqués tous les ans pour autant d'enfants qui naissent à l'Hôtel-Dieu, et qu'à peine le vieux linge de la maison peut-il suffire pour en faire six cents, en sorte, dit-on, qu'on est obligé d'en achepter beaucoup. Et d'autant que tout doit être fourni gratuitement aux pauvres qui sont dans l'Hôtel-Dieu, que l'intention du Bureau n'a jamais été et ne sera dans aucun temps qu'on exige ny pour les layettes ny pour autres choses de pareille nature, a été arrêté que les layettes pour emmaillotter les enfants qui naissent à l'Hôtel-Dieu, seront fournies gratuitement *comme elles ont deu l'estre dans tous les temps*, sans qu'il puisse être exigé aucune chose ni des femmes qui viennent accoucher ni de leurs parents. Que, pour faire cesser tout prétexte à cet égard, on acheptera tous les ans une certaine quantité de langes picqués faits avec du vieux linge, lesquels seront confiés et mis à la garde du dépensier et seront serrés dans un lieu destiné à cet effet, pour être par lui délivrés sur les ordres de messieurs les Commissaires à qui il appartiendra. »

Le Bureau accepte les offres du sieur Richelet qui dit que dans les foires qui se tiennent en Champagne et principalement à Reims, on vend beaucoup de vieux

linge très propre à faire ces sortes de langes picqués.
Il en achetera et fera faire les langes qu'il livrera à
l'Hôtel-Dieu, ne demandant que ses déboursés suivant
l'état qu'il en fournira.

Une fois entrées, les femmes grosses passaient le
temps à filer au fuseau et à coudre, et ne devaient plus
sortir. Il y avait à l'office une portière spéciale à ce pré-
posée. Mais ce règlement ne fut jamais bien rigoureu-
sement observé, si l'on en juge par les rappels constants que l'on y trouve dans les délibérations du Bureau.

Bien que chaque matin il y eût dans la salle même
une messe dite à leur intention, les femmes sortaient
sous prétexte d'en aller entendre une autre dans l'hôpital. D'ailleurs la dame religieuse les envoyait dans
les différents offices pour aider au service. De là,
comme l'Hôtel-Dieu était ouvert à tous allants et venants,
et qu'elles gardaient leurs vêtements de ville, il leur
était facile d'aller courir dans Paris. A plusieurs reprises
des femmes grosses ainsi sorties en contrebande,
furent ramenées en piteux état, eurent des accouchements difficiles et moururent. Si bien que le 16 janvier 1658, le Bureau décide que ces accidents pouvant être causés par les excès que les femmes grosses
font quelquefois hors de l'Hôtel-Dieu, dont elles
sortent avec trop de facilités, elles ne sortiront plus
dorénavant que rarement et en connaissance de cause.

Mais cela ne suffit pas à réprimer les abus, et une délibération du 27 octobre 1673 porte que :

« L'uzage a esté jusqu'à présent que les femmes grosses receues à l'Hostel-Dieu, pour y acoucher, en atendant leurs couches, vont travailler à la cuizine, à la chambre aux draps ou à l'ofice aux chemizes ; cela est dangereux pour lesdites femmes, à cauze de ceux qui les emmènent et débauchent, comme il est arrivé depuis peu à trois desdites femmes dont l'une est revenue à l'Hostel-Dieu, fort batue et excédée, et y est morte ; une autre avoit vendu son enfant. »

Pour empêcher ce désordre à l'avenir, le Bureau décide (3 juillet 1684) que « l'on fera faire des robes spéciales pour les femmes grosses et accouchées, pour les empêcher de sortir quand il leur plait à quoi elles ont de la facilité à cauze qu'elles sont vestues de leurs habits ordinaires. »

Enfin, en 1717, de nouveaux abus ayant eu lieu, on dut ajouter aux vêtements hospitaliers des femmes grosses, des parements bleus destinés à les faire reconnaître des portiers de la maison.

Non seulement il était interdit aux femmes de sortir, mais leurs parents ne pouvaient les visiter dans leur salle qui resta toujours fermée, de par les règlements, aux chirurgiens du dehors, à toute personne du dehors même sous prétexte de parenté avec la maîtresse sage-femme, apprentisses ou autres personnes au service de ladite salle, à toutes personnes même de la maison, à l'exception de l'Inspecteur, des officiers de santé et des ecclésiastiques pour y remplir les fonctions de leur ministère.

Personnel et malades sans distinction ne pouvaient converser qu'au parloir, spécialement annexé à l'office des accouchées, dont les barreaux étaient munis de fil d'archal, pour empêcher qu'on pût donner par là les hardes de la maison.

La Compagnie tint toujours la main à l'observation de ce règlement qui avait pour but de garder le secret aux femmes grosses de toutes conditions qui venaient accoucher à l'Hôtel-Dieu.

Nous trouvons en effet les raisons de ces mesures exposées de la façon suivante dans une lettre adressée le 22 mars 1786 à M. le lieutenant-général de police, en réponse à une requête de l'ambassadeur de l'Empereur d'Allemagne pour qu'on laissât entrer à l'office des accouchées le sieur Boir, accoucheur.

« La salle des accouchées de l'Hôtel-Dieu n'a rien de commun, quant au régime, avec toutes les autres de cet hôpital ; l'accès de ces dernières est libre au public, celle-là, au contraire, a toujours été consacrée à être l'asile contre le déshonneur ; et pour assurer la tranquillité des familles, il s'y observe un secret impénétrable sur le nom de celles qui y vont ; il n'est inscrit que sur un registre tenu sous la clef par la religieuse de la salle, et dont connaissance, que nous nous inter-

disons à nous-mêmes, n'est donnée à personne. Vous
concevez, monsieur, ce qui a déterminé les règlements
faits à ce sujet. Il vient à l'Hôtel-Dieu des mères de
familles honnêtes, que des dérangements de fortune
forcent d'y avoir recours secrètement ; il y vient des
filles même de famille, que l'inexpérience ou une surprise et une faiblesse amènent aussi ; enfin, quelquefois,
des femmes qui ont intérêt de se cacher lorsque pendant l'absence de leur mari elles ont manqué à leurs
devoirs. Le trait suivant en est une preuve.

« Il y a sept à huit ans, qu'un homme qui soupçonnait
sa femme, la mena à l'Hôtel-Dieu, et y fit toutes les
perquisitions dont il put s'aviser pour s'assurer de la
réalité de ses soupçons ; mais le secret lui ayant été
inviolablement gardé, lorsqu'il se crut suffisamment
rassuré, il fit voir un pistolet sur lequel il avait la main,
et déclara qu'il aurait brûlé la cervelle à sa femme sur
la place, s'il l'eût reconnu coupable.

« Quant aux maris, ils ne sont jamais admis à parler
à leurs femmes que dans un parloir qui est au
dehors. »

Voici deux autres documents tout aussi intéressants
à ce point de vue.

Délibération du 3 août 1668

« M. Perreau a dit qu'un huissier de la Cour est venu
le voir, pour faire agréer au Bureau qu'il compulse les

registres des acouchées et des batesmes de l'Hôtel-
Dieu, pour faire voir qu'une fille qui poursuit un particulier pour prendre l'enfant dont elle a acouché à
l'Hôtel-Dieu, y a acouché pluzieurs fois ; qu'il n'a
voulu l'acorder sans la permission du Bureau ;
sur quoy a esté remarqué que le Bureau a grand inté-
rest d'empêcher ce compulsoire, premièrement parceque cela feroit conséquence pour les registres du Bureau,
ce que la Compaignie a toujours empêché, et même depuis un mois ;

« Secondement, parceque cela détourneroit les filles
qui ont forfait à leur honneur de venir acoucher dans
l'Hôtel-Dieu, et aussi les porteroit à défaire leurs
enfants, mesme avant qu'estre nez ;

« Troizièmement, parcequ'en cherchant dans les
registres le nom de la fille, dont ou auroit bezoin, on
pouroit en reconoistre d'autres dont il ne seroit pas
question ;

« Quatriesmement, que l'on pouroit feindre des procès
pour avoir ocazion de chercher dans lesdits registres
les noms des filles à qui on voudroit du mal, et qu'on
soupçoneroit avoir acouché dans l'Hôtel-Dieu ; que par
tous ces moiens les chozes qui doivent estre tenues
secrètes deviendroient publiques, ce qui est de grande
importance.

« L'afaire mize en délibération, la Compagnie a aresté
qu'il en sera comuniqué à Monseigneur le premier
Prézidant, et M. Perreau chargé de le faire. »

Délibération du 5 octobre 1674

« M. Perreau a dit que des filles estant acouchées dans l'Hôtel-Dieu secrètement et depuis mariées, ceux qui pouroient avoir quelque soupçon de ces couches viendroient en chercher des lumières à l'Hôtel-Dieu, où quelquefois les enfans sont batizez sans déguizer le nom des mères, que pour obvier à cela, il a conseillé à M. le Maître au spirituel de l'Hôtel-Dieu dire à ces curieux qu'il n'y a rien sur les registres de ce qu'ils cherchent, ce qu'il fait difficulté d'acorder, dizant ne vouloir faire un mensonge, que cela met pluzieurs familles en danger d'estre difamées et en mauvaize inteligence, ou les filles seront portées à faire perdre leur fruit, qui sont deux maux également importans, auxquels il est nécessaire de pourvoir. Sur quoi la Compagnie aiant trouvé que cette afaire estoit de très grande conséquence, et regardoit en quelque façon le spirituel, a aresté d'en délibérer en plus grande assemblée, et en présence de Monseigneur le premier Prézidant. »

Quand les femmes qui étaient à l'Hôtel-Dieu de Paris pour faire leurs couches commençaient d'être en travail, « elles allaient en une chambre qu'elles appelaient le *Chauffoy*, auquel lieu on les accouchait toutes sur un petit lit fort bas et fait exprès, où on les mettait devant le feu ; puis aussitôt que leur besogne était faite, on les menait coucher dans leur lit, qui était quelquefois assez éloigné de cette chambre, auquel elles allaient toutes fort bien à pied. » Voilà ce qu'a vu Mauriceau, « autrefois dans l'Hôtel-Dieu, en un grand nombre d'accouchements qu'il y a faits. »

Cet état de choses déplorable fut modifié en 1658, sur la proposition de M. Perichon, administrateur, auquel sont dues plusieurs réformes importantes de l'office des accouchées.

« Sur ce que M. Périchon s'est plaint de ce que, après que les femmes ont accouchées au Chauffoir, on les fait retourner à pied dans leurs lits, ce qui les peut incomoder notablement, la Compagnie a aresté qu'il sera fait une chaire à bras, dans laquelle lesdites femmes après être accouchées, seront portées à leurs lits par les servantes de l'office. » (16 janvier 1658.)

Deux jours plus tard (18 janvier 1658), sur ce que M. Perrichon a remarqué que « l'ordre estant de faire les lits des femmes grosses sur les cinq heures du matin, on oblige les femmes fraischement acouchées de se lever comme les autres, ce qui leur est préjudiciable, la Compagnie a aresté qu'on ne fera lever les femmes acouchées, pour faire leurs lits, que deux jours après l'accouchement seulement, et non plus tost. »

Au temps de Tenon, la salle où se faisaient les accouchements était située sur la rue de la Bûcherie, derrière la salle Saint-Joseph, et communiquait avec la chambre

de la maîtresse sage-femme, avec le dortoir et le réfectoire des apprentisses. On y voyait une cheminée et
deux lits d'une forme et d'une composition particulière, figurée par Tenon. (Voyez à la fin du volume.)
Ils servaient pour le travail de l'accouchement.

La cuvette de plomb de ces lits recevait les vidanges,
qui, tombant dans un canigou, étaient conduites sur la
terrasse située au pied de la salle des opérations ; en se
répandant sur cette terrasse, elles offraient des saletés
désagréables à la vue, mais encore plus insalubres.

Pour l'ordinaire, au temps où l'office des accouchées
était encore dans la salle du Pont, les femmes grosses
nouvellement accouchées, quelque petite fièvre que ce
fût qui les prît, après leurs couches, étaient aussitôt
portées à la salle Basse (ancienne salle des accouchées),
dont l'air malsain les mettait en danger notoire de leur
vie, vu qu'il en échappait peu.

La Compagnie décida, le 20 décembre 1656, que dorénavant aucune femme accouchée ne serait portée hors
de la salle desdites accouchées, quelque indisposition
qu'elle eût, sans l'ordre par écrit du médecin de
l'Hôtel-Dieu dans le département duquel serait alors
ladite salle.

Quelques années plus tard (1661), ainsi que nous
l'avons vu déjà, les accouchées malades furent, sur
la proposition de M. de Lamoignon, placées dans la
salle précédemment occupée par les taillés, transférés

des premiers dans les nouveaux bâtiments de la rive gauche.

Puis, une fois les accouchées installées à leur tour à la salle Saint-Joseph, un nouvel ordre de choses fut établi dont nous trouvons l'indication dans Tenon.

Au xviiie siècle, les femmes qui nourrissaient, et qui au bout de huit ou dix jours d'accouchement étaient malades, passaient à la crèche. Si c'était l'enfant qui était malade, elles y passaient avec lui ; si enfin ils l'étaient l'un et l'autre, ils y étaient également transférés.

Les fébricitantes, parvenues au huitième ou dixième jour de leur accouchement, étaient conduites à Saint-Landry ; avaient-elles des recommandations, on les recevait à Sainte-Martine ou à Sainte-Marthe. Affectées de maladies chirurgicales, elles étaient admises à la salle Saint-Nicolas ou des blessées (1er étage, au dessous de Sainte-Martine).

A leur sortie qui normalement avait lieu quinze jours après leurs couches, ou lorsqu'elles étaient en convalescence, les femmes accouchées à l'Hôtel-Dieu étaient, si elles n'avaient pas de lieux ou se retirer, envoyées à l'Hôpital général (Salpêtrière).

On ne les gardait pas à l'Hôtel-Dieu parce que, disaient les administrateurs, elles y seraient en danger de tomber malades ainsi que leurs enfants, et peu échapperaient à la mort.

Mais, vers 1682, l'Hôpital général refusa de les recevoir. L'Hôtel-Dieu ayant réclamé, l'Hôpital général répond « qu'il a arrêté de recevoir seulement celles qui sont de Paris, et que l'Hôtel-Dieu peut mettre les autres sur le pavé. »

Comme ce serait, disent les administrateurs (délibération du 9 décembre 1682), une chose fort dure et qui ne serait pas bien reçue du public, on dut chercher un compromis.

Monseigneur le premier président fit observer que l'Hôpital général, nonobstant tout son ménage et sa réforme, dépensait encore plus que son revenu et que c'était justice de ne le pas surcharger de pauvres. Néanmoins dans le fait qui se présente, « il croit que ledit hospital doit les recevoir indifférament, sauf à les mettre dehors incontinent, si la direction le trouve à propos. » Cette solution n'en était pas une, et l'Hôtel-Dieu dut, au xviiiᵉ siècle, s'occuper de faire construire sur la rive gauche, près du Pont-au-Double, une maison pour ses convalescents.

Les femmes grosses syphilitiques ou « gastées » n'étaient reçues à l'Hôtel-Dieu qu'à l'extrémité, et quand elles étaient en travail.

La sage-femme « n'osant et ne devant y toucher pour les délivrer de peur de gâter les autres femmes en couches », le compagnon chirurgien (Portal) en fut chargé par une délibération du 15 janvier 1659.

En 1664, un conflit étant survenu entre la maîtresse sage-femme et une apprentisse qui avait refusé d'accoucher une syphilitique, le Bureau ordonna (19 novembre) que les femmes vérolées qu'on serait obligé de recevoir, seraient portées lors de leurs couches à la salle Sainte-Reine, destinée pour cet effet, si la sage-femme ou les apprentisses trouvaient le mal tant soit peu dangereux. Mais quelques jours plus tard une restriction est apportée à ce règlement. « M. Perreau a dit qu'il a averty Simon, chirurgien ordinaire de l'Hôtel-Dieu, qui a le soin d'accoucher les femmes gâtées, de la délibération du dernier jour, qu'il luy a dit qu'il est à craindre que si on faisoit descendre les femmes qui sont en travail, il pouroit leur prendre un saisissement qui leur causeroit peut-être la mort, que pour y obvier, il offre aler les accoucher dans la salle des accouchées, sur quoy quelques difficultés ayant esté remarquées, la Compagnie a aresté qu'il y sera pourveu selon les occurences, et qu'en cas que ledit chirurgien remarque dans l'accouchement qu'il n'y a aucun risque pour les autres femmes, il les accouchera dans ladite salle, si la sage-femme et apprentisse en font refus, et après l'accouchement, s'il juge qu'il y ait du risque, il les fera aporter en bas. »

Hors les cas d'urgence, les femmes grosses vérolées se voyaient refuser l'entrée de l'Hôtel-Dieu. De son côté l'Hôpital général, arguant qu'un article exprès des lettres de son établissement, disait qu'il ne devait point retirer les personnes affligées de grosse vérole, les renvoyait au Grand Bureau des pauvres.

Les chirurgiens du Grand Bureau n'osaient panser celles qui étaient grosses, de peur de faire périr leur fruit « comme il arriverait infailliblement. »

Il est donc à craindre, observaient les administrateurs de l'Hôtel-Dieu, si ces femmes ne sont à un mois de terme qui est le temps auquel on reçoit les femmes grosses à l'Hôtel-Dieu, qu'elles ne demeurent sur le carreau sans secours ni assistance.

C'est pour remédier à cet état de choses que, par des lettres patentes du mois d'août 1785, Louis XVI autorisa les administrateurs de l'Hôpital général à acquérir, dans un faubourg de Paris, un lieu propre à recevoir les femmes enceintes, les enfants, les nourrices atteintes du mal vénérien.

Cet hôpital (aujourd'hui le Midi) fut construit au faubourg Saint-Jacques sur l'emplacement du couvent des Capucins, et fondu avec l'ancien hospice de Vaugirard.

CHAPITRE III

E 25 janvier 1613, le Bureau adjoint deux nourrices au service des accouchées, « pour éviter aux inconvéniens de mort qui sont cy-devant arrivez aux petitz enfans qui sont à la mamelle, par faulte de nourriture et allimentz »; « pour cest effect a esté ordonné qu'il sera pris deux nourrices, les plus propres que faire se poura, pour norir et alaicter lesdictz petitz enfans, et prendre garde à eux, à ce que par cy après il n'en arive aulcun accident; lesquelles nourices demeureront et coucheront aux accouchées audict Hostel-Dieu. »

En 1657, les dames de la Charité offrent de payer de leurs deniers deux nouvelles nourrices, pourvu que la Compagnie veuille se charger de leur entretien. Ce nombre fut encore augmenté par la suite, et, en 1703, il y en avait huit.

Cela était bien pour le service interne.

Mais, lorsque les mères mouraient, et on sait qu'à de certains moments c'était en foule, il fallait que l'Hôtel-Dieu se chargeât de placer les orphelins.

D'autre part, la plupart des femmes qui venaient accoucher à l'Hôtel-Dieu, étant dans la misère, abandonnaient leurs enfants. De là de grandes difficultés.

A partir de 1654 jusqu'en 1664-65 les *dames de la Charité,* qui avaient le soin des enfants trouvés, recevaient les orphelins de l'Hôtel-Dieu dans leur maison du faubourg Saint-Lazare.

A cette époque elles se plaignirent (délibération du 8 mai 1665) du grand nombre d'enfants qui leur était envoyé de l'Hôtel-Dieu, et du peu de moyens qu'elles avaient de les nourrir (1).

Elles avertirent le Bureau d'y pourvoir comme il faisait auparavant qu'elles se fussent chargées de les recevoir.

Le Bureau leur fit remarquer que le nombre des femmes accouchées qui mouraient ci-devant dans l'Hôtel-Dieu, avait donné lieu à cette augmentation, et assura que le nombre en diminuerait à l'avenir.

Mais la fièvre puerpérale reprit de plus belle, et le

---

(1) Le rapport de 1657 constatait déjà que, pendant l'année, le nombre des enfants reçus par les dames de la charité était de trois cent quatre-vingt-quinze, que la recette ne s'était élevée qu'à seize mille deux cent quarante-huit livres, et que la dépense était de dix-sept mille deux cent vingt et une livres.

2 décembre 1665, les dames de la Charité déclarèrent qu'elles ne voulaient plus décidément d'enfants orphelins de l'Hôtel-Dieu, à cause de la misère du temps.

L'Hôtel-Dieu propose alors de les rémunérer; elles refusent et donnent au Bureau huit jours pour aviser. C'est alors que M. Perreau, un des administrateurs, s'offrit à trouver un lieu et des moyens commodes, aux dépens de l'Hôtel-Dieu, pour faire nourrir tous lesdits enfants sans en donner plus la charge auxdites dames.

A cet effet, il se pourvoiera de nourrices en nombre suffisant; et, ajoute-t-il, les enfants seront beaucoup mieux qu'ils n'étaient avec lesdites dames. La Compagnie consent.

Le 12 février 1666, on retrouve M. Perreau à l'œuvre. La Compagnie décide, sur ses instances, que l'on mettra dans l'Hôtel-Dieu un tronc qui aura un écriteau portant ces mots : « Tronc pour la nourriture et gages de toutes les nourrices qui allaitent les enfants qui sont à la charge de l'Hôtel-Dieu, qui se mettoient autrefois aux enfans trouvez. »

Et le 24 février 1668, il est décidé qu'à côté des enfants qui seront déposés au jour de Pardon, il y aura un écriteau portant : « Ce peu d'enfans reprézantent une grande quantité d'orfelins qui sont en nourrisse, tant à l'Hôtel-Dieu et dans la ville qu'aux champs, dont l'Hôtel-Dieu est chargé. »

Mais il fallut bientôt trouver autre chose, et, en 1678, ce service subit une nouvelle modification. Par lettres patentes de juin 1670, la maison des Enfants-Trouvés fondée en 1638 par Vincent de Paul et Mme Legras, avait été rattachée à l'hôpital général.

L'hôpital général propose (12 août 1678) de se charger des enfants, même dès la mamelle, qui sont à la charge de l'Hôtel-Dieu, « soit parcequ'ils y sont nez et leurs mères mortes à l'Hôtel-Dieu, ou qu'ils y ont esté aportez avec leur père ou mère malades qui y sont morts. »

Mais l'hôpital général demande que, l'hôpital des Enfants-Rouges ayant été fondé principalement pour y retirer les enfans qui seraient à la charge de l'Hôtel-Dieu, et qui dorénavant seront à la charge de l'hôpital général, l'Hôtel-Dieu lui fasse transport sans garantie de tout le droit qu'il a sur ledit hôpital des Enfants-Rouges, lui en mette en main les titres, tous les mémoires, etc., ce que la Compagnie accorde.

En échange, l'hôpital général demande que les femmes grosses qui viennent de chez lui soient reçues à l'Hôtel-Dieu, quand elles seront prêtes à faire leur couche, « ce que la Compagnie a accordé, d'autant plus volontiers qu'elle ne refuse aucune femme grosse quand elle se trouve sur le dernier mois de son terme, de quelque part qu'elle vienne, pourvu qu'elles ne soient point gâtées ».

Dès lors la difficulté fut résolue. En 1672 et 1688, l'administration de l'hôpital général acquit rue Neuve-Notre-Dame, devant l'Hôtel-Dieu, deux maisons (une où pendait pour enseigne l'image Saint-Victor et l'autre dite la Maison de la Marguerite) qui furent réunies à celle de la Couche, fondée par l'évêque de Paris après l'arrêt du parlement de 1552, qui imposait aux seigneurs hauts justiciers l'obligation de se charger des enfants exposés et trouvés dans le ressort de leur justice.

Cela s'appelait encore du temps de Tenon l'hôpital des Enfants-Trouvés, dit de la Couche, confié à vingt-deux sœurs de charité.

Il y avait là quatre-vingt-deux berceaux, sept ou huit nourrices, et il y entrait depuis dix, vingt et jusqu'à cent enfants par jour.

Sur les *quinze cent trois enfants* qui naissaient annuellement à l'Hôtel-Dieu, il en passait *treize cent quatre* par année moyenne aux Enfants-Trouvés. Sur les treize cent quatre enfants que l'Hôtel-Dieu envoyait ainsi à la maison de la Couche, il en mourait *quatre cents*, c'est-à-dire presque le tiers, durant les premiers jours de la première semaine, d'une maladie connue dans les hôpitaux sous le nom d'*induration* ou de *gelée*, maladie qui reparaissait avec le froid à la fin d'octobre, et disparaissait au retour de la chaleur au commencement de juin.

Tenon en donne une description remarquable. « Lorsqu'elle commence, la peau est couleur de cerise, elle passe ensuite à la couleur lie de vin, puis au violet ; le tissu cellulaire se gonfle, durcit, devient grainu, quelquefois sec, le plus souvent il est rempli de sérosité jaunâtre, inodore, insipide. Cette maladie occupe-t-elle la face ? ce qui arrive fréquemment, à mesure que le tissu cellulaire des joues se gonfle, les mâchoires sont bridées, la déglutition est laborieuse, puis arrêtée.

S'empare-t-elle d'un bras ? tantôt elle le saisit dans toute sa circonférence, tantôt elle ne l'entreprend que d'un côté, dans le dernier cas, elle fait pencher la main dans le sens de l'induration et du gonflement.

Attaque-t-elle le pied ? c'en est surtout la plante qu'elle soulève en la rendant convexe. Elle s'établit volontiers dans le tissu cellulaire du ventre, de la région du pubis, du scrotum ; rarement elle s'étend à la cage de la poitrine. *Il serait difficile de citer deux ou trois exemples d'enfants atteints de cette maladie qui en seraient échappés.*

L'Hôtel-Dieu fournit à lui seul une fois plus de ces enfants gelés, que le reste de Paris, sa banlieue et la province. »

CHAPITRE IV

'est dans les règlements de septembre 1614 et de décembre 1620, que nous trouvons pour la première fois nettement définies les attributions de la maîtresse sage-femme.

Demeurant à l'office des accouchées, ayant un traitement fixe au lieu de « huictz solz qu'elle avoit antiennement pour accoucher chacune femme, » elle avait charge :

1° D'examiner les femmes grosses qui venaient pour faire leurs gésines, afin de déterminer l'âge de la grossesse ;

2° De faire tous les accouchements ;

3° De conduire à la messe les femmes grosses et d'assurer le baptême aux enfants ;

4° De surveiller la salle en l'absence de la mère d'office ;

5° De faire les lessives des linges des femmes.

Le cérémonial de la réception des femmes par la sage-femme, cérémonial auquel le Bureau paraissait tenir d'une façon toute spéciale, si l'on en juge par les fréquents rappels au règlement que l'on retrouve dans ses délibérations, était déjà fort administratif.

« Auparavant qu'elles puissent entrer audict office, les femmes grosses viennent au Bureau demander au greffier d'iceluy une requeste pour ce faire, lequel en a de toutes imprimées, et leur en baille une où il remplit le nom et surnom de la pauvre femme grosse, le jour, le mois, et l'an, qu'il lui baille, et oultre mect qu'elle sera visitée par la sage-femme.

« Et puis il lui baille pour aller trouver ladicte sage-femme, laquelle escript dessus, à costé de ladicte requeste, le temps et les mois que ladicte femme a encore à accoucher et luy rend.

« Et estant de retour audict Bureau, sy ladicte sage-femme y mect moins de deux mois, elle est à l'instant receue, et sy elle mect plus que deux mois, on mect sur sa requeste, *patience en attendant le temps.*

« Et le temps dezdictz deux mois, elle est receue pour entrer audict Hostel-Dieu, l'on lui mect sa requeste sur laquelle l'on mect, soit receue, et registrée, signée de l'ung des sieurs gouverneurs.

« Ce faict, ladicte pauvre femme s'en retourne audict Hostel-Dieu, et s'addresse à *ladicte antienne religieuse que l'on nomme la dame des accouchées,* à laquelle elle présente sa requeste et luy demande le coucher.

« Laquelle prend ladicte requeste et l'enfile à ung lacet avec les aultres, et à l'instant luy désigne et montre le lict ou elle couchera, et à l'heure appelle sa *fille de religion* (la novice) et luy donne charge de veoir ses langes et couches, si elle en a, sinon luy dict qu'il en faut avoir.

« Et oultre *commande* (ladite religieuse) *à la sage-femme.* »

Ce n'était qu'en l'absence de la dame des accouchées, que, concurremment avec la jeune sœur, la sage-femme devait prendre garde qu'on n'emporte les couvertures, draps et autres ustensiles, qu'on ne fasse entrer aucunes personnes spécialement les hommes, et qu'elle devait empêcher « les caiellemens, parolles odieuses et lubricques » de toutes ces femmes grosses qu'elle ne devait point laisser sortir.

Chaque matin la sage-femme conduisait les femmes grosses à la première messe, « et advenant l'accouchement de quelcune, la servante de ladicte sage-femme a le soing d'aller advertir le chappelain, qui est de sepmaine, et qui tient le registre des baptisaires, pour se tenir prest à l'heure qu'il sera de besoing, et que les parrins et marrines seront venus. »

Il était formellement interdit à la sage-femme de recevoir aucune femme sans l'autorisation du Bureau ; de prendre quoique ce fût des femmes grosses ou accou-

chées, soit argent, présents ou autres, tant en entrant
que sortant ; il lui était également interdit d'employer
les femmes grosses à battre lessives, filer au rouet, ni
faire aucun exercice violent.

En 1658, on apporte quelques modifications au précédent règlement.

Les réceptions ne sont plus faites que tous les mardis
et vendredis de chaque semaine, depuis sept heures
jusqu'à neuf heures du matin.

Les femmes doivent se présenter à l'entrée de la salle
des accouchées pour être visitées par la sage-femme
dans la petite chambre destinée à cet effet.

Cette visite doit être faite par la sage-femme en personne, sans s'en rapporter aux apprentisses (nouvellement instituées pour l'aider).

Après cette visite, la sage-femme renvoyait toutes
celles qui n'étaient pas dans le dernier mois, et ne retenait que celles qui n'avaient plus qu'un mois au moins
à accoucher.

Elle conduisait ces dernières au Bureau sur les dix
heures, les faisait recevoir par l'administrateur, puis
les ramenait avec leurs billets d'admission au banc où
se faisait la réception des pauvres, entrant à l'Hôtel-
Dieu, par l'ecclésiastique de semaine qui leur mettait
un billet au bras.

Cela fait, la sage-femme ramenait ses femmes à la
salle des accouchées où elle les remettait aux mains de
la religieuse cheftaine.

Avant de se retirer le soir en sa chambre pour y prendre son repos, la sage-femme devait faire une revue par tous les lits de toutes les femmes qu'elle savait approcher du terme, et si elle en reconnaissait quelques-unes sur le point d'accoucher la nuit, elle devait donner des ordres pour que son apprentisse ou quelque autre en qui elle eût confiance, vît une fois ou deux la nuit lesdites femmes, afin qu'elle pût être avertie dès que sa présence serait nécessaire.

Quand la sage-femme était mandée pour aller faire un accouchement en ville, elle était tenue d'en donner avis à *l'administrateur* résidant à l'Hôtel-Dieu. La nuit il lui était pour cela baillé un billet.

Défenses très expresses lui étaient faites de sortir sans mettre à sa place une autre maîtresse sage-femme, afin que la maison ne fût jamais sans personne capable de servir les femmes grosses en cas de nécessité.

Depuis 1620, la sage-femme a grandi en importance. Elle est devenue professeur. Six ou sept apprentisses apprennent tous les ans les accouchements sous sa direction, comme nous le verrons plus loin.

Le Bureau décide à ce propos que, bien qu'il soit assuré de la suffisance et capacité de la dame Moreau, à ce moment maîtresse sage-femme, il trouve à propos, qu'étant donné les accidents extraordinaires qui arrivent quelquefois aux mauvais accouchements des femmes, et l'instruction qu'elle doit donner aux apprentisses qui lui sont envoyées par la Compagnie, elle

confère avec messieurs Courtois et Moreau, docteurs
en la Faculté de médecine, séparément sur les instructions qu'elle donne à ses apprentisses pour les rendre
capables de servir le public en sa profession et spécialement quand, en quels cas, occasions et moments, on
peut baptiser les enfants aux mauvais accouchements.
C'était-là, en effet, une des attributions importantes
de la charge.

Aussi chaque fois qu'une nouvelle maîtresse sage-
femme entrait en fonction, monsieur le père spirituel
de la maison était-il prié d'avoir agréable qu'elle l'aille
trouver, pour recevoir de lui quelques instructions et
enseignements sur les cas dans lesquels elle pouvait
donner le baptême aux enfants, lors des mauvais accouchements des femmes.

La maîtresse sage-femme devait avoir, dès cette époque, des connaissances anatomiques assez étendues, car
en vertu d'une délibération du Bureau du 14 novembre 1657, il y avait toutes les six semaines dissection
et anatomie de la matrice pour les seules apprentisses
anciennes et présentes. La sage-femme de l'Hôtel-Dieu
devait faire la leçon, et le médecin chargé de la salle
des accouchées, corriger ou ajouter ce qu'il jugeait à
propos à ce qui avait été dit par ladite sage-femme.

Ainsi qu'il appert de ce règlement, la maîtresse sage-
femme était arrivée à s'affranchir de la tutelle de la
dame des accouchées. Elles vivaient côte à côte, ayant
des attributions distinctes, et à peu près les mêmes

rapports que les surveillantes et les sages-femmes actuelles des hôpitaux autres que la Maternité.

Mais, comme on le verra plus loin, le spirituel ne devait pas tarder à chercher à reconquérir la prépondérance.

Et déjà l'esprit du règlement du 17 janvier 1693 est absolument différent de celui de 1658.

En voici les principales dispositions :

La maîtresse sage-femme et ses apprentisses assisteront tous les jours à la messe qui se dit à sept heures du matin à l'autel de leur salle, et à la prière à six heures du soir; si la maîtresse sage-femme ou quelqu'une des apprentisses était occupée nécessairement, et ne pouvait assister à la messe de la salle, elle en entendra une autre dans la maison et non ailleurs.

Pendant le travail on fera aux femmes grosses quelque lecture de piété de temps en temps.

On ne pourra parler à la maîtresse sage-femme ou à ses apprentisses que dans le parloir.

La maîtresse sage-femme et ses apprentisses iront toutes au réfectoire matin et soir, et en cas que quelqu'une d'elles fût occupée nécessairement pendant les heures du réfectoire, la mère d'office lui donnera un billet pour être reçue au réfectoire après l'heure ordinaire.

Elles devront porter aux fonts les enfants nouveaunés le plus tôt que faire se pourra, et feront en sorte que le jour qu'ils seront nés ne se passe point sans qu'ils reçoivent le batême.

Elles seront habillées modestement, sans frisures et sans rubans de couleurs. La maîtresse sage-femme et ses apprentisses ne pourront aller en ville *sans congé de la mère prieure, et sans en avertir la mère d'office* .

La mère d'office est priée de tenir la main à l'exécution de ce règlement, et de donner avis au Bureau exactement et promptement des contraventions qui y sont faites.

Comme seule mesure visant l'intérêt des femmes, on trouve dans le règlement ceci :

« Outre la visite générale qui se fera le premier jour de chaque mois, pour connoistre l'estat de la grossesse des femmes, la maistresse sage-femme et les apprentisses feront leur tour dans la salle et les chambres qui en dépendent, au moins deux fois, le matin et l'après-midi de chaque jour, pour examiner l'estat des femmes et leur ordonner ce qui sera nécessaire ».

Mais au XVIIIᵉ siècle, la maîtresse sage-femme reprit la place qu'elle devait avoir. Et dans le règlement de 1782, nous la retrouvons ayant la prépondérance et la main haute sur tout le personnel.

« Les domestiques de ladite salle seront subordonnés à la maîtresse sage-femme dans tout ce qui est du service des femmes grosses et accouchées, sans préjudice de la surveillance générale de l'inspecteur des salles sur tous les domestiques de la maison, et, dans le cas où la maîtresse sage-femme auroit quelques sujets de plaintes contre aucuns desdits domestiques, elle en instruira MM. les commissaires pour y être sur leur rapport pourvu par le Bureau.

« La maîtresse sage-femme veillera en outre à l'exécution de tous les règlements de police concernant la salle des femmes grosses et accouchées; il lui est enjoint d'informer MM. les commissaires de toutes les contraventions auxdits règlemens, et des abus qui pourroient s'introduire. »

CHAPITRE V

 I au début, la maîtresse sage-femme pouvait suffire, alors que le nombre des femmes qui venaient accoucher à l'Hôtel-Dieu était peu considérable, dans la suite, et à mesure que les accouchements s'y multipliaient, on crut devoir former *dans cette école* des sujets pour aider la maîtresse sage-femme dans ses opérations, et pour être ensuite en état d'aller dans Paris et dans les autres villes du royaume exercer utilement cette profession.

C'est vers 1630 que, pour la première fois, une femme fut admise à l'apprentissage dans l'Hôtel-Dieu, et voici une des premières mentions qu'on rencontre dans les registres des délibérations.

« 23 août 1630. Cedict jour Marie du Buc a esté reçeue par la Compagnie pour entrer à l'Hostel-Dieu pour apprendre à estre sage-femme. »

D'abord on ne prenait qu'une apprentisse sage-femme qui sortait au bout de trois mois, une autre la remplaçait.

Il paraît même que la maîtresse sage-femme de l'époque, Thiennette Janet, et la dame des accouchées ne virent pas d'un bon œil cette nouveauté, si l'on en juge par une délibération du Bureau, en date du 13 février 1632.

« A esté ordonné que la dame religieuse qui est aux accouchées et la sage-femme feront bon traitement à la femme que la Compagnie a mise auxdictes accouchées pour aprendre ».

Quelque temps après, on prit deux apprentisses ensemble, ensuite trois et enfin quatre, à proportion de l'augmentation des accouchements.

On essaya même si une cinquième pourrait être admise. Mais on reconnut aussitôt les inconvénients.

Le Bureau, sur les représentations de la maîtresse sage-femme, du chirurgien major et des religieuses, fut obligé de fixer le nombre à quatre, et de statuer que, sous aucun prétexte, il ne pourrait être augmenté. Les raisons qu'il en donnait étaient les suivantes (30 juin 1733).

L'intérêt particulier de ces apprentisses et plus encore l'intérêt public demandent qu'elles acquièrent une capacité suffisante pour l'accouchement, l'une des opérations les plus importantes et les plus usitées qui se fassent sur le corps humain.

Elles ne peuvent acquérir cette capacité que par le fréquent exercice pendant trois mois que dure cet apprentissage. L'usage et l'expérience ayant fait connaître que le travail, dans la salle des accouchées de l'Hôtel-Dieu, ne pouvait occuper que la maîtresse sage-femme et quatre apprentisses tout au plus (!) entre lesquelles elle partage également les accouchements au fur et à mesure qu'elles sont instruites, admettre une cinquième apprentisse, ce serait diminuer pour chacune le nombre des opérations absolument nécessaires pour les former, ce serait leur ôter le moyen de se perfectionner, en sorte qu'elles sortiraient après leurs trois mois, instruites à demi, ce qui rejaillirait incontestablement sur le public, et sur les femmes qui les appelleraient à leur secours, dont la vie et celle de leur fruit se trouveraient exposées à des périls évidents, par le défaut d'expérience et de capacité suffisante.

De plus, aux accouchements qui se font à l'Hôtel-Dieu, pendant que l'une des apprentisses opère sous les yeux de la maîtresse sage-femme *toujours présente,* les trois autres la voient opérer commodément, sans que ce nombre cause d'embarras à l'opératrice. On a remarqué, au contraire, que quand il y en a eu cinq, les quatre spectatrices nuisaient beaucoup à celle qui opérait, qu'elles se nuisaient entre elles, ce qui a même occasionné des accidents qui ont été funestes aux femmes qu'on accouchait, ce qui est encore un nouvel obstacle à la perfection de ces apprentisses.

D'où le règlement et toutes les délibérations qui l'ont confirmé.

On comprend que ces quatre places devaient être fort recherchées, que les demandes devaient être nombreuses, et qu'on cherchait par tous les moyens possibles à les obtenir.

Le règlement portait que les apprentisses devaient être présentées par la maîtresse sage-femme et reçues au Bureau en apportant, outre une somme d'argent qui varia de 20 à 180 livres, l'extrait de la célébration du contrat de leur mariage, avec un certificat de leurs bonnes mœurs, signé de leur curé ou vicaire ou de deux personnes considérables de leur paroisse, et après que l'un de messieurs les administrateurs se serait informé de leur conduite dans leur voisinage. On ne recevait ni femmes grosses ni filles. Les apprentisses ne devaient entrer que suivant l'ordre de leur réception sans aucune préférence.

Or, si nous en croyons M. Vigneron, un des administrateurs de l'Hôtel-Dieu, la Compagnie était sans cesse importunée par des demandes de plusieurs personnes pour être admises en qualité d'apprentisses sages-femmes surnuméraires, ou pour être reçues avant celles qui étaient inscrites et qui ne devaient entrer qu'à leur tour, et selon la date de leur inscription. Ces demandes étaient encore plus fréquentes et plus vives de la part des étrangers qui employaient toutes sortes de moyens, même les sollicitations de leurs souverains.

Et nous voyons en effet le 12 mai 1728, monseigneur le procureur général lire à la Compagnie une lettre de madame la duchesse de Brunswick portant que « la princesse royale et électorale de Saxe, archiduchesse d'Autriche, sa petite-fille, étant soupçonnée d'être enceinte, et des exemples funestes et récents *ne luy permettant d'avoir confiance ni aux sage-femmes, ni aux accoucheurs du pays,* elle a jetté les yeux sur Catherine Clément, femme de Joseph Taillefer, son chef de cuisine, qui est déjà dans l'usage des accouchemens, et qu'elle a envoyée à Paris pour s'y perfectionner; et que pour y mieux parvenir elle souhaiteroit que ladite Taillefer puisse travailler à l'Hôtel-Dieu, sous les yeux de la maîtresse sage-femme de cette maison, espérant que messieurs les administrateurs le voudront bien permettre. »

La Compagnie, qui deux ans avant avait refusé net une demande semblale des échevins de la ville d'Arras, priant qu'on reçût une femme pour cinquième apprentisse dans l'Hôtel-Dieu, afin de pouvoir exercer et pratiquer l'art des accouchements dans leur ville *où il n'y avait aucune sage-femme*, répondit à la duchesse de Brunswick que, comme il s'agissait ici de la conservation de la vie d'une grande princesse, il serait permis à Catherine Clément d'entrer pour trois mois dans la salle des accouchées pour se perfectionner dans l'art des accouchements.

Néanmoins, ce n'était qu'à contre-cœur qu'elle con-

trevenait aux règlements, et à des demandes de même
nature, elle répond en 1733 par la délibération suivante : « La salle des accouchées de l'Hostel-Dieu, l'école
qui s'y forme et les grands avantages qui en résultent
sont le patrimoine des sujets du Roy qui en doivent
être le premier objet. Messieurs les Magistrats sont
parfaitement instruits de la disette des sages-femmes
dans les provinces et même les villes considérables.
Admettre dans l'Hostel-Dieu des étrangères pour
y être apprentisses sages-femmes et pour aller exercer cette profession dans leur pays, les admettre sans
les obliger de se faire inscrire pour n'entrer qu'à
leur tour, les faire passer devant les françoises
qui sont inscrites et dont par là le tour seroit reculé,
ce seroit non seulement causer à ces dernières un préjudice infiny, ce seroit encore priver les sujets du Roy
de leur patrimoine, pour en enrichir l'étranger, ce
seroit retarder et diminuer les secours pressants que
Paris et les autres villes de France attendent continuellement de l'expérience des apprentisses instruites
et formées dans l'Hostel-Dieu. Ce seroit dégouter les
françoises d'embrasser cette profession et de se faire
inscrire, quand on sauroit que le crédit et les recommandations d'une puissance pourroient les écarter, ou du
moins les éloigner de leur rang. Ce qui ne pouroit
tendre qu'à une plus grande disette de sages-femmes
dans le Royaume. »

Aussi le règlement du 17 janvier 1693 sera exécuté

dans sa forme et teneur, et « à l'égard des étrangers, il sera fait de très humbles représentations au Roy sur le préjudice que souffriroient ses sujets si on admettoit les étrangères à l'apprentissage dans l'Hostel-Dieu qui ne peut, à beaucoup près, fournir le nombre de sages-femmes nécessaires pour Paris et pour les provinces; monsieur l'Archevêque et messieurs les Magistrats seront priez en toute occasion de faire valoir ces raisons. »

Cette disette de sages-femmes en province, à laquelle il est fait plusieurs fois allusion, devait finir par attirer l'attention des pouvoirs publics.

Le 26 mai 1735, M. le procureur général disait à l'assemblée des administrateurs que, par des lettres qu'il recevait tous les jours, on se plaignait dans une infinité d'endroits du royaume, même dans la plupart des villes et des bourgs les plus considérables, de manquer de sages-femmes.

« Or, ajoutait-il, presque toutes celles qui font leur apprentissage à l'Hostel-Dieu sont de Paris et y restent, en sorte qu'il y en a un si grand nombre que la plupart n'y ayant pas d'occupation, ou y vivent dans une extrême misère, ou se livrent à des commerces et des désordres scandaleux; il paroîtroit nécessaire de prendre un arrangement et de voir si, au lieu d'inscrire et de recevoir indistinctement comme on a fait jusqu'à présent, toutes celles qui se présentent à l'Hostel-Dieu pour y apprendre le métier de sage-femme, il ne seroit pas plus convenable de n'en admettre qu'un très petit nombre pour Paris, et de remplir les autres places de celles qui seroient destinées pour les provinces, en préférant les lieux où ce secours seroit plus pressant, suivant le compte qu'il pourroit s'en faire rendre, ou par le maire et échevins, ou par ses substituts ; il seroit peut-être difficile que cet arrangement pût se faire à présent, et jusqu'à ce que toutes celles qui sont actuellement inscrites sur les registres de l'Hostel-Dieu, et qui ont en quelque façon un droit acquis, ayent fait leur apprentissage ; on pourroit toujours quant à présent cesser d'en inscrire aucune, et se contenter de prendre les noms de celles qui se présenteront pour les luy remettre lorsqu'il sera question de commencer l'arrangement proposé. »

La Compagnie prend le jour même une délibération conforme aux conclusions du procureur général qu'elle prie, en même temps, de vouloir bien réfléchir sur les arrangements qui sont à prendre dans une matière aussi intéressante, pour les proposer ensuite au Bureau.

Le 28 août 1739, il est arrêté « que pendant une année, à compter du premier mois de septembre prochain, on ne recevra pour apprentisse sage-femme à l'Hostel-Dieu que celles qui se destineront à aller s'établir en province, et sur les éclaircissements qu'aura pris M. le procureur général sur les lieux, ainsi qu'il a bien voulu s'en charger ; lesquelles seront admises à leur tour dans le rang qu'elles se seront présentées au Bureau, et qu'elles y auront été inscrites sans aucune préférence, et que, pendant le cours de cette même année, il n'en sera reçu aucune pour Paris. »

L'instruction que recevaient les apprentisses sages-femmes de l'Hôtel-Dieu était considérée, au XVIIIe siècle, comme de beaucoup supérieure à celle des autres sages-femmes.

Les apprentisses sages-femmes de l'Hôtel-Dieu de Paris étaient jugées ainsi par Dionis en 1721 (p. 418).

« Il y a, dit-il, de meilleures sages-femmes à Paris qu'en aucune ville du Royaume, parcequ'il y a l'Hôtel-Dieu où il se fait une infinité d'accouchements, et où elles sont reçues en apprentissage. Elles y demeurent pendant trois mois ; les premières six semaines elles sont à regarder les accouchements que fait celle qui est avant elles, et les autres six semaines elles font tous les accouchements qui se présentent pendant ce tems, et elles les font tous en présence de la maîtresse sage-femme, qui est choisie entre les plus habiles de Paris. »

Dionis nous apprend encore qu'il ne suffit pas qu'une sage-femme ait fait son apprentissage à l'Hôtel-Dieu pour avoir la permission de travailler publiquement. Il faut encore qu'elle soit reçue par les maîtres chirurgiens de Saint-Côme. « Elle s'y trouve les jours qu'on lui a marqué accompagnée d'une autre

sage-femme qui est la conductrice, et là elle est interrogée pendant deux après-midi par six maîtres chirurgiens, sur tout ce qui concerne les accouchements ; et
étant trouvée capable, il lui est permis de servir le
public et de poser une enseigne qui instruit de son
nom et de sa demeure. »

Voici en effet quels étaient les règlements pour la
réception des apprentisses.

Jusqu'en 1664, les apprentisses de l'Hôtel-Dieu
étaient, au sortir de leur apprentissage, soumises aux
médecins et chirurgiens du Châtelet, chargés par leur
office de les examiner et approuver.

Ce mode de réception fut changé par une Déclaration que rendit Louis XIV au mois de septembre 1664,
pour régler l'instruction et l'approbation de celles qui
se destinaient à l'exercice de cette profession dans la
ville de Paris.

Nous ne nous occuperons ici que de ce qui touche
à l'Hôtel-Dieu.

En exécution de la déclaration de 1664, il fut rendu
deux arrêts au Parlement de Paris (8 août 1674 et
16 février 1675) portant règlement pour les aprentis-
sages des sages-femmes.

Et ce premier objet fut positivement réglé dans le
titre 15 des statuts des chirurgiens de Paris, de 1699,
dont l'article 113 porte « qu'aucune aspirante en l'art
des accouchemens ne sera admise pour l'examen de
la maîtrise, si elle n'est de bonnes vie et mœurs, de la

R. C. A. et R. (1); fille de maîtresse de la ville et fau-
bourgs de Paris, ou aprentisse, scavoir de trois années
chez l'une des maîtresses sages-femmes de Paris;
ou de trois mois à l'Hôtel-Dieu : et seront les aspirantes
de l'une et l'autre qualité conduites et présentées par
les jurées sages-femmes du Châtelet, qui ne pourront
prendre aucun droit d'instruction, s'il n'en est con-
venu par écrit avec les aspirantes. »

Article 114 : « Les brevets d'apprentissages, qui se
feront pour trois ans chez les maîtresses sages-femmes
de Paris, seront enregistrés au greffe du premier chirur-

(1) En 1668, une huguenote parvint par surprise à se faire admettre
comme apprentisse à l'Hôtel-Dieu. Mais la ruse ayant été découverte,
la Compagnie fit annuler le certificat d'apprentissage qu'elle avait
délivré.

« 13 janvier 1668, le sieur Receveur a dit encore que Suzanne
Charpentier, femme du nommé d'Estournelles, tailleur d'habits, qui
a fait son aprentissage de sage-femme dans l'Hôtel-Dieu, a surpris la
Compagnie, feignant estre catolique, bien qu'elle soit huguenote,
comme on a apris depuis deux ou trois jours, et cependant a obtenu
un certificat du Bureau de ses services, et poursuit au Châtelet, en la
forme ordinaire, sa réception comme maistresse sage-femme de Paris,
que cela est d'importance pour la suite qui en pouroit arriver. Sur
quoy la Compagnie a aresté que Monsieur le lieutenant criminel
qui reçoit lesdites sages-femmes et M. le procureur du Roy en seront
avertis, et priez de trouver bon que l'Hostel-Dieu leur fasse signifier
son oppozition à la réception de ladite sage-femme ; et pour cet effet
a député M. Levieulx, lequel a esté prié de voir aussi le grefier du
Chastelet, afin qu'il ne délivre à ladite Charpentier aucun acte de
réception. »

Le 17 janvier 1668, le Châtelet rendit une sentence déclarant nuls
les certificats donnés à Suzanne Charpentier, femme de Jean d'Estournelles, qui a exercé l'office de sage-femme dans l'Hôtel-Dieu, par
ceque la dite Charpentier est de la religion réformée.

gien du roi dans la quinzaine de leur passation, à peine de nullité; *et à l'égard des aprentisses de l'Hôtel-Dieu, elles se présenteront à la Maîtrise, sur un simple certificat qui sera attesté par la maitresse et principale sage-femme de l'Hôtel-Dieu.* »

La déclaration de 1664 ordonnait de plus que toutes celles qui voudraient s'immiscer dans la profession de maîtresses matrones sages-femmes, dans la ville, fauxbourgs et banlieue de Paris, seraient examinées et approuvées par les chirurgiens de Saint-Cosme, en présence des députés de la Faculté de médecine, et prêteraient serment entre les mains du lieutenant criminel du Châtelet, information préalablement faite à la requête du procureur du Roi, de leur vie et mœurs, et R. C. A. et R.

En 1667, un arrêt du Parlement (15 octobre) déclara nulles toutes les réceptions des sages-femmes faites au Châtelet, et ordonna qu'elles seraient faites à Saint-Cosme conformément à la déclaration précédente.

Les arrêts du 8 août 1674 et du 16 février 1675 portent pareillement règlement pour la réception des sages-femmes, en exécution de la déclaration de 1664. En conséquence le lieutenant criminel du Châtelet défendit par sentence du 20 juillet 1678, à toutes femmes, de s'immiscer en la fonction de matrones avant d'avoir été reçues à Saint-Cosme, et qu'il n'ait été fait information de leur vie et mœurs, à peine de trois cents livres d'amende.

A la suite et en conséquence des arrêts du Parlement de 1674 et 1675, la dame Bureau, ancienne apprentisse de l'Hostel-Dieu, maîtresse sage-femme à Paris, première nourrice de Monsieur le Dauphin, jurée sage-femme en titre d'office au Châtelet de Paris, prétendit (délibération du 14 novembre) avoir des lettres patentes vérifiées en Parlement, lui donnant le droit d'interroger toutes les femmes qui voulaient être maîtresses sages-femmes à Paris, et prendre d'elles un droit pour cela (1).

Après une longue lutte soutenue par l'Hôtel-Dieu et les apprentisses contre la dame Bureau et les chirurgiens de Saint-Cosme, intervint le 19 août 1680 un arrêt du Parlement portant que les apprentisses sages-femmes de l'Hôtel-Dieu seraient reçues maîtresses par les maîtres chirurgiens de Saint-Côme, sans la participation des jurées sages-femmes, et en consignant la somme de dix-huit livres pour le droit desdites jurées.

Voici ce document :

ARREST DE LA COUR DE PARLEMENT DU 19 AOUT 1680
Portant que les apprentisses sages-femmes de l'Hôtel-Dieu seront reçues maîtresses en consignant la somme ordinaire de 18 livres pour les jurées sages-femmes.

Entre les maîtres gouverneurs et administrateurs de

(1) C'est en souvenir de ces démêlés avec les administrateurs de l'Hôtel-Dieu, que la dame Bureau se vit refuser en 1691 la place de maîtresse en succession de la dame Morlet. Voir page 18.

l'Hôtel-Dieu de Paris, demandeurs en requête du 3 du présent mois d'août, à ce qu'il plût à la cour ordonner que les parties feroient diligence de faire juger l'Instance au rapport de monsieur le Boulls, conseiller rapporteur : et cependant par provision, pour subvenir aux besoins de l'Hôtel-Dieu, et secourir les pauvres femmes grosses étant en icelui, même encourager celles qui désireront y faire leur apprentissage en qualité de sages-femmes, et qui en sont empêchées par les menaces et intimidations des jurées sages-femmes ; ordonner que toutes sages-femmes qui ont ci-devant fait leur apprentissage audit Hôtel-Dieu seront reçues par les maîtres chirurgiens de Saint-Côme, sans la participation desdites jurées, en mettant par lesdites apprentisses au greffe de ladite communauté les originaux de leurs certificats, et en consignant la somme de 18 livres par chacune d'elles pour le prétendu droit desdites jurées, sauf à répéter, s'il est ainsi ordonné en fin de cause ; enjoindre ausdits jurés de Saint-Côme de procéder ausdites réceptions ; et en cas de refus, ordonner que lesdites réceptions seront faites par les médecins et chirurgiens des Châtelets ainsi qu'il a esté accoûtumé ; et condamner les défendeurs aux dépens, d'une part ; et les jurées sages-femmes en titre d'office des deux Châtelets de Paris, et les prévosts, jurés, gardes et maîtres chirurgiens de ladite ville, défendeurs, d'autre part ; sans que les qualités puissent préjudicier aux parties. Après que Fleury avocat pour les demandeurs, Ragouteau avocat pour les chirurgiens de Saint-Côme ont été ouïs, ensemble Talon pour le procureur général du Roi.

La Cour ordonne que les parties mettront l'Instance en état dans trois mois : cependant seront lesdites sages-femmes reçues par lesdits chirurgiens en consignant par elles la somme ordinaire de 18 livres; a donné acte ausdits chirurgiens de ce qu'ils consentent recevoir lesdites sages-femmes.

Fait en Parlement le dix-neuvième août mil six cent quatre-vingt.

Collationné, *signé :* JACQUES.

Le vingt-un août mil six cent quatre-vingt, signifié et baillé copie à maîtres Prieur et La Fouasse le jeune, procureurs.

Signé : MASSON.

Collationné par nous, écuyer, conseiller secrétaire du Roi, maison, couronne de France et de ses finances.

CHAPITRE VI

'OFFICE des accouchées était attaché, pour les soins médicaux à donner aux femmes grosses et nouvelles accouchées, au service ou comme on disait alors au département d'un des médecins titulaires de l'Hôtel-Dieu, qui y faisait une visite d'une heure chaque matin, à 8 heures en été et 9 heures en hiver.

Ces médecins, dont le nombre augmenta en proportion du nombre croissant des malades (il est porté en 1661 de 4 à 7), recevaient 600 livres de gages et changeaient de service d'abord tous les deux mois, puis tous les trois mois. Ce n'est qu'en 1687 que le Bureau décida qu'ils ne changeraient plus que tous les six mois « à cause qu'ils n'ont pas tous une même méthode pour traiter leurs malades. »

Le médecin de service à l'office des accouchées fixait

chaque matin le régime et prescrivait les remèdes dont la sage-femme devait assurer l'administration. A partir de 1660, par l'avis des médecins et sur l'ordre du Bureau, les délivres des femmes accouchées durent être conservés par la sage-femme, chacun dans un vase séparé, pour être présentés au médecin de l'office à sa première visite, afin qu'il pût faire les considérations et remarques nécessaires.

Les saignées, prescrites par le médecin de service et les autres opérations de chirurgie, étaient faites par un des douze compagnons chirurgiens « choisi par le Bureau sans avoir égard à l'ancienneté, mais selon qu'il était jugé le plus propre pour travailler dans la salle des accouchées ». Il devait assister la sage-femme quand elle le faisait mander et accoucher les femmes vérolées qui n'étaient point admises à la salle Saint-Joseph, mais placées à la salle Sainte-Geneviève. Ce compagnon, comme les onze autres d'ailleurs, était logé et nourri dans la maison, devait être levé à 5 heures en été et 6 heures en hiver pour commencer les pansements une demi-heure plus tard.

Un des quarante-cinq chirurgiens externes l'accompagnait, et était à ce titre nourri dans la maison avec quatre autres préposés aux amputations et aux vérolés.

Enfin, *dans les cas difficiles ou périlleux*, la sage-femme faisait appeler le premier chirurgien de l'Hôtel-Dieu, et seulement à son défaut le premier compagnon gagnant maîtrise ou chef des compagnons (Règlements et délibérations de 1661 à 1687).

Avant 1661, les chirurgiens de l'Hôtel-Dieu ne semblent pas avoir eu dans l'office des accouchées un rôle nettement défini. La sage-femme était laissée libre de faire appeler, dans les cas difficiles, un chirurgien accoucheur du dehors, ainsi qu'il appert de la délibération suivante :

« 12 décembre 1659. Le dit sieur Forne a rapporté que le dixième du présent mois il est arrivé un mauvais accouchement en la salle des accouchées qui a obligé la sage-femme d'appeler du secours, et ont été mandés le sieur *Castagnet*, maistre chirurgien à Paris et les sieurs Petit et Portal, chirurgiens ordinaires dudit Hôtel-Dieu, qui ont donné leur certificat de ce qui s'est passé audit accouchement, mis au greffe du Bureau par ledit sieur Forne. »

Mais les chirurgiens de l'Hôtel-Dieu ne virent pas sans jalousie cette ingérence des chirurgiens accoucheurs de la ville.

« 18 février 1660. — Il y a en la salle des accouchées une femme en travail dont l'accouchement est difficile. La sage-femme a prié le sieur Castagnet, maître chirurgien, pour l'assister comme il a fait en plusieurs cas semblables. Néanmoins ledit sieur Castagnet fait difficulté de travailler n'en ayant pas la permission du Bureau. Sur quoi l'un de messieurs a dit qu'il est de conséquence d'introduire dans l'Hôtel-Dieu des chirur-

giens du dehors et d'ailleurs, que cela est inutile, puisque l'on a un maître chirurgien dans la maison. Sur
quoi a été ajouté que ledit sieur Portal est à présent
admis dans la salle des accouchées qui peut aussi assister ladite femme en travail, et dans les autres accouchements difficiles qui arriveront ; sur quoi l'affaire
mise en délibération, la Compagnie a arrêté que le
sieur Castagnet assistera ladite femme en travail et que
le sieur Petit, maître chirurgien ordinaire de l'Hôtel-
Dieu, s'y trouvera aussi pour contribuer de sa part au
soulagement de ladite femme. »

20 février 1660. — « La Compagnie a arrêté que
dores en avant, quand il adviendra dans l'Hôtel-Dieu des
accouchements difficiles auxquels la main du chirurgien sera nécessaire, le sieur Castagnet pourra être
appelé conjointement avec le sieur Petit, maître chirurgien de l'Hôtel-Dieu, et celui des deux qui sera venu
le premier travaillera en présence de l'autre. »

Il nous a paru intéressant de rechercher à quel titre
les accoucheurs célèbres du XVIIᵉ et du XVIIIᵉ siècle
avaient été attachés à l'office des accouchées de l'Hôtel-
Dieu.

Dionis dit en effet dans la critique qu'il fait d'un
petit livre intitulé : « de l'Indécence aux hommes
d'accoucher les femmes » imprimé à Trévoux, en
1708, et attribué à un médecin de la Faculté de Paris,
Hecquet, qui invoquait contre les accoucheurs l'usage
de l'Hôtel-Dieu de Paris : (p. 440).

« Ce qui se passe à l'Hôtel-Dieu de Paris prouve encore moins, puisque le récit qu'en font ces deux auteurs n'est pas véritable (1).

« Ils avancent que les administrateurs, par une prudence particulière, n'admettent que des femmes pour y apprendre l'art d'accoucher, et que les hommes en sont exclus.

« Il est vrai que toutes les sages-femmes y vont faire leur apprentissage; mais il est vrai aussi qu'il y entre des hommes.

Portail, Mauriceau, Defrades, Dionis, et tant d'autres qui ont excellé dans cet art y ont travaillé *et y ont demeuré pendant un temps considérable,* et la maîtresse sage-femme est obligée d'appeler à son secours, dans les accouchements laborieux, le chirurgien qui y gagne sa maîtrise. »

Et Dionis ajoute dans le chapitre qui traite des qualités requises au chirurgien accoucheur (p. 413):

« Pour acquérir la théorie des accouchements, il faut lire les bons auteurs qui en ont écrit, comme Guillemeau, Mauriceau, et quelques autres; pour la pratique, on ne la peut observer qu'en cherchant toutes les occasions d'accoucher le plus que faire se

(1) Le second auteur auquel il est fait allusion ici est un prêtre, neveu de madame de la Marche, qui avait écrit contre les accoucheurs une dissertation tendant à prouver qu'une femme peut perdre, en se faisant accoucher par un homme, cinq vertus : la pudeur, la pureté, la fidélité du mariage, le bon exemple et la mortification.

pourra. L'Hôtel-Dieu de Paris est le lieu où il se fait le plus d'accouchemens, parcequ'on y reçoit toutes celles qui s'y présentent, et que c'est l'endroit seul où on peut se rendre habile en peu de temps. »

Malgré toutes nos recherches, il nous a été impossible de retrouver dans les registres des délibérations, les noms de Peu et de Mauriceau, mêlés à un évènement quelconque de l'office des accouchées.

Peu nous dit qu'il avait en 1648 le soin des femmes enceintes et nouvelles accouchées de l'Hôtel-Dieu de Paris, où il demeurait pour le service des pauvres, sous M. Haran, chirurgien-major, et qu'il avait commencé d'y pratiquer les accouchements en 1646, du temps que la dame Le Vacher en était sage-femme.

Il rapporte, aux pages 38, 203 et 458 de son livre, trois observations empruntées à la pratique des dames Le Vacher et Moreau. Deux ont trait à des monstruosités fœtales. Voici la troisième.

« Du temps que j'étois à l'Hôtel Dieu de Paris, une femme fut délivrée par Mme Moreau, sage-femme du lieu, de cinq enfants qui eurent tous baptême. Je m'imaginois alors que c'étoit une grande affaire. »

Mauriceau qui nous a laissé une description du chauffoir de l'Hôtel-Dieu et de la façon dont les femmes s'en retournaient à leur lit une fois l'accouchement fait, affirme au contraire que Peu n'a jamais fait un accouchement à l'Hôtel-Dieu, tandis que lui, *en 1660* a, en quatre mois, accouché plus de 300 femmes en cet hôpital.

Il nous est resté de cette dispute le document intéressant qui suit :

RÉPONSE DE M. PEU AUX OBSERVATIONS PARTICULIÈRES DE M. MAURICEAU SUR LA GROSSESSE ET L'ACCOUCHEMENT DES FEMMES, p. 11.

« Vous n'êtes pas exempt de méprise non plus que moi : Dieu veuille que vous soïez d'aussi bonne foi à le reconnaître. Il faloit faire grâce au moins à ma page 38. Vous vous fussiez épargné bien de la confusion, et ne m'auriez pas donné la plus belle ocasion du monde d'user sur vous de représailles. Comme vous êtes homme à *certificats,* vous trouverez bon que je vous en donne un échantillon à mon tour.

« Vous dites que *M. Lamy, notre confrère* et mon *contemporain, sçait très bien* qu'on ne m'a jamais commis les femmes enceintes et nouvelles accouchées à l'hôpital de l'Hôtel-Dieu de Paris et que *l'on sçait bien encore que je n'y ai jamais accouché une seule femme.* Ces termes sont forts ; jamais une seule femme. Hé, du moins ne risquiez-vous rien à m'acorder d'y en avoir acouché quelqu'une. Hô bien, Monsieur, ce n'est point moi qui vous le dirai ; car je vous suis trop suspect. Je vous le ferai dire par d'autres dont le témoignage est irréprochable. Écoutez *M. Lamy* lui-même, dans celui qu'il

m'a donné avec une vraie joie, de la meilleure grâce
du monde, et justement indigné contre vous de le faire
parler si mal à propos contre son ancien ami.

COPIE DU CERTIFICAT DE M. LAMY.

« Aujourd'hui est comparu pardevant les notaires
du Roi à Paris, soussignez, M. Jacques Lamy, chirurgien juré de Longue Robe à Paris, y demeurant
rue du Four, paroisse Saint-Sulpice, lequel a déclaré,
certifié et attesté à tous qu'il apartiendra, qu'environ
les années mil six cens quarante-huit, quarante-neuf et
mil six cens cinquante, travaillant dans l'Hotel-Dieu
de Paris de sa profession et art de chirurgien, et pour
les acouchemens des femmes enceintes qui y venaient
demander du secours, il y a veu le sieur Philippe Peu,
à présent chirurgien juré à Paris, faisant lors la même
fonction que ledit sieur Lamy d'acoucher les femmes
enceintes qui venaient audit hopital de l'Hotel-Dieu
de Paris, y faire leurs couches, qu'il les traitait et
soignait ensuite de leurs accouchemens de la meilleure
manière et suivant l'art de sa profession, étant dès ce
temps là en réputation de s'en aquiter prudemment et
avec beaucoup de circonspection. Dont et de ce que
dessus a été expédié le présent acte à Paris, en l'étude
de De Troyes, l'un desdits notaires, l'an mil six cens
quatre vingt quatorze, le 20e jour de mars et a signé.

J. LAMY.

CAMET.   DE TROYES.

Ecoutez encore messieurs les médecins de l'Hôtel-Dieu.

« Nous, docteurs régens en la Faculté de médecine de Paris et médecins ordinaires de l'Hôtel-Dieu de ladite ville,

Certifions à tous qu'il apartiendra, que Philippe Peu, à présent maître chirurgien juré de Robe Longue et juré de la Faculté de Paris, nous a très bien et fidellement servi l'espace de dix ans ou environ, en qualité de *compagnon chirurgien* et visiteur des pauvres malades, examiné par nous et receu capable, comme particulièrement en l'art de bien acoucher les femmes, pendant lequel temps ledit Philippe Peu s'est diligemment aquité, avec toutes les circonstances, soins et prud'hommie que l'on peut souhaiter, tant pour le bon et loyal service qu'il a rendu journellement auxdits pauvres, que pour notre contentement et celui du public. C'est pourquoi voulant se retirer, nous lui avons signé le présent certificat pour marque de nos bienveillances, pour lui servir en temps et lieu et où bon lui semblera. Fait à Paris, ce 21e jour de décembre 1651.

MOREAU.   CAPPON,   MOREAU.

Ecoutez enfin messieurs les administrateurs dudit Hôtel-Dieu.

« Nous, gouverneurs et administrateurs de l'Hôtel-Dieu de Paris : Certifions à tous qu'il apartiendra, que Philippe Peu à présent maître chirurgien de Robe Longue, professeur et juré de la Faculté de Paris, nous a très bien et fidellement servi l'espace de dix ans ou environ, en qualité de chirurgien et premier visiteur des malades qui continuellement arrivent à notre dit Hôtel-Dieu, comme aussi particulièrement aux accouchements des femmes, pendant lequel temps ledit Philippe Peu s'est diligemment aquitté, avec toutes les circonstances, soins et prud'hommie que l'on peut souhaiter, tant pour le bon et loyal service qu'il a rendu journellement aux pauvres, que pour notre contentement, et celui du public.

C'est pourquoi voulant se retirer, nous lui avons signé ce présent certificat pour marque de nos bienveillances, pour s'en servir en temps et lieu et où bon lui semblera. Fait au bureau de l'Hôtel-Dieu, ce 26 janvier 1652 (1).

DESVIEUX,	PIETRE,
DE LA HAYE,	CRAMOISY,
ROBINEAU,	PERRICHON,

LE CONTE.

(1) Il n'est fait mention de la sortie de Peu dans aucune des délibérations de décembre 1651 et janvier 1652. Mais j'ai pu trouver en 1646 (5 janvier) la mention de sa réception comme compagnon. On la trouvera reproduite à la fin du volume.

« S'il me faloit encore des témoignages pour vous con-
vaincre de fausseté : je vous donnerois celui de
M. Petit, *notre confrère* et *mon contemporain*, que je
placerai plus bas : mais je me contente ici de ces trois
autres. »

Et Peu continue :
(Page 16).

« Aussi en avez-vous trop fait (d'accouchements) en
peu de tems pour les si bien faire. Avoir *acouché en
quatre mois* dans l'Hôtel-Dieu, *en l'année* 1660, plus
de *trois cens femmes*, sur une expresse permission que
l'on n'a plus donnée depuis : c'est quelque chose pour
un homme qui commence. Vous, *trois cens femmes en
quatre mois* : et moi *pas une* seule en dix années.
Vous êtes un heureux mortel. Mais prenez garde
qu'après avoir diminué les choses excessivement à
mon égard, on a droit de vous soupçonner de les
grossir médiocrement en votre faveur. Du reste, il y a
lieu de s'étonner, vu le zèle de messieurs les administrateurs pour le bien des pauvres, que depuis vous,
Monsieur, une *permission* d'elle-même utile, n'ait
jamais été accordée à aucun autre chirurgien. Je n'en
pénètre point le motif pour décider. La chose de soi
est équivoque, pour ou contre votre gloire, selon que
vous avez eu peu ou beaucoup de succès dans votre
prompte expédition. On n'a plus permis depuis ce

tems là que etc. Est-ce grâce, est-ce repentir : est-ce
satisfaction de passé ou précaution pour l'avenir ? Un
certificat de l'étofe de ceux que je vous ai donné plus
haut siéroit bien dans cet endroit de vos *observations*,
pour fixer l'esprit du lecteur, qui entrevoit des raisons
de plus d'une sorte, pour ne *permettre* plus à d'autres, ce que l'on vous avoit *permis*.

« En l'atendant, ce *certificat*, je vous ferai part d'un
autre qui vient très fort à propos. C'est celui de
M. Petit que je vous ai promis plus haut.

« Aujourd'hui, pardevant les conseillers du Roi.
notaires à Paris soussignez, est comparu Jacques Petit,
maître chirurgien juré à Paris, et ordinaire de l'Hôtel·
Dieu de cette ville, demeurant attenant dudit Hôtel-
Dieu, rue Neuve-Notre-Dame, paroisse Saint-Christophe, lequel a certifié pour véritable à tous qu'il
apartiendra, que Philippe Peu, aussi maître chirurgien juré à Paris, a très bien servi l'espace de dix ans
ou environ dans ledit Hôtel-Dieu de Paris en qualité
de chirurgien et premier visiteur des femmes malades,
comme aussi aux acouchemens des femmes, en quoi
il s'est distingué, et y a entièrement réussi, donnant
des marques d'une grande capacité. Pareillement a
certifié et atesté pour véritable à tous qu'il apartiendra.
que le sieur Mauriceau, maître chirurgien à Paris,
n'a demeuré que peu de tems audit Hôtel-Dieu, et
qu'il n'est pas vrai qu'en l'année mil six cens soixante.
ledit sieur Mauriceau ait accouché dans ledit Hôtel-

Dieu, en quatre mois, trois cens femmes, et qu'il y a presque tout à dire, n'en ayant tout au plus acouché que quatre ou cinq. Ayant ledit sieur Petit une parfaite connaissance de tout ce que dessus. Dont et de quoy ledit sieur Peu, demeurant rue Pavée, paroisse Saint-Sauveur, a requis et demandé acte auxdits notaires, qui lui ont octroyé le présent pour lui servir ce que de raison. A Paris, en la maison dudit sieur Petit, l'an mil six cens quatre vingt quatorze, le cinq novembre, et ont signé :

J. Petit.   P. Peu.
Le Roy.   Dupuys.

« Ce certificat est d'autant plus digne de foi que celui qui le donne est d'une probité plus reconnue et mieux informé de ce qui se passe en l'Hôtel-Dieu de Paris où il a toujours été sans interruption de mon temps, du vôtre et depuis jusqu'à ce jour.

« *Je veux bien encore vous dire qu'on ajoute à ce témoignage, que dans le peu de temps que vous travaillates à l'Hôtel-Dieu, votre humeur dès lors impérieuse et suffisante au dernier point vous fit faire tant de fracas dans cette maison peu accoutumée au bruit, et qui est un azile de paix, qu'on vous pria de vous retirer bien vite. Et il y a de l'aparence que c'est la crainte d'écheoir aussi mal, qui a fait qu'une permission semblable à la vôtre pour acoucher en ce lieu, n'a jamais été acordée, si l'on vous en croit, à aucun autre chirurgien depuis ce temps-là.* »

Peu exagère sans doute, car il est impossible d'admettre qu'un esclandre pareil à celui dont il accuse Mauriceau n'ait laissé aucune trace dans les registres à une époque où les détails, en apparence les plus insignifiants, surtout ceux qui se rapportent au service des accouchées, se trouvent minutieusement notés.

A moins cependant que nous n'admettions que le greffier de l'Hôtel-Dieu n'ait mal écrit le nom de Mauriceau, et que les pièces suivantes n'aient trait à l'affaire à laquelle Peu fait allusion.

Le 19 novembre 1660 « un jeune homme » demande à la Compagnie l'autorisation d'assister aux accouchements des femmes dans l'Hôtel-Dieu. Le premier président, auquel ce jeune homme était particulièrement recommandé, dit qu'il faut surseoir à huitaine pendant laquelle il s'informera plus particulièrement de ses mœurs pour y être fait rapport et délibéré.

Le 26 novembre, Monseigneur le premier président ayant fait rapport de ce qu'il a su de la probité et capacité de *François Mauriot,* l'autorisation est accordée.

Mais le 21 janvier 1661, nous trouvons dans le vingt-neuvième registre la délibération suivante (p. 14).

21 janvier 1661 « M. Forne a dit que *François Mauriot* chirurgien, à qui le Bureau avoit permis

d'acoucher les femmes dans l'Hostel-Dieu, en aiant acouché une, qui est morte deux jours après, le sieur Portal a demandé à lui sieur Forne la permission d'en faire l'ouverture, ce qu'il lui a permis, et a esté fait en présence des médecins ordinaires de l'Hostel-Dieu, qui ont reconnu que l'acouchement avoit esté mal fait ; et qu'il a apris que le dessein dudit Mauriot n'est point, comme il avoit fait entendre au Bureau, d'aler dans les provinces servir le public, mais de demeurer dans Paris, ce qui l'a obligé à avertir ledit Mauriot de se retirer de ladite sale, avant que le Bureau l'y oblige. Ce que le Bureau a agréé. »

28 janvier 1661- « La Compagnie a prié M. Perreau de faire sortir de la sale des accouchées le nommé Mauriot, chirurgien, qui y travailloit par la permission du Bureau, tant pour exécuter la délibération du vingt-uniesme de ce mois, que pour ce que le temps, qui lui avoit esté acordé pour demeurer en ladite sale, est expiré. »

Je laisse au lecteur le soin de trancher le débat, me contentant de faire remarquer : 1° que François Mauriceau était en 1660, comme François Mauriot, un jeune homme.

2° Que, encore comme François Mauriot, il a passé à l'office des accouchées dans les derniers mois de 1660, puisque dans l'une des observations que je rapporte ci-dessous, il nous dit que la sage-femme était Mme de France. Or Mme de France (voy. page 12) fut nommée le 24 septembre 1660 et installée seulement dans le courant d'octobre.

3° Enfin que, toujours comme François Mauriot, François Mauriceau dut s'attirer des affaires avec les chirurgiens de l'Hôtel-Dieu, parce *qu'il n'était pas de la maison*, et qu'il y voulut faire la leçon aux chirurgiens de l'endroit.

Quelque court d'ailleurs et quelque mouvementé qu'ait été le passage de Mauriceau à l'office des accouchées, il y a recueilli des notes qui lui ont permis de nous laisser, outre la description du chauffoy, trois observations intéressantes et qui montrent que, dès cette époque (il avait 23 ans), il possédait déjà un grand sens clinique :

On trouvera l'une de ces observations au chapitre VIII.

Voici les autres :

En l'an 1660, comme j'étois à l'Hôtel-Dieu de Paris, y pratiquant les accouchemens, une jeune femme ou fille en manière de courtisane, âgée de 20 ans, y vint pour accoucher, comme elle fit de son deuxième enfant; laquelle ayant eu la maladie vénérienne avant sa première grossesse, étoit accouchée avant terme d'un enfant mort et tout pourri de vérole; mais quand elle fut grosse que pour cette seconde fois, voyans que les accidens de sa maladie augmentoient de plus en plus, elle préjugea qu'il n'y avoit pas lieu d'espérer que cette seconde grossesse luy pût mieux réussir que la première; parce qu'elle avoit par tout le corps, et principalement aux deux mamelles quantité d'ulcères très malins, qui s'augmentoient de jour en jour; et appréhendant qu'ils ne se convertissent en cancer, avant qu'elle

eût le temps de l'accouchement, dont elle étoit éloignée, d'autant
qu'elle n'étoit encore grosse que de trois mois, elle prit réso-
lution pour lors de se faire traiter tout à fait, et de risquer sa
vie en cet état pour tâcher de porter son enfant à bien, n'espérant pas le pouvoir faire par un autre moyen, ni de pouvoir
aussi elle-même résister à son mal qui s'empiroit tous les jours
de plus en plus. Elle communiqua sa maladie et son dessein à
trois ou quatre chirurgiens, ne leur célant pas qu'elle étoit
grosse, lesquels ne voulurent jamais la traiter pour ce sujet,
nonobstant qu'elle les en requit, et qu'elle leur promit de les
bien payer, chacun d'eux luy disant que sa conscience y seroit
engagée, s'il le faisoit en l'état qu'elle étoit, et qu'il seroit bien
plus à propos qu'elle patientât au mieux qu'elle pourroit, jusques
à ce qu'elle fût accouchée, après quoy il l'entreprendroit volontiers. Mais comme elle vit qu'elle n'en trouveroit peut-être pas
un qui le voulût faire, si elle ne céloit sa grossesse, qui pour
n'être que de trois mois, ne paroissoit presque pas pour lors,
croyant qu'il n'y avoit pas de meilleur expédient, elle en fut
trouver un autre à qui elle ne se déclara point en aucune façon
être grosse, lequel la traita en la manière ordinaire ; et outre les
autres remèdes qu'on a coutume de faire en cette maladie, il luy
donna, par cinq ou six frictions réitérées, un flux de bouche,
qu'elle eut très copieux pendant cinq semaines entières, au
moyen de quoy elle fut parfaitement guérie, sans qu'il lui restât
ensuite aucun accident de sa maladie. Lorqu'elle fût sur la fin
des remèdes, voyant qu'elle en avoit bonne issue, elle dit à son
chirurgien qu'elle étoit grosse de quatre mois et demi (car elle
l'était de trois mois, comme j'ay dit, quand elle entra chez luy,
où elle demeura six semaines entières sans qu'il s'en aperçût,
ce qu'il ne pouvoit presque croire dans l'abord qu'elle luy
déclara ; mais ayant fait réflexion sur son ventre qui avait toujours grossi au lieu de diminuer, pendant l'évacuation que les

remèdes avoient faite, il en connut aussitôt la vérité. Elle luy témoigna, que le sujet pourquoy elle luy avoit celé sa grossesse, étoit le refus que plusieurs autres chirurgiens, ausquels elle avoit dit la chose, luy avoient fait de la traiter. Depuis qu'elle fut ainsi sortie de ces remèdes, elle ne fut en aucune façon incommodée durant tout le reste du temps de sa grossesse, sinon qu'elle fut un peu accueillie de nécessité, d'autant qu'elle avoit donné le peu d'argent qu'elle pouvoit avoir à son chirurgien pour la panser ; ce qui fut cause qu'elle vint audit Hôtel-Dieu pour y faire ses couches ; où pour lors je l'accouchai d'un enfant à terme, aussi gros et gras et aussi sain, que si sa mère n'eût jamais eu en tout son corps aucune tache de cette maladie ; et ce qui est bien remarquable, l'arrière faix, qui est une partie qui reçoit facilement l'impression de la moindre corruption des humeurs de la femme, en étoit aussi net, et aussi beau et vermeil qu'on se puisse imaginer.

Cet exemple qui est très véritable, nous fait connoitre qu'on peut bien traiter de la vérole la femme grosse ; ce qui se fera d'autant plus sûrement aux autres femmes, qu'on ne le fit en celle cy, pourvu qu'on observe les précautions que j'ay marquées cy dessus ; car c'est sans contredit, que si cette femme n'en eût été pansée, elle eût accouché cette seconde fois d'un enfant corrompu, comme elle avoit fait la première.

Lorsque l'enfant est hidropique, il est impossible qu'il soit tiré hors de la matrice, avant qu'on l'ait percé pour en vuider les eaux ; après quoy on en viendra facilement à bout, comme je l'ay pratiqué en pareille rencontre, dont je vais présentement décrire toutes les circonstances, et la manière avec laquelle nous nous y comportâmes, car nous fûmes deux chirurgiens, une sage-femme et une apprentisse de l'Hôtel-Dieu, à faire cet accouchement, où la chose arriva de cette façon.

En l'année 1660, comme je pratiquois en ce lieu les accou-

chemens, il se rencontra un jour que l'apprentisse voulant
accoucher une femme, ne put jamais faire passer autre chose
que la tête de l'enfant, qui demeura ainsi pris au col, et arrêté
au droit des épaules, sans pouvoir avancer plus outre. Or,
voyant qu'il luy étoit impossible d'avoir cet enfant, quoy qu'elle
le tirât très fortement par la tête, et qu'elle avoit épuisé inuti-
lement toute son industrie, pour tâcher d'en venir à bout, elle
appela à son secours la maîtresse sage-femme, qui étoit pour
lors la nommée Mme *de France*, laquelle y fit tout son possible,
mais ce fut encore en vain. Après qu'elles se furent bien lassées
toutes deux à tirer cette tête de la sorte (ce qu'elles firent tant
que les vertèbres du col avoient déjà quitté, ne restant plus que
la seule peau qui y tenoit quelque peu), je survins à ces entrefaites, où d'abord elles me prièrent d'examiner moy-même ce
qui étoit cause que cet enfant n'avoit pas pû être tiré par les
efforts qu'elles en avoient faits, qui étoient plus que suffisans
pour faire sortir les épaules, quand elles auroient été beaucoup
plus grosses qu'elles n'étoient pas ; à quoy ayant fait réflexion,
je conçus bien aussitôt qu'il falloit que la difficulté procédât
d'ailleurs ; ce qui m'obligea de pousser d'abord ma main applatie
à l'entrée de la matrice jusques aux épaules de l'enfant, lesquelles ne me paroissant pas être trop grosses pour pouvoir
aisément sortir, me firent connoître que l'empêchement n'étoit
pas en cet endroit. J'introduisis après cela ma main plus avant,
la portant par dessous la poitrine de l'enfant, au bas de laquelle
étant arrivée environ le cartilage xiphoïde, je trouvay que tout
son bas-ventre étoit tellement hydropique et plein d'eau, qu'il
étoit entièrement impossible de le tirer, sans l'avoir auparavant
percé, pour donner moyen à cette eau de s'écouler : mais il me
manquoit alors un instrument propre pour le faire, à faute
duquel je fus obligé d'envoyer promptement avertir un chiru-
gien dudit Hôtel-Dieu ; auquel après qu'il fut arrivé je déclarai

la chose, comme je l'avois reconnue, et luy fis entendre que pour tirer cet enfant, il falloit nécessairement luy percer le ventre, afin d'en vuyder les eaux par son ouverture; mais il ne voulut jamais suivre mon sentiment, soit par une espèce de politique, à cause qu'il croyoit peut-être sçavoir assez bien son métier sans avoir besoin de mon avis; ou parce qu'il ne vouloit, ou ne pouvoit pas croire que l'enfant fût hydropique, comme je luy disois; ce qui fut cause qu'il se contenta seulement (sans se mettre en peine d'examiner précisément la chose) de tâcher d'en faire extraction à sa mode; et pour y parvenir il tira d'abord, et sépara entièrement la tête du corps, laquelle pour lors n'y tenoit plus que fort peu, pour avoir été tirée avec trop de violence par les sages-femmes, comme j'ay dit ci-dessus. Après cela introduisant un crochet dans la matrice, il en tira et arracha les deux bras l'un après l'autre, et ensuite quelques côtes, une portion des poulmons, et le cœur; quoy faisant, il se lassa tant à force de tirer pièces, morceaux et lambeaux l'un après l'autre, pendant plus de trois quarts d'heure, qu'il en suoit à grosses gouttes, quoiqu'il fit extrêmement froid en ce temps; et il s'y tourmenta si fort le corps et l'esprit, qu'il fut contraint de quitter la besogne pour se reposer, laissant à la sage-femme à y faire aussi son possible, pendant qu'il reprendroit un peu ses forces; laquelle s'y lassa en vain aussi bien que luy, en tirant quelques côtes de l'enfant qu'elle tenoit avec les mains seulement (car ce n'est pas le fait des sages-femmes de se servir de crochets), ensuite de quoy il se remit une seconde fois à tirer de toute sa force, sans pouvoir plus rien avoir; parceque jusques là il n'avoit point encore percé le bas-ventre ni le diaphragme, ne le voulant pas faire, comme je luy disois à chaque moment, sans quoy il étoit absolument impossible de tirer le reste du corps.

Or, voyant que tous ses efforts étoient aussi inutiles cette seconde fois que la première, il me donna enfin son crochet, ne me disant de m'y lasser aussi bien que les autres ; lequel j'acceptai très volontiers, et avec joye (car j'étois très assuré de venir à bout de l'opération) sçachant bien qu'au lieu de m'amuser à tirer comme il avoit fait, il ne falloit seulement que percer le ventre de l'enfant, pour en évacuer les eaux, après quoy le tout viendroit très facilement. Pour ce sujet j'introduisis aussi-tôt ma main gauche dans la matrice, jusques au droit de ce ventre hydropique ; où étant je coulay par le dedans, et le long d'elle avec ma droite ce crochet ; ce qu'ayant fait, je tournay la pointe de cet instrument vers le ventre de l'enfant, dans lequel je l'enfonçay tout d'un coup, en telle sorte qu'il en fut percé d'un trou à y fourrer l'extrémité de deux de mes doigts, que j'y mis après l'en avoir retiré ; puis les écartant un peu l'un de l'autre, toutes les eaux contenues en ce ventre sortirent comme un torrent, et furent évacuées dans le même instant, ensuite de quoy je tirai aussitôt le reste du corps avec ma seule main sans aucune difficulté, au grand étonnement de ce chirurgien, que je n'avois jamais pû persuader que cet enfant fût hydropique de la sorte.

Après l'avoir ainsi tiré, j'eus la curiosité de remplir son ventre d'eau par l'ouverture que j'y avois faite, afin de voir quelle quantité y avoit été contenue, et quelle grosseur il pouvoit avoir en étant tout plein. J'y en fis entrer sans exaggerer plus de cinq pintes entières de notre mesure de Paris ; ce que j'aurois bien difficilement pu croire si je ne l'eusse vû moy-même ; et ce ventre étant ainsi rempli d'eau, étoit de la grosseur et de la figure d'un assez gros balon. J'ay mis icy toutes les circonstances de cette histoire, afin que le chirurgien connoisse comment il se doit comporter en semblable occasion. »

Si Petit a dit vrai, si réellement Mauriceau « n'a accouché que quatre ou cinq femmes, » on est forcé d'avouer

8

qu'il a su en tirer un grand profit, et on ne peut que regretter que ce soit Peu et non pas lui qui soit resté dix ans à l'Hôtel-Dieu.

Ce qu'on peut affirmer, pour clore ce débat, c'est que Peu et Mauriceau eurent à l'Hôtel-Dieu un rôle beaucoup moins important que Portal dont on retrouvé fréquemment le nom dans les actes de l'époque. Ce dernier dut y commencer ses études vers 1650, car nous verrons qu'il en sortit en 1663, et il dit qu'il y travailla, sous Moreau, l'espace de treize ans.

Il est cité pour la première fois dans une délibération du 21 novembre 1657.

« M. Forne a rapporté au Bureau que, suivant la délibération du 14 du présent mois, le sieur Capon et la dame Moreau l'ayant adverti qu'il y avait une femme morte à l'Hôtel-Dieu sur laquelle on pouvait faire commodément dissection et anatomie de la matrice, il y a donné la permission par son billet délivré au sieur Portal, qui fait difficulté d'y travailler, pour les raisons qui ont été rapportées au Bureau, sur quoy la Compagnie a arrêté que le dict Portal exécutera l'ordre dudit sieur Forne comme estant celuy du Bureau. »

19 décembre 1657. — « La Compagnie a donné l'ordre au sieur Portal de faire ouverture du corps de Jeanne Moulin, femme grosse, morte à l'Hôtel-Dieu en travail d'enfant après trois jours de travail, ce qu'il fera en présence du médecin ordinaire de l'office des

accouchées au moins, de la sage-femme et de celle qui
est à présent aprentisse et non autrement. »

Un an plus tard (15 janvier 1659), Portal est admis
à accoucher les femmes vérolées.

15 janvier 1659. — « M. Forne a dit qu'il se présente
quelquefois à l'Hôtel-Dieu des femmes grosses qui sont
malades de *la grosse vérole, auxquelles la sage-femme
n'ose et ne doit toucher* pour les délivrer, de peur de
gaster les autres femmes en couches, que *l'on peut se
servir pour les acoucher* du sieur *Portal qui a deja
quelque expérience en cela ;* sur quoy monsieur Perreau
a dit que si l'on est obligé de se servir de chirurgien
en cela, il est juste que le sieur Petit, maistre chirurgien, y soit aussi employé, s'il le désire. »

Et enfin en 1660, Portal est autorisé à aller pendant
trois mois à l'office des accouchées.

Pendant son passage à l'office des accouchées, il fut
appuyé pour les accouchements des conseils de M. de la
Cuisse et de M. Bouchet son gendre, maître chirurgien
juré qui était « un des plus habiles hommes et le plus
grand praticien qui se soit meslé des accouchements. »
Ces chirurgiens, bien que n'appartenant pas à l'Hôtel-
Dieu, étaient consultés dans les cas périlleux et ne
« refusoient point cette charité pour les pauvres. »

Portal s'attacha surtout à cette époque, à l'étude de la
version monopode. « Je feray remarquer, dit-il, dans son
observation 8 (page 59), qu'on ne doit pas tant
s'amuser, comme l'on fait ordinairement, à porter la

main pour chercher l'autre pied quand on en tient un. J'ay fait remarquer plusieurs fois à MM^{es} Moreau et de France, ès années 1660 et 1663, lorqu'elles étoient maistresses sages-femmes de l'Hôtel-Dieu de cette ville, que lorsqu'on avait conduit un pied dehors, il n'estoit point nécessaire de chercher l'autre, car il est très certain que, suivant cette méthode, la femme ne sent pas la moitié des douleurs qu'elle souffre lorsqu'on met plusieurs fois la main dans la matrice, et que l'enfant en est moins travaillé, comme je l'expliquerai en parlant de l'accouchement où l'enfant présente l'anus. »

Portal quitte l'Hôtel-Dieu en 1663.

28 mars 1663. — « Le sieur Portal est venu au Bureau prendre congé de la Compagnie et la remercier de la grâce qu'elle lui a fait de le retenir au service des pauvres de l'Hôtel-Dieu, et gagner sa maîtrise comme il a fait par un travail de six ans suivant les privilèges de l'Hôtel-Dieu. »

21 mars 1663. — « La Compagnie a signé un certificat des services rendus pendant six années à l'Hôtel-Dieu par le sieur Portal, en qualité de premier compagnon chirurgien ordinaire gagnant sa maîtrise, et lui a aussi délivré ordonnance de cinquante livres pour une année qui écheera au jour de Pasques prochain, de la récompense desdicts services qui lui est accordée annuellement outre ses gages. »

Mais le véritable accoucheur de l'Hôtel-Dieu est Saviard qui, en sa qualité de chirurgien major, assista pendant plus de dix ans à tous les accouchements difficiles.

Après avoir été compagnon à l'Hôtel-Dieu, Saviard fut nommé premier compagnon gagnant maîtrise le 31 juillet 1687.

« Se sont trouvez au Bureau les sieurs Garbes père, Marteau, Lombard, Morin, Enguehard et Garbes fils, médecins ordinaires de l'Hostel-Dieu, le sieur du Tertre, substitut perpétuel du médecin du Roy, les sieurs Hostomes Ducos, Simon et le Breton, prévosts des maistres chirurgiens de Paris, suivant qu'ils en avoient esté priez de la part du Bureau, pour interroger Barthelemy Saviard, le plus ancien des compagnons chirurgiens de l'Hostel-Dieu, et donner leurs avis s'ils le trouvoient capable de remplir la place de compagnon chirurgien de l'Hostel-Dieu gagnant sa maîtrise, auquel interrogatoire ils ont vaqué l'un après l'autre, depuis deux heures trois quarts jusqu'à cinq heures et un quart, et ils ont dit tous d'une voix qu'ils le trouvent capable de remplir ladite place ; sur quoy la Compagnie a admis ledit Saviard en ladite place de premier compagnon chirurgien de l'Hostel-Dieu, aux mêmes gages et droits dont ont joui ceux qui l'ont précédé en ladite place pour, après six années continuelles, estre receu maistre chirurgien dans Paris, sans examen et sans frais. »

Une délibération du 11 avril 1693 nous apprend que « le sieur Saviard, premier compagnon chirurgien gagnant sa maîtrise à l'Hôtel-Dieu, aura achevé son temps de six années au 1er septembre prochain » ; et de fait le 2 septembre 1693 « sur ce qui a esté dit que le sieur Saviard a achevé ses six années de service au 1er de ce mois pour gagner la maitrise de chirurgien à l'Hôtel-Dieu, la Compagnie a arresté d'installer aujourd'hui à la sortie du Bureau le sieur Colignon en la place du sieur Saviard. »

De tous les chirurgiens qui ont traversé le service de l'Hôtel-Dieu, Saviard est celui qui y a recueilli le plus de notes, et les observations suivantes que nous lui empruntons, serviront à donner une idée à la fois de la pratique obstétricale à l'Hôtel-Dieu à la fin du xviie siècle, et des attributions respectives du chirurgien en chef et de la sage-femme.

OBSERVATION XV
D'une descente de matrice

« Du temps que mademoiselle de la Marche étoit maîtresse sage-femme à l'Hôtel-Dieu, je vis dans la salle des accouchées, une femme en travail, à laquelle le corps de la matrice contenant son enfant sortoit entièrement hors de la vulve; l'on voyoit à découvert l'orifice interne dilaté de la largeur de deux écus; et par cette ouverture l'on voyoit la tête de l'enfant garnie de ses cheveux, qui se présentoient pour sortir dans la posture naturelle. Cette malade *étoit dans la chaise où l'on met celles qui ont de mauvais travaux, dont le siège est coupé par devant,* pour empêcher que la matrice ne tombe ou se renverse dans les derniers efforts de l'accouchement : par ce moyen cette femme accoucha heureusement, et fut délivrée de même ; après quoi on repoussa sa matrice en son lieu, et, quand elle fut guérie, on lui mit un pessaire pour la tenir réduite.

Peu de temps après que madame Morlet eut succédé à madame de la Marche comme maîtresse sage-femme de l'Hôtel-Dieu, il arriva qu'une de ses apprentisses accouchant une femme, la voulut délivrer sans appeler sa maîtresse, se faisant toutes, assez mal à propos, une grande fête d'opérer seules, afin de se pouvoir vanter après cela de leurs prouesses ; cette apprentisse voulant, dis-je, délivrer son accouchée, tira avec le placenta le fond de la matrice ; alors reconnaissant sa faute, elle appela sa maîtresse qui sépara le placenta du fond de la matrice renversée. Comme j'étois présent avec un autre chirurgien interne, après avoir fait ses efforts pour remettre la matrice en son lieu, elle me pria de voir si je réussirois mieux. Je ne pus la réduire qu'à moitié ; la femme se trouva dans une foiblesse extraordinaire, qui nous obligea à penser plutôt à la fortifier qu'à achever cette opération.

Elle vécut ensuite pendant huit jours avec une tension au ventre fort douloureuse, accompagnée de vomissements et de nausées. Je fis l'ouverture de son cadavre, où je trouvai l'orifice interne à l'extrémité du vagin, fort ouvert et tout gangrené. Ce qui est une preuve que la matrice et son orifice interne, dans les efforts violents, peuvent tomber dans le vagin, et même jusques hors de la vulve, en s'allongeant davantage.

OBSERVATION XXV (PAGE 108)
D'un mauvais travail

Le 21 juillet 1689, une femme fort gaie, qui attendoit à l'Hôtel-Dieu le temps de son accouchement dans la salle des accou-

chées, fut soudainement attaquée de douleurs, qui donnant lieu
de croire qu'elle accoucheroit bientôt, obligèrent la maîtresse
sage-femme de la toucher, par où elle connut que son enfant
se disposoit à sortir. Ces douleurs qui avoient continué pendant deux jours, sans que rien s'avançât, cessèrent tout-à-coup,
j'entends les douleurs pour accoucher, car elle ressentoit toujours beaucoup de pesanteur sur l'estomac, et de si grandes
douleurs dans le ventre, qu'elles l'obligeoient à se courber le
ventre contre terre : son pouls se perdoit et revenoit de
temps en temps, en sorte que ce manège ayant duré pendant deux
jours et deux nuits, cette malade mourut.

Pendant que son travail avoit ainsi continué, le placenta
s'étoit détaché et étoit sorti hors de la matrice, après quoi l'on
avoit cessé de sentir l'enfant au toucher ; et ce qui surprenoit
davantage les gens connoissans, tant chirurgiens que sages-
femmes, étoit que le cordon au lieu de donner quelques facilités à trouver l'enfant en le suivant, cela ne servoit qu'à
faire juger que l'enfant, au lieu d'être resté dans la matrice,
s'étoit retiré dans le ventre.

Ces singularités me firent naître le désir d'ouvrir le cadavre
de cette femme incontinent après sa mort ; et je n'eus pas plutôt ouvert les téguments du ventre, que j'apperçus l'enfant mort
hors de la matrice, ayant les pieds sur l'estomac de sa mère, et
les mains et le visage appuyés sur sa matrice, comme s'il eût
dormi couché sur le ventre, ce que je fis observer à Mademoiselle Morlet, alors maîtresse sage-femme de l'Hôtel-Dieu, et à
ses apprentisses.

Les intestins de cette femme étoient tout rongés, et les grais-
ses de l'épiploon toutes pourries et très puantes. La matrice
n'étoit point altérée, mais remplie d'une quantité de sang très
considérable qui s'y étoit épanché.

L'ouverture par où l'enfant étoit entré dans la capacité du

ventre, se trouva dans le vagin, un travers de doigt au-dessous de l'orifice interne de la matrice.

Observation LXXXIV (page 287)
D'un accouchement laborieux

Le 12 janvier 1690, Madame Morlet, maîtresse sage-femme de l'Hôtel-Dieu, m'envoya prier de monter à la salle des accouchées, pour l'aider dans l'accouchement d'un enfant, dont un bras noir et livide sortoit hors de la matrice, outre que le dos de cet enfant se présentoit à l'orifice interne. Cette dame, quoique très entendue dans sa profession, n'avoit pu retourner l'enfant pour amener ses pieds au passage, comme l'on doit tâcher de faire dans tous les accouchemens où l'enfant se présente dans une posture peu naturelle, c'est-à-dire, lorsqu'il ne vient pas la tête la première, et le visage tourné vers le rectum de sa mère.

Je me mis donc en devoir de travailler à cet accouchement, et ayant pour cela glissé ma main le long du dos de l'enfant, je crus tenir une cuisse ; mais c'étoit le pli du coude ; et après avoir fait quelques autres tentatives avec aussi peu de succès, voyant la mère fort affaiblie de ce qu'elle avoit souffert, depuis quatre jours entiers que son enfant étoit ainsi embarrassé de travers au passage, et ne sentant aucun battement d'artère à l'enfant, outre qu'il sortoit des humidités très puantes de sa matrice, je crus qu'il falloit au plus tôt délivrer cette femme, et ne doutant point que son enfant ne fût mort, par les signes que j'ai remarqués, je pris un bistouri courbe, et je séparai les deux bras de l'enfant dans leur articulation avec l'omoplate. Après cette séparation que je n'avais faite que pour faciliter l'entrée de ma main, je fis promener cette femme pendant un quart d'heure, après quoi l'ayant fait mettre sur le lit de travail, je trouvai beaucoup de facilité à introduire ma main dans sa matrice, de

manière qu'ayant bientôt trouvé un premier pied, puis un
second, je tirai l'enfant heureusement pour la mère, qui échappa
par ce moyen de ce fâcheux travail et sortit de l'Hôtel-Dieu
bien guérie au bout de six semaines.

OBSERVATION LXXXV (PAGE 290)
D'un autre accouchement très fâcheux

Le 5 juin 1691, la même maîtresse sage-femme de l'Hôtel-Dieu
fut obligée de demander pour faire un accouchement qui la
chagrinoit beaucoup, depuis cinq jours que l'enfant se présentoit
dans une mauvaise posture qu'elle n'avoit pu rectifier. Il sortoit un
de ses bras hors de la matrice, qui étoit tout gangrené, et son corps
présentoit le dos et le cou ; et après l'écoulement des eaux, la
matrice s'étoit fort resserrée, et son orifice formoit un gros
bourrelet qui empêchoit que l'on ne pût insinuer la main bien
en avant, pour aller chercher les pieds de l'enfant.

Je l'introduisis cependant avec beaucoup de peine, sans autre
fruit que d'amener l'autre bras de l'enfant. J'avois ôté le premier
avec facilité, à cause de la pourriture ; et après avoir amené le
second, je fis encore une tentative pour trouver les pieds, ce
que je ne pus faire ; et Mme Morlet qui avoit la main plus
menue que moi, ayant encore réitéré, pour y réussir, les mêmes
épreuves qu'elle avoit faites auparavant pendant trois heures
entières, fut obligée de s'en désister absolument, et de me prier
avec instance, d'employer d'autres moyens pour soulager
cette pauvre femme, laquelle, quoique fort affaiblie, ne laissoit
pas de demander avec larmes qu'on la délivrât.

Lorsqu'elle se fut un peu reposée, et que je lui eus fait prendre un peu de vin pour la fortifier, étant au surplus très certain que son enfant étoit mort, je séparai le second bras avec
mon bistouri dans la jointure de l'épaule ; et cette séparation,

ne m'ayant pas donné plus de facilité à trouver les pieds, parce que le corps de l'enfant replié en double, ne me permettoit pas d'y atteindre, je la fis promener comme celle dont j'ai parlé précédemment, mais sans succès.

Dans cet embarras, j'aurois pu me tirer d'affaire, comme font dans ces occasions fâcheuses les accoucheurs du plus grand nom et les sages-femmes les plus fameuses, qui plus sensibles à leur réputation qu'au salut de leurs malades, les abandonnent à leur mauvais sort, disant qu'il est impossible de les accoucher, comme me le dit un jour une matrone jurée, qui prétendant en savoir plus que tous les chirurgiens ensemble, s'offrit de donner cent louis à quiconque accoucheroit une femme qu'elle abandonnoit, aussi bien que trois fameux accoucheurs, parce que son enfant présentoit les bourses, et que j'accouchai cependant en moins d'un quart d'heure, en présence de M. de Saint-Germain, maitre-chirurgien, qui m'était venu quérir pour faire cet accouchement.

Or, pour revenir au fait dont il s'agit, ne voyant point de jour à tirer l'enfant par les pieds, il me vint en pensée de séparer la tête du tronc ; mais l'exécution de ce projet n'étoit pas facile : je ne laissai pourtant pas de l'entreprendre et d'y réussir, en m'y prenant de la manière qui suit.

Je fis situer la femme sur le lit qui étoit préparé pour son accouchement ; ensuite je fis écarter les lèvres de la vulve par deux apprentisses sages-femmes qui étoient présentes, afin de faciliter l'entrée de mon instrument, et que je pusse le retirer sans blesser ces parties ; après cela, j'introduisis ma main gauche dans la matrice, et dès que je sentis le cou de l'enfant, je poussai ma main par-dessous, et mon instrument par-dessus son dos, étant tourné du côté du fond de la matrice, et je le poussai avec ma main droite le plus loin que je pus selon la rondeur du cou ; après quoi je fis tant que ma main gauche un peu recourbée atteignit sa pointe, et je plaçai son tranchant le plus près des clavicules qu'il me fut possible, afin que toute la longueur du cou restant attachée à la tête, je pusse m'en servir pour la tirer, quand le tronc seroit sorti.

Les choses étant ainsi disposées, je crus que ma main droite suffiroit pour séparer le cou de l'enfant, et que ma main gauche conduiroit toujours la pointe de mon instrument ; mais sa seule force n'étant point suffisante, je fus obligé d'y employer mes deux mains, et tirant avec effort l'instrument de bas en haut, le cou se trouva séparé du tronc, sans avoir donné aucune atteinte à la matrice.

Je poussai ensuite mon crochet entre la première côte et la clavicule, au moyen de quoi je tirai le tronc ; et après avoir de nouveau introduit ma main dans la matrice, je saisis le cou, et Mme Morlet ayant mis son doigt dans la bouche de l'enfant, la tête suivit sans beaucoup de violence, et l'accouchement se trouva fait. J'étois si las et si fatigué qu'elle voulut bien aussi tirer le délivre. Enfin, malgré toute la violence que l'on fut obligé de faire à cette femme pour la secourir, elle fut sur pied avant quinze jours, et me vint remercier dans la salle des taillés, où je fus extrêmement surpris de la voir hors d'affaire en si peu de temps.

Je puis dire au reste, que cet accouchement est le plus difficile que j'aie fait de ma vie, celui où les peines que je m'étois données pour y réussir aient eu un plus prompt et un plus visible succès, et celui où la suggestion de mon seul génie m'ait donné plus de lieu d'être content de mon propre ouvrage.

Observation LIV (page 199)

D'un enfant qui avoit une tête extraordinaire

Une femme âgée de 28 ans, accoucha à l'Hôtel-Dieu, le 23 avril 1690, d'un enfant à terme, qui étoit d'une figure monstrueuse ; il n'avait point de crâne, et je n'y trouvai que la base de l'os coronal, occipital, des temporaux, et point de pariétaux.

L'apophise *crista galli* étoit élevée de cinq lignes, et il y avoit à son extrémité, une partie osseuse en forme de couronne, ayant quatre lignes de diamètre. Le grand trou de l'occipital étoit cou-vert d'une membrane épaisse et très forte, semblable à la dure-mère ; et dans cette membrane étoient les sinus latéraux. Le sang contenu dans ces sinus, se dégorgeoit dans les jugulaires internes. Au-dessous de cette membrane, étoit le commencement de la moëlle de l'épine. Sur la base de cet os, je ne trouvai ni cerveau ni cervelet.

Aux deux côtés de la selle du sphénoïde, il y avoit deux émi-nences fongueuses, qui y étoient adhérentes. Celle du côté droit étoit de la grosseur d'une noix, et l'autre de celle d'une olive. Elles n'étoient recouvertes d'aucune membrane, et leur sub-stance étoit entièrement spongieuse.

Cet enfant avoit vécu six heures, avoit été baptisé, et avait pris pour sa nourriture du vin et du sucre mêlés ensemble.

Il sortoit de sa bouche une plus grande quantité de mousse blanchâtre qu'il n'en sort de celle des autres enfants. Il ouvroit souvent les yeux, et particulièrement le gauche. Ils sembloient sortir de sa tête ; et il n'avoit point d'orbites supérieurs. Toutes les autres parties de son corps, tant celles du bas-ventre que des extrémités, étoient dans leur état naturel.

OBSERVATION LX (PAGE 213)
D'un accouchement extraordinaire

Une femme grosse vint à l'Hôtel-Dieu sur la fin du mois de septembre 1694, pour faire les couches de son troisième ou quatrième enfant ; treize ou quatorze jours avant sa mort, elle souffroit des douleurs excessives dans la région ombilicale et épigastrique, par les différens mouvements de son enfant, ce qui lui faisoit demander un prompt secours, et souhaiter qu'on lui ouvrit le côté; mais on ne l'écouta pas, jugeant la chose très périlleuse.

Elle mourut le 21 d'octobre suivant ; aussitôt MM. Colignon et de Jouy, assistés de Mme de Gouey, maîtresse sage-femme, en firent l'ouverture fort promptement, comme on le pratique en pareil cas, afin de tirer l'enfant mort ou vivant.

Ils apperçurent, par cette ouverture, que l'enfant étoit mort, et observèrent qu'il n'étoit point dans la matrice, la trouvant toute entière auprès de lui. Ils remirent l'examen du reste au lendemain, mandèrent M. Emmerez le médecin, *M. Mauriceau,* maître chirurgien juré et très habile accoucheur, M. du Verney, professeur au jardin royal, M. Méry, anatomiste de l'académie des sciences, et moi avec plusieurs chirurgiens, tant de l'Hôtel-Dieu que de la ville. Nous examinâmes avec attention le corps de cette femme, et trouvâmes ce qui suit :

Toutes les parties qui composent la matrice, tant intérieures qu'extérieures, aussi bien que son vagin, étoient fort saines : elle étoit de la grosseur de celle d'une femme accouchée depuis dix ou douze jours : son orifice interne étoit livide par les différens attouchements qu'on y avoit faits, tant avant qu'après sa mort. Il ne s'y trouva aucune marque de cicatrice ni de trous, que ceux des trompes, encore avoit-on assez de peine d'y introduire des soies de cochon. Toute la compagnie convint que l'enfant n'avoit point été conçu dans la matrice, et qu'il n'y avait point séjourné.

Le testicule droit ou ovaire étoit fort sain, mais la trompe et sa frange étoient pourries par l'endroit où elle étoit attachée aux membranes du péritoine, qui formoient la poche où l'enfant étoit enveloppé.

Le testicule gauche étoit gros comme un œuf de poule, rempli d'une sérosité puante ; le ligament large, la trompe et la frange étoient putréfiés. La poche qui avoit servi d'enveloppe à l'enfant, étoit située entre la matrice et le rectum, dans la cavité que forme l'os sacrum par sa courbure : l'enfant y étoit à genoux, inclinant un peu du côté droit, et devoit y être mort depuis plus de huit jours, car son épiderme s'enlevoit facilement.

Il étoit sorti de son placenta, y étant néanmoins attaché par son cordon ; et le placenta étant sorti de la poche, s'étoit rangé du côté gauche, ce qui donna issue à quantité de sang épanché dans la capacité. Ses bords s'étant rapprochés les uns des autres, il représentoit la figure d'une boule à jouer aux quilles ; toutes les membranes qui formoient cette poche et celles qui l'environnoient, étoient gangrenées.

Je crois que la grosseur que l'on remarqua à la matrice venoit du reflux du sang et des esprits qui portoient la nourriture au fœtus lorsqu'il étoit vivant.

OBSERVATION XCVII (PAGE 317)
Sur l'ouverture du corps d'un enfant

Le 10 février 1692, je fus appellé à la salle des accouchées, pour accoucher une femme dont l'enfant étoit mort, ainsi qu'il nous paraissoit par la lividité de sa peau, par la puanteur et par la séparation de l'épiderme ; sur quoi il est bon de faire observer aux jeunes chirurgiens que ce dernier signe n'est pas toujours certain, *en ayant vu plusieurs à qui l'épiderme s'enlevoit par tout le corps, qui n'ont pas cessé de vivre.*

J'accouchai donc cette femme, et après l'accouchement, je fis l'ouverture du corps mort de son enfant qui étoit hydropique, et voulant montrer les vaisseaux ombilicaux aux apprentisses sages-femmes, je trouvai que la veine et les artères ombilicales étoient dans leur disposition ordinaire ; et à l'égard de l'ouraque je remarquai qu'en son lieu et place il y avoit un conduit plus considérable, que je trouvai cave et dilaté jusqu'à former une poche dans laquelle on pouvoit introduire jusqu'à deux et trois doigts, ne s'étendant pas plus loin que l'endroit où le cordon perce les tégumens, et qui me parut n'être autre chose qu'un alongement du fond de la vessie ; ce qui peut faire conjecturer que l'ouraque n'est pas d'un si grand usage que certains auteurs se sont imaginés, puisque cette production qui en faisoit la fonction n'accompagnoit pas les autres vaisseaux dans le cordon.

Observation CXVII (page 402)

De deux défauts naturels

En l'année 1687, je vis à l'Hôtel-Dieu un enfant nouveau-né, qui avoit dix doigts à chaque main et autant aux pieds, dont les phalanges paraissoient toutes rompues et blessées, ce qui était l'effet de la forte impression que la vue d'un supplice avoit faite sur l'imagination de la mère pendant sa grossesse.

Peu de temps après, on amena au même lieu une petite fille âgée de 8 ans, qui avait six doigts à la main gauche, savoir : un petit pouce enté sur la première jointure de celui de cette main ; je coupai ce doigt superflu sans le vouloir séparer immédiatement de la jointure à laquelle il étoit attaché, de peur d'occasionner un dépôt sur la partie en intéressant les ligamens de cette jointure, de sorte qu'il est resté sur cette jointure, en sa partie latérale qui regarde le doigt, une petite portion d'os qui ressemble à un sésamoïde.

Au reste, après le retranchement de ce doigt inutile, la plaie se trouva guérie en quinze jours, avec beaucoup de facilité, et cette fille vit en parfaite santé.

Observation LXXXII (page 283)

Sur le différent état du placenta dans la matrice des femmes qui accouchent de plusieurs enfants

Au mois de juin 1687, une femme accoucha à l'Hôtel-Dieu, au terme ordinaire, de trois enfants qui avoient chacun leur placenta et leur cordon particulier; le premier vint à minuit, le second trente-six heures après, et le troisième six heures après le second. Il y avoit deux placentas qui se joignoient par leurs extrémités; mais qui étoient faciles à séparer.

Ils vécurent trois semaines, et moururent tous trois, à peu de distance les uns des autres; la mère étoit *âgée d'environ 63 ans (?)*

Au mois de septembre suivant, une autre femme accoucha pareillement à l'Hôtel-Dieu, de trois autres enfants; le second vint douze heures après le premier et le troisième six heures après le second. Ils avoient chacun un cordon attaché à un seul placenta.

Observation CXIV (page 397)

D'un travail funeste occasionné par la mauvaise conformation du corps de la femme qui y fut exposée

En l'année 1697, la fille d'un maître tailleur d'habits, âgée de 27 ans, et dont le corps n'avoit pas trois pieds de haut, à l'occasion d'une courbure de l'épine qui avoit empêché les autres parties d'acquérir leurs dimensions naturelles, vint à l'Hôtel-Dieu pour faire ses couches, étant devenue grosse du fait d'un garçon de son père, qu'elle reconnoissoit elle-même avoir sollicité à satisfaire sa passion, qui lui fut tout à fait funeste; car le temps de son accouchement étant arrivé, l'étroitesse des passages ne put lui permettre de donner issue

9

à son enfant, et elle mourut dans le travail, priant au plus fort de ses douleurs que l'on ne fît aucune peine à celui qui l'avoit engrossée, disant qu'elle en étoit la seule coupable, l'ayant obligé malgré lui à condescendre à ses mauvais désirs, dont elle étoit justement punie.

C'est l'observation de cette même femme que Mauriceau nous a laissée dans la 53e de ses dernières. Il est curieux de comparer sa manière à celle de Saviard.

D'une fille âgée de 27 ans qui étoit une vraye nine, qui pour son malheur étant devenue grosse d'enfant, mourut avec son enfant dans le ventre.

Le 17 mars 1697, je vis à l'appartement de la maîtresse sage-femme de l'Hôtel-Dieu, une fille âgée de vingt-sept ans, grosse de huit mois et demi, ou environ, qui n'étoit pas plus grande qu'une vraye nine, n'ayant que deux pieds de hauteur ; elle avoit l'épine du dos et les deux jambes toutes torses, et les os des cuisses extrêmement courts ; ce qui contribuoit beaucoup à la rendre plus petite qu'elle n'auroit été, si ces parties ne se fussent point ainsi mal conformées dès les premières années de sa plus tendre jeunesse : cependant cette fille de la figure que je la viens de décrire, qui n'auroit pas été capable de donner de l'amour à un Ésope, ne laissa pas d'en donner pour son malheur à l'un des domestiques du logis, où elle demeuroit qui lui fit l'enfant dont elle étoit grosse. Lorsque je la vis ainsi, elle se portoit assez bien, sentant remuer son enfant, et ayant du lait en son sein qui étoit assez bien conformé ; mais son ventre touchoit par le bas ses deux genouils ; ce qui donnoit grand lieu de craindre pour sa vie, et pour celle de son enfant, quand elle se trouveroit mal pour accoucher, comme il arriva en effet ; car elle mourut ainsi que l'on me dit ensuite avec son enfant dans le ventre, après avoir eu durant trois jours entiers un travail des plus laborieux, sans qu'elle pût jamais accoucher, ni être secourue par les chirurgiens qui la virent en ce déplorable état, qui les fit craindre qu'elle ne mourût entre leurs mains, s'ils avoient tenté de la délivrer de son enfant ; ce qu'ils ne pouvoient pas faire qu'en se servant d'instrument pour démembrer cet enfant s'il étoit nécessaire, ou pour le tirer tout entier en faisant l'opération césarienne à la mère, qui seroit toujours indubitablement morte après cette cruelle opération.

On trouvera dans Saviard nombre d'autres observations intéressantes au point de vue qui nous occupe. Elles ont été recueillies de 1687 à 1693 (1) à la salle des accouchées, dont il était chirurgien en chef, et où il faisait « très fréquemment des démonstrations, tant sur des cadavres féminins pour l'instruction des apprentisses sages-femmes, que sur des femmes vivantes pour distinguer le terme de leur grossesse, afin de les admettre à faire leur accouchement à l'hôpital, ou de les renvoyer jusqu'à leur terme, quand elles en sont éloignées ; à quoi cependant l'on peut se tromper assez souvent (p. 51). »

Ni de la Motte ni Levret n'ont pu tirer grand profit de l'office des accouchées de l'Hôtel-Dieu.

(1) L'observation CXIV montre que Saviard et Mauriceau, après leur sortie de l'Hôtel-Dieu, étaient appelés à donner leur avis dans les cas difficiles.

De la Motte paraît ne l'avoir qu'entrevu.

« Il semble, dit-il (page vj de sa préface), en lisant les livres de MM. Mauriceau et Peu, qu'il soit impossible de bien réussir dans la pratique des accouchements, à moins que l'on n'ait travaillé à Paris à l'Hôtel-Dieu dans la salle des accouchées.

« Il est vrai que cet Hôpital est, pour les chirurgiens, la meilleure école de l'Europe, et que j'aurois ardemment souhaité d'avoir pu y être admis aux opérations des accouchemens pendant cinq années que j'ai travaillé dans cette maison (1) : mais comme il n'y a *qu'un chirurgien pour l'ordinaire,* qui soit chargé de cette fonction, et *que c'est une place qui n'est donnée qu'à la faveur,* il fallut me contenter de suivre en qualité de Topique, les médecins qui y faisoient la visite pendant deux mois de l'année, de manière que j'y suivis seulement durant six mois, trois de ces médecins, qui étoient MM. de Bourges, Ozon et Morin, pendant lequel temps je m'attachai à examiner la conduite que ces messieurs tenoient pour garantir les accouchées des accidents qui leur arrivoient après leurs couches. Je me dédommageai en quelque façon par ce moyen de mon manque de recommandation ; mais je puis assurer que pendant les six mois que j'y fus admis en cette qualité, il n'y eut d'accouchement extraordinaire que celui d'un enfant enclavé au passage, où la présence du chirurgien

(1, L'année 1678 fut la première que de la Motte travailla à l'Hôtel-Dieu. Traité complet des accouchemens. Paris, 1765, n. éd. t. 1, p. 255.

fut nécessaire, et qui se termina cependant sans autres secours que celui de la patience, quoiqu'il y eût pendant tout ce temps là, trois cent cinquante à quatre cens femmes grosses, qui étoient toutes accouchées par les apprentisses, et *rarement par la dame de la Marche*, pour lors maîtresse sage-femme de cet Hôpital. Ce qui me persuade, ou que ces auteurs y étoient dans un temps bien différent du mien, ou qu'ils exagèrent beaucoup en comptant par centaines les accouchements qu'ils disent y avoir faits. Cependant, quoique je n'aye pas eu le bonheur de m'exercer dans l'Hôtel-Dieu, le Ciel n'a pas laissé de bénir mes travaux, et en joignant la lecture à la pratique, les observations à la lecture et les réflexions aux observations, je n'ai pas laissé d'acquérir en peu temps plus de réputation que je n'en pouvois attendre, ayant souvent fait jusqu'à trois et quatre accouchemens dans un jour, et je puis dire heureusement, en quelque situation que les enfants se soient trouvés, sans le secours du crochet, ni d'aucun instrument dont l'effet soit à craindre.

« En un mot, ce qui fait connaître avec encore plus d'évidence qu'il n'est pas absolument nécessaire pour devenir habile accoucheur, d'avoir travaillé dans l'Hôtel-Dieu de Paris, c'est que M. Clément qui a primé sur tous les accoucheurs de son temps, n'a jamais travaillé dans cet Hôpital. »

Levret ne fut comme de la Motte que chirurgien externe à l'Hôtel-Dieu. Il dit en effet dans ses observations sur la Cure radicale de plusieurs polypes de la matrice, etc., p. 5 : « Il y a environ vingt-cinq ans, je fus successivement chirurgien externe de l'Hôtel-Dieu de Paris et de l'Hôpital de la Charité de la même ville. » Son maître, à l'Hôtel-Dieu, fut Thibault, chirurgien en chef qui mourut en 1725. Comme le livre sur les Polypes fut édité pour la première fois en 1749, c'est donc entre 1720 et 1725 que Levret fut externe à l'Hôtel-Dieu. Il m'est possible de préciser davantage; les listes d'externes de 1720, 1721, 1724 ne mentionnent pas son nom. Levret fut donc reçu en 1722 ou 1723, années pour lesquelles malheureusement la liste manque. Mais c'est à l'Hôpital général, à la Salpêtrière, et sous les auspices de Louis, qu'il fit la plus grande partie de ses recherches anatomiques et expérimentales.

CHAPITRE VII

ès la première moitié du XVIIᵉ siècle, les chirurgiens de Paris, de la province et de l'étranger surtout, demandèrent à la Compagnie l'autorisation d'assister aux accouchements qui se faisaient à l'Hôtel-Dieu.

L'administration de cette époque, relativement très libérale, ne fit d'abord que peu de difficultés à satisfaire à leurs demandes.

Voici l'une de ses premières décisions à ce sujet.

« 3o juin 1638. Cedict jour est comparu au Bureau dudict Hostel-Dieu..... chirurgien en cette ville de Paris, lequel a suplyé la Compagnie de luy permettre d'aller à l'office des accouchées pour aprendre à accoucher des femmes, sur quoy ladicte compagnie ayant mis l'affaire en délibération et *mis en considération le bien que le public pourra recevoir, d'avoir des hommes capables pour l'accouchement des femmes,* et ouy sur ce point la mère prieure, dame des accouchées et sage-femme, a permis audict..... d'aller audict office pour apprendre à accoucher les femmes, à la charge de se retyrer le soir en son logis, et faire en sorte que l'honnesteté soit gardée. »

Daniel Dalauce, maître chirurgien à Tours, *Dever,* chirurgien à Paris, *Haran,* chirurgien de l'Hostel-Dieu sont, de 1639 à 1643, l'objet de mesures semblables, moyennant trois cents livres données à l'Hostel-Dieu et *par le bon vouloir de la mère prieure.*

En 1644, le Bureau va même plus loin et permet « moyennant six pistolles » à *Jean Segaud,* chirurgien à Grenoble, de rester la nuit lorsqu'il arriverait quelque mauvais accouchement.

Mêmes permissions sont accordées, en 1655, à *Jacques Boisloré,* chirurgien à Saint-Lô, à *Michel Young,* médecin écossais, à *André Bechist,* chirurgien irlandais.

Puis en 1660, après avoir permis *au sieur Portal* d'aller pendant trois mois à la salle des accouchées, le Bureau décide que « dores en avant il sera grandement réservé à accorder lesdites permissions et que ceux à qui il a permis et permetra cy après d'entrer dans ladite sale, ne pourront aprocher des femmes en travail qu'elles ne l'aient auparavant consenty, et pour cet effet la *mère de l'ofice* saura desdites femmes leur sentiment devant qu'elles soient en travail. »

On a accusé souvent les sages-femmes d'avoir fait tout leur possible pour éloigner les hommes de l'exercice des accouchements.

Voici quelques documents qui prouvent qu'à l'Hôtel-Dieu du moins, l'opposition faite aux chirurgiens venait d'ailleurs.

« Le 3 décembre 1660, M. Forne a dit que *la mère Cheftaine de l'ofice des acouchées a maltraité de paroles la sage-femme de l'Hostel-Dieu* (qui était alors madame de France), de ce qu'elle soufroit dans ladite salle un homme (François Mauriot) pour assister aux acouche-mens des femmes, *luy reprochant que c'estoit elle qui l'y avoit fait venir de son autorité*, de quoy ladite sage-femme ayant fait plainte audit sieur Forne, il en a parlé *à ladite mère*, qui luy a dit que *Messieurs les Directeurs spirituels ne le trouvoient pas bon*, et qu'il estoit contre les bonnes mœurs de permettre que ce garçon soit à tous moments parmy les femmes et filles de cet ofice, *sur quoy la Mère prieure étant entrée au Bureau, a dit la même chose.*

« Et la Compagnie luy a répondu que la mère de l'ofice n'a point deu exciter le bruit qu'elle a fait, qu'elle au-roit deu faire sa plainte à elle Mère Prieure si elle avoit creu qu'il y eust lieu d'en faire, *que la direction spi-rituelle n'a aucune chose à faire en ce rencontre, que la permission qu'on a accordé audit garçon n'est pas une nouveauté, que de tous temps le Bureau en a donné de pareilles* pour diverses considérations, que

celle-cy a esté pour le bien que le public en doit recevoir, qu'il n'en peut rien arriver de mal, à cause que le
Bureau est très asseuré de la sagesse et vertu de ce garçon, dont Monseigneur le Premier Président avoit bien
voulu prendre la peine de s'informer très particulièrement, et que d'ailleurs les conditions qui accompagnent cette permission, qui sont conformes au règlement cy devant fait par le Bureau empeschent qu'il
en puisse arriver du désordre. »

Le 7 décembre 1661, la mère prieure vient au
Bureau protester, *au nom des directeurs spirituels,*
contre la présence d'un homme aux accouchées pour
apprendre.

La Compagnie répond que la question a déjà été
jugée, que cela dépend absolument de la direction tem-
porelle « jusque là même que par le règlement de
l'an 1535, fait pour l'économie de la Maison, les religieuses de l'Hôtel-Dieu ne devoient point avoir entrée
dans la sale des acouchées, mais qu'on y devoit préposer une femme d'âge pour avoir la conduite et le
soin... que le Bureau accorde ces permissions rarement et pour de puissantes considérations et à des
conditions qui empêchent les désordres. »

9 décembre 1661. « M. Perreau a dit que la Compagnie, le dernier jour, lui avoit donné charge d'installer en la sale des acouchées le nommé *Guillaume
Billet,* chirurgien, pour y voir faire les acouchemens
des femmes, mais que ne l'aiant point trouvé écrit

sur la feuille du grefier du Bureau, il a diféré d'exécuter cet ordre, estant nécessaire qu'il l'eust par écrit
à cause de la résistance qu'il prévoyoit y *devoir trouver de la part de Messieurs les Directeurs du spirituel.*

« Sur quoy M. Lamy, substitut de M. le Procureur
général, est entré au Bureau et l'a prié de faire jouir
ledit Billet de la grâce qu'il lui a acordé, que son
dessein n'est autre que de servir le public en son païs.
Sur quoy la Compagnie lui aiant promis d'y aviser,
lui retiré, a esté dit que la mère Prieure est alé voir
Monseigneur le Premier Président sur ce sujet,
qu'elle n'en eut autre réponse, sinon que le Bureau
seroit toujours très réservé à acorder de pareilles
permissions; que *M. Lauzon, l'un des directeurs du
Spirituel, a témoigné qu'il ne soufrira point que ledit
Billet demeure en ladite sale, disant que cela est contre
sa conscience et l'honeur de Dieu, que s'il y est introduit, il le métra lui-mesmé dehors par le bras;* qu'il
n'est plus tant question de sçavoir si la permission
acordée est légitime ou non que de maintenir l'autorité du Bureau qui semble intéressée en ce point, délibéré, et l'afaire estant trouvée de conséquence, la
Compagnie a aresté qu'il en sera conféré avec Monseigneur le Premier Président et pour ce faire a député vers lui Messieurs de Gomont, Perreau et Levieulx. »

Le Bureau dut céder sur ce point, sur les conseils
de Monseigneur le Premier Président (16 décem-

bre 1661); et le 27 octobre 1662, il refuse à *Adrien Piot,* chirurgien à Tonnerre, l'autorisation d'entrer dans la salle des accouchées de l'Hôtel-Dieu, « à cause des conséquences et de ce qui a été remarqué du passé en pareil sujet. »

Néanmoins, voulant affirmer ses droits de réglementation et de police, le Bureau décide que pour rappeler tout le monde à l'ordre il fera imprimer et afficher dans l'Hôtel-Dieu le règlement de l'office des accouchées. (13 octobre 1662.)

Mais les directeurs du spirituel et les religieuses, forts d'une première victoire, entrent en lutte ouverte avec l'administration, et ce fut, à propos d'un incident qui paraissait d'abord de peu de conséquence, une rude bataille qui remit en question tout le fonctionnement de l'Hôtel-Dieu.

Le 10 novembre 1662, « Monsieur Perreau (un des administrateurs) a dit qu'aiant fait imprimer le règlement des acouchées, suivant qu'il avoit esté rézolu au Bureau, et l'aiant fait aficher dans l'Hostel-Dieu, il a receu plainte du maistre au spirituel de ce qu'il y estoit qualifié « Monsieur le Père spirituel » : que lui aiant répondu que par cela on entendoit messieurs les Directeurs spirituels, et leur en aiant parlé, ils ont dit que la qualité qu'ils prenent est « supérieurs et viziteurs du spirituel de l'Hostel-Dieu », que cette qualité doit tousjours estre au pluriel, à cauze que monsieur le Doyen est supérieur né, et qu'ainsi il y en a

toujours deux au moins ; qu'ils trouvèrent aussi nécessaire d'obliger les aprentisses, aussi bien que la
sage-femme, de recevoir d'eux l'instruction nécessaire
pour les sacremens des enfans qui naissent dans
l'Hostel-Dieu, qu'ils trouvèrent à redire que l'Hostel-
Dieu usast de certains termes à l'égard des chapelains
et religieuzes, prétendans que le Bureau n'a aucune
autorité sur eux ; mais leur aiant fait conoitre de
quelle manière le Bureau prétend avoir droit de
donner ausdits chapelains les ordres qu'ils jugeoient nécessaires, ils répondirent d'une manière qui sembloit en
demeurer d'accord, et néantmoins ledit règlement aiant
esté réformé suivant ce qu'il est dit ci-dessus, et aiant
esté afiché, il a seu que la mère de l'ofice des acouchées
l'a araché, de quoi aiant fait sa plainte à la mère
Prieure, elle a dit que cela a esté fait sans son ordre,
que la mère de l'ofice a avoué l'avoir fait par l'ordre
desdits sieurs du spirituel, ausquels s'en estant plaint,
monsieur le Pénitencier a prétendu que le Bureau n'a
aucune autorité dans l'Hostel-Dieu sur qui que ce soit,
mais une simple administration de revenu, ce qui est
choquer absolument l'autorité du Bureau, à quoi il
faut remédier, sur quoi la Compagnie a aresté que
Monseigneur le Premier Prézidant sera prié de venir
prendre sa place au Bureau, vendredi prochain, pour
avizer à cette affaire. »

19 janvier 1663. — « Lecture faite au Bureau de l'arrest de la Cour, que la Compagnie a obtenu le 17 de

ce mois, portant que le nouveau règlement du Bureau, pour la sale des acouchées, sera remis et afiché à la porte de ladite sale, au dedans d'icelle, et aux endroits que la Compagnie trouvera à propos, avec défenses à toutes personnes, de quelque qualité qu'elles soient, d'y aporter empeschement, ny de l'arascher et oster, à peine de cinq cents livres d'amende, et de tous dépens, domages et intérests, l'afaire mize en délibération, la Compagnie a aresté que ledit arest sera transcrit au bas de chacune copie du règlement, qui sera mis et afiché par l'huissier Taluast, demain 9 heures du matin, à la porte de ladite sale, au banc et à la Chapelle ou l'on batize les enfans, en quoi il sera assisté du grefier, et s'il survient quelqu'empeschement, ledit Taluast en dressera son procès-verbal ».

7 mars. — « Monsieur Lhoste a dit que madame la Première Prézidante lui aiant témoigné avoir apris le diférend qui est entre le Bureau et messieurs du spirituel de l'Hostel-Dieu, et désirer contribuer ce qui seroit de son pouvoir pour l'assoupir, il lui fit conoitre que cela se pouvoit faire par une conférence, dont il n'estoit question que de convenir du lieu ; que messieurs du Spirituel le demandoient chez monsieur le Doien de l'églize de Paris, que le Bureau ne s'y vouloit pas acorder, mais ofroit la faire au Bureau, comme on avoit fait plusieurs fois, et en tout cas au logis de Monseigneur le Premier Prézidant ; que ladite dame trouva ce dernier expédiant bon, ofrit mesme sa cham-

bre pour la conférance et promit d'en parler ausdits sieurs du Spirituel et savoir leur réponse ; sur quoi a esté raporté que le règlement des acouchées, attaché au banc du prestre en semaine a esté caché par une image de crucifix colée dessus et les autres efacez avec du charbon ou de la boue, l'afaire mize en délibération, la Compagnie a prié ledit sieur Lhoste de voir cejourd'huy ladite dame première Prézidante pour savoir ce qu'elle a pris la peine de faire en cette ocazion, et quelle réponse elle a eu desdits sieurs du spirituel et au cas qu'ils refuzent ladite conférance, suivant qu'il est dit ci-dessus, a aresté que les arestz de la Cour seront exécutez, ce faisant, informé contre ceux qui ont araché ou efacé lesdits règlemens, toutes les fois qu'ils ont esté afichez, et au cas que quelqu'un des serviteurs de la maizon, *par crainte des religieuses ou autrement*, refuze de déposer ce qu'il sait de cette afaire, qu'il sera mis hors de l'Hostel-Dieu, sans aucun délai ni espérance de rentrer, qu'il sera obtenu aussi monitoire, et au cas que monsieur l'official de l'archevesché, qui est chanoine de l'église de Paris, le refuze, qu'il en sera obtenu un de l'Oficial de l'abaïe de Sainte-Geneviève du Mont de Paris, qui sera présenté à monsieur le maistre de l'Hostel-Dieu pour le publier, et s'il en fait refus, on saizira et arestera ses gages et autres chozes qui se trouveront lui apartenir, et s'il se veut vanger sur les deniers qu'il reçoit pour l'Hostel-Dieu, il sera sommé d'en rendre compte à l'ordinaire ou par justice, et cependant ledit monitoire sera publié en l'église de Saint-Christophe, en la paroisse de laquelle est l'Hostel-Dieu, et sera afiché en tous les endroits et ofices de l'Hostel-Dieu. »

Le Bureau finit par avoir gain de cause sur ce point, momentanément du moins. Mais le service des accouchées n'en demeura pas moins fermé.

En 1665, un chirurgien irlandais se voit refuser l'entrée du service ; et, en 1667, il ne faut rien moins que l'intervention directe et réitérée du Roy *qui le souhaite ainsi,* pour que le Bureau autorise *M. de Félix,* premier chirurgien du Roi, à accoucher les femmes dans l'Hôtel-Dieu, à condition que les femmes n'y témoigneront pas de répugnance et qu'il ne restera pas la nuit.

Une exception semblable est faite en 1681 pour *Louis Leconte,* chirurgien ordinaire de l'Hôtel-Dieu « estant sur le point d'aller en Portugal » pour y être chirurgien du roi.

Jusque-là en effet, comme le disait le Bureau (18 novembre 1667), il n'y avait pas de règlement pour l'exclusion des chirurgiens ; on avait décidé seulement qu'on serait très réservé à leur accorder l'autorisation d'entrer aux accouchées, et nous avons vu que la Compagnie n'y était pour rien.

Un des premiers soins du nouveau Bureau, constitué par les lettres patentes de Louis XIV (janvier 1690) et dans lequel entrait Monseigneur l'Archevêque

de Paris, qui en prenait la haute direction, fut de
rédiger le fameux règlement de 1693 dont j'ai déjà parlé
(qui était une sorte de revanche des maîtres du spirituel), et dont l'article 4 portait : « Qu'il n'y auroit que
le maistre chirurgien, le premier compagnon et son
externe qui saigneront et panseront les femmes grosses
et accouchées, ce qu'ils ne pourront faire néantmoins
qu'en présence de la maistresse sage-femme ou de
personnes commises par la *mère d'office.* »

Les pouvoirs publics ne devaient pas tarder à
s'apercevoir de l'inconvénient qu'il y a à céder une fois
au spirituel.

En 1716, 1717, 1718, sur l'intervention directe de
son Altesse Royale Madame et de Monseigneur le
duc d'Orléans, le Bureau « *sans que cela puisse être
tiré à aucune conséquence* » reçoit favorablement les
demandes de *Guillaume Meitland, chirurgien écossais;*
de *J.-B. Balbis,* chirurgien de M. le prince de Cari-
gnan, recommandé par la reine de Sicile ; d'Antoine
François de Lor, chirurgien de M. le duc de Lorraine
et de sa gendarmerie ; *d'André Verne, chirurgien de
la ville de Turin,* envoyé par le roi et la reine de
Sicile ; de *Robert Junet, chirurgien anglais.*

Le 31 décembre 1720, la mère prieure, la mère
d'office de la salle des accouchées, entraînant cette
fois la maîtresse sage-femme (Dlle Langlois), reparais-
sent au Bureau.

Elles viennent représenter qu'anciennement (cela

10

veut dire sans doute de 1693 à 1712), on ne permettait à aucuns chirurgiens du dehors d'entrer dans la salle des accouchées, et *que ce n'est que depuis environ dix ans* qu'on a accordé cette permission à quelques-uns, dans l'espérance qu'ils s'y comporteraient avec beaucoup de retenue et de sagesse.

« Mais, outre que les femmes ont témoigné une extrême répugnance d'estre acouchées par des hommes, on a eu le déplaisir de voir que ces chirurgiens ont abusé de cette grâce par des discours licencieux et des actions deshonnêtes, que la pudeur ne permet pas d'exprimer, ce qui a causé un grand scandale et donné lieu à des plaintes suivies de réprimandes qui n'ont produit aucuns effets.

« D'ailleurs il est indécent que des hommes soient employez aux accouchemens, si ce n'est dans une nécessité indispensable, auquel cas c'est le chirurgien de la maison qui doit estre appellé et à son défaut le plus ancien compagnon. »

La mère prieure et la mère d'office de la salle des accouchées prient donc le Bureau avec instance de ne plus recevoir d'étrangers.

« Sur quoy la Compagnie, pour prévenir la suite de ces désordres, si contraires à l'honnêteté, a arresté de n'admettre à l'avenir aucuns chirurgiens de dehors dans la salle des accouchées, pour quelque cause et quelque considération que ce puisse être. »

Et de fait elle essaye de faire respecter son règlement.

En 1721, Madame, duchesse douairière d'Orléans, fait savoir qu'elle souhaite que le sieur *Géal* soit admis pendant deux mois dans la salle des accouchées de l'Hôtel-Dieu.

La Compagnie, se référant à sa délibération du 31 décembre 1720, arrête de représenter à Madame, les motifs qui l'ont porté à faire ce règlement, et Monseigneur le Premier Président se charge de la commission.

Mais la même année Monseigneur le duc d'Orléans, à la prière du Roy d'Angleterre, demande que le docteur *Campbel,* qui est un homme sage et discret, soit autorisé à voir travailler dans la salle des accouchées.

Le Bureau fait mine de résister ; mais Dubois qui n'entendait pas qu'on lui résiste écrit : « S. A. R. m'a ordonné de vous faire scavoir ses intentions et de vous prier de donner des ordres et de prendre les soins qui sont nécessaires pour les faire exécuter... Signé : le cardinal Dubois. » Cette lettre était accompagnée d'une autre de Joly de Fleury : « Vous verrez, messieurs, par la copie d'une lettre que j'ay l'honneur de vous envoyer, que S. A. R. désire que le sieur Campbel entre pendant quelque temps dans la salle des accouchées ; cette grâce qu'on accordoit autrefois, et qu'on a entièrement retranchée par le dernier règlement, ne paroist pouvoir estre accordée qu'aux ordres de S. A. R. Je scais toutes les raisons qu'on peut dire pour soutenir l'exécution du règlement, mais elles doivent céder à la sollicitation du roy d'Angleterre et à la volonté de

Monseigneur le duc d'Orléans, c'est ce qui m'engage à vous écrire, et j'espère que cette petite contravention à la loy qu'on s'étoit imposée ne tirera point à conséquence. Je suis, avec un attachement inviolable, Messieurs, votre très humble et très obéissant serviteur. » Signé : Joly de Fleury, à Fleury, ce 20 octobre 1721.

Monseigneur le cardinal de Noailles déclara « qu'en l'estat ou étoient les choses, il n'y avoit d'autre parti à prendre que celui de déférer à l'ordre de S. A. R. »

Sur quoi, après que ledit sieur Campbel eut déclaré qu'il professait la religion catholique, apostolique et romaine, la Compagnie lui permit d'entrer pendant trois mois dans la salle des accouchées, pour voir travailler la maîtresse sage-femme et même travailler si elle le jugeait à propos ; mais sans que cette permission pût en aucune façon être tirée à conséquence.

Et de même en 1725 ce n'est que « par soumission à des ordres précis de Sa Majesté » qu'elle fait une nouvelle exception en faveur du sieur *Cruger*, premier chirurgien du roi de Danemark qui le désirait d'autant plus que la reine était grosse.

Encore ce faisant la Compagnie décide que Son Altesse Royale sera suppliée de vouloir bien obtenir de Sa Majesté qu'il ne soit point accordé de pareils ordres à l'avenir.

Quant aux chirurgiens et médecins français qui n'avaient pas à leur disposition d'aussi puissants appuis, ils sont impitoyablement repoussées (décembre 1722, août 1729 et avril 1750).

En 1730, l'Hôtel-Dieu eut à subir un véritable assaut à ce sujet, de la part des médecins cette fois.

Les jeunes médecins qui suivent les médecins de l'Hôtel-Dieu dans leurs visites, se plaignent en 1729 que les chirurgiens leur disputent les premières places, et les ont à plusieurs reprises menacés de voies de fait. Ils demandent qu'on établisse un règlement qui les mette à l'abri de ces disputes. Et, entre autres réformes, ils réclament que quatre des jeunes médecins licenciés docteurs ou qui auront déjà servi à l'Hôtel-Dieu pendant deux ans, aient la liberté d'entrer et d'accompagner le médecin dans la salle des accouchées, afin de s'instruire dans les maladies qui arrivent après l'accouchement.

La Compagnie n'ayant pas souscrit à leur requête, ils prennent l'Hôtel-Dieu d'assaut et en expulsent les chirurgiens. La bataille fut vive.

Le 4 avril 1730, « la mère Prieure a dit qu'elle se croyoit obligée d'informer la Compagnie d'une nouvelle violance faite depuis peu par les étrangers qui s'attroupent chaque jour dans l'Hôtel-Dieu.

« Qu'à l'occasion d'une opération qu'on devoit faire à une fille, et que la bienséance demandoit qui ne fût faite qu'en présence de ceux dont le ministère étoit nécessaire, on avoit cru devoir tenir la porte de la salle fermée, mais que ces étrangers étant en grand nombre

avoient forcé la porte ; que l'un d'eux avoit donné un
coup à la mère d'office, qui vouloit leur en défendre
l'entrée, dont elle avoit été renversée par terre ; qu'ils
étoient entrez ensuite en foule dans la salle, s'emparant
des lits circonvoisins sur lesquels ils avoient monté
sans égard aux cris des malades qu'ils écrasoient ; que
ces désordres augmentant tous les jours, elle prioit
le Bureau d'y apporter un remède convenable, sans
quoi les salles de forces ne seroient point en sûreté.

« La mère Prieure retirée, M. Garnot (un des administrateurs) a dit que ces désordres venoient de ce que
les étudiants en médecine s'étoient mis depuis quelques
tems en possession d'accompagner les médecins de
l'Hôtel-Dieu dans la visite des malades, qu'ils y venoient
en très grand nombre avec des épées et des cannes, sans
que les médecins qui paroissoient les autoriser se missent
en peine d'en régler le nombre, ny d'en écarter beaucoup
d'étrangers qui s'y mesloient ; que se trouvant les maîtres
du terrain, ils avoient forcé les chirurgiens de la maison
de leur quiter la place, quoique leur présence y fût
nécessaire par la part qu'ils ont à l'exécution des or-
donnances des médecins ; que par un mémoire qu'ils
ont présenté au Bureau ils ont prétendu, fondez sur
les statuts de la Faculté, omologuez dans les parlemens,
avoir droit d'entrer dans toutes les salles de l'Hostel-
Dieu sans en excepter les salles des accouchées, celles
de force et des opérations.

« Et monsieur Garnot ayant fait le raport du contenu

de leur mémoire et des réponses que le maître chirurgien y a faites, par lesquelles il soutient que leurs demandes sont des nouveautez dont il n'a point eu d'exemples depuis trente ans qu'il sert, il a ajouté que quand bien l'utilité publique demanderoit que les étudiants en médecine s'instruisissent dans la pratique, en suivant les médecins de l'Hostel-Dieu, ce ne pouvoit être qu'en déterminant le nombre et le choix pour éviter la confusion, et en laissant place aux chirurgiens de la maison qui doivent s'y trouver pour le soulagement des malades, *sans leur permettre l'entrée des salles des accouchées*, des hommes et femmes de force, et de celles des opérations *dont tous étrangers doivent être exclus.* »

Pour prévenir tout désordre ultérieur, la Compagnie décide que chaque médecin de l'Hôtel-Dieu ne pourra être accompagné dans ses visites que de cinq étrangers, étudiants en médecine. En confirmant les anciens règlements, il est défendu de laisser entrer dans les salles des accouchées aucune personne autre que ceux et celles de la maison dont le ministère y est absolument nécessaire.

On voit que ce qui n'avait été dès l'abord qu'une mesure prise à l'instigation des maîtres spirituels en lutte avec l'ancien Bureau de l'Hôtel-Dieu, était devenu une véritable question de principe.

Mais en plein xviiie siècle, sous le règne de Louis XV, il eut été difficile de défendre cette mesure en disant,

comme naguère, que messieurs les Directeurs spirituels
ne le trouvaient pas bon et que c'était contraire aux
bonnes mœurs.

Aussi sont-ce des arguments d'un tout autre ordre
que l'on trouve exposés dans un mémoire au Roy en
date du 7 mars 1725.

La salle des accouchées de l'Hôtel-Dieu, disent les
administrateurs, est un lieu secret et un Asile où non
seulement les femmes qui sont dans la nécessité, mais
plusieurs filles et même de famille qui veulent cacher
leur état au public et à leurs parents, ne sont attirées la
plupart du temps que parce qu'elles sont instruites qu'il
n'y entre point d'hommes, et par la confiance qu'elles
ont dans la discrétion des religieuses et des femmes qui
les accouchent : l'un de ces motifs cessant, il serait à
craindre qu'au lieu de venir à l'Hôtel-Dieu, plusieurs
de ces filles ne se portent à des extrémités contre leur
fruit, aussi préjudiciables à leur salut qu'aux intérêts
de l'État.

Les naturels français et les sujets du Roi étant exclus
de ce lieu, les étrangers doivent encore bien moins être
favorisés.

D'ailleurs, la plupart de ces étrangers professent des
religions différentes de la nôtre, ce qui forme un nouvel
obstacle, tous les règlements de l'Hôtel-Dieu établissant
pour base et pour principe de n'admettre au service et
au soulagement des pauvres que des catholiques. Introduire d'autres personnes que des catholiques, contre

les sages dispositions de ces règlements, ce serait exposer les malades à des persécutions d'autant plus dangereuses qu'elles peuvent intéresser leur salut, et qu'affaiblis par la misère et par les infirmités ils seraient souvent hors d'état de résister aux impressions de gens capables de fortifier la séduction du cœur par l'espérance de la guérison du corps, ce qui n'a pas été sans exemple dans l'Hôtel-Dieu malgré toutes les attentions des surveillants.

S.A.R. avait promis au nom du Roi qu'on n'écouterait plus de pareilles demandes à l'avenir. Mais Louis XV ne tint pas les promesses du Régent, et le 6 juin 1731, par une lettre de cachet « le Roy mande et ordonne aux administrateurs de l'Hostel-Dieu, de faire donner au sieur Jacques Payerne, chirurgien de la maison du Roy d'Espagne, venu en France pour se perfectionner dans la pratique des accouchemens, entrée dans la salle des accouchées de l'Hostel-Dieu, sans néanmoins que cet exemple puisse tirer à conséquence. »

« Sa Majesté, disait M. de Maurepas, n'avoit pu refuser aux instances réitérées que le Roy d'Espagne lui a fait faire par son ambassadeur, l'expédition de l'ordre dont il s'agit.

« Sur quoy la Compagnie a arresté d'obéir et de se soumettre aux ordres du Roy, mais qu'il sera dressé incessamment un mémoire où, après avoir expliqué les grands inconvénients de ces permissions qui tendroient à détruire l'objet principal de l'établissement de la salle des accouchées dans l'Hostel-Dieu, et à renverser l'ordre et la discipline établis dans la maison, *il sera fait au nom du Bureau de nouvelles représentations à Sa Majesté*, et des instances les plus vives pour la suplier de vouloir bien n'en plus accorder à l'avenir, comme elle avoit eu la bonté de le promettre en 1723 et 1725, et que ce mémoire sera donné à S. E. Mgr le cardinal de Fleury, qui sera prié d'honorer les pauvres de sa protection auprès du Roy; Monseigneur l'archevêque et Messeigneurs les chefs ont été priez de le présenter et d'appuyer de tout leur crédit une affaire aussy importante, ce qu'ils ont promis de faire. »

Malgré toutes les tentatives du Roi et de ses ministres, le règlement resta en vigueur jusqu'à la fin du xviiie siècle.

On lit, en effet, au titre 3 du règlement de 1782 :

« Les règlements et délibérations des 31 décembre 1720, 7 mars 1725, 5 février 1727, 4 avril 1730, 30 janvier et 8 avril 1732, 31 mars 1751, 6 juin 1764 et 21 janvier 1778, seront exécutés suivant leur forme et teneur. En conséquence :

ARTICLE PREMIER. — *Il ne sera jamais admis, pour quelque cause et considération que ce soit, aucun chirurgien du dehors dans la salle des femmes grosses et accouchées, soit pour exercer, soit pour apprendre l'art des accouchements ou pour s'y perfectionner.*

Art. 4. — *En exécution du règlement du 4 avril 1730, concernant les étudians en médecine qui accompagnent les médecins dans leur visite, lesdits étudians ne pourront, conformément audit règlement, être reçus sous aucun prétexte dans la salle des femmes grosses et accouchées.* »

CHAPITRE VIII

LA DAME DES ACCOUCHÉES ET LE PERSONNEL DOMESTIQUE.

E tout temps, dit une délibération de 1731, le soin matériel de l'office des accouchées fut confié, comme celui de tous les autres offices, à une religieuse. Nous avons vu en effet qu'en 1385, sœur Jeanne Dupuis était « maîtresse des accouchiez. »

Et cependant nous lisons, dans une délibération du 7 décembre 1661, que « en vertu d'un règlement de 1535 pour l'économie de l'Hôtel-Dieu, les religieuses de l'Hôtel-Dieu ne devaient point avoir entrée dans la salle des accouchées, mais qu'on y devait préposer une femme d'âge pour y avoir la conduite et le soin (1). »

(1) Statuimus quod in aula dictarum jacentium in puerperio, de cætero non erit aliqua sororum nec filiarum ad eisdem serviendum, sed loco illarum assumetur una sola honesta matrona cum sua ancilla et obstetrix quæ similiter habebit ancillam. Et hæ quatuor dictarum mulierum durante puerperio curam habebunt. (Extrait des registres du Parlement, 10 septembre 1535.

Cette disposition fut-elle jamais appliquée et combien de temps le fut-elle? c'est ce que j'ignore complètement.

Mais ce qui est certain, c'est qu'en 1572 le service est fait *par les sœurs*.

« Du vendredi XXVIII novembre, sur la remonstrance faicte par la mère Prieure et soubz prieure et dame de la Poullerye, des accouchées, *et autres relligieuses* estans au bureau dudict Hostel-Dieu, par laquelle ilz auroient remonstré que à faulte de visiter par le médecin les malades dudict Hostel-Dieu, et de leur ordonner des médicamens, il en mourroit beaucoup par faulte d'estre médicamentez, a ceste cause a esté ordonné à l'huyssier du Bureau de faire venir le médecin vendredy prochain audit Bureau, afin de commender audict médecin de faire son devoir mieulz qu'il n'a faict par cy-devant, autrement qu'il sera ordonné par la Compagnye ainsi qu'elle verra estre à faire. »

La religieuse était appelée indifféremment, à l'époque, dame des accouchées (comme on disait la dame du couvent, la dame du lessiment, la dame de l'apothicairerye), ou dame religieuse des accouchées.

« Cedict jour (V juing mil VI cent deux...) la Compagnie à faict deffence, tant à la *dame religieuse de l'office des accouchées,* que à ladicte saige-femme ne recepvoir aulcune femme grosse, sans avoir l'ordonnance du Bureau au bas de leur requeste, toutes les-

quelles requestes ladicte saige-femme sera tenue repré-
senter de trois mois en trois mois. »

La dame des accouchées dont il est parlé dans le
règlement de 1614 était donc bien une religieuse, et sa
fille une fille de religion, blanche ou novice.

Elle devait, de concert avec la sage-femme, exercer la
surveillance, et était seule à avoir la clef de la porte
dudit office qui devait toujours être fermée.

Un mémoire de 1620 détermine mieux encore ses
attributions.

Nous avons vu déjà ce qui touchait la réception des
femmes grosses, et que la religieuse commandait à la
sage-femme.

« Et a ladicte antienne relligieuse le soing de prendre garde qu'il ne s'emporte aulcune couverture, draps
ny aultres ustencilles dudict office, ny que l'on face
entrer aulcunes personnes, ny spéciallement les hommes,
pour empescher les caiellemens, ny parolles odieuses
et lubricques, et que toute honnesteté y soict gardé, et
pour ce en son absence donne la charge à la jeune sœur
(sa fille de relligion), et à la sage-femme d'y prendre
garde, et à ce que la liberté soict ostée ausdictes
femmes grosses de sortir et villeter, elle establit une
portière à la porte dudict office, laquelle sy l'on
demande quelqu'une desdictes femmes, elle appelle
ladicte dame relligieuse ou la jeune sœur, pour sçavoir
ce que c'est, et sy quelcqu'une d'entre elles veult sortir,

il faut qu'elle demande congé. Daventage ladicte dame relligieuse a le soing que toutes lesdictes femmes grosses entendent tous les jours au matin la première messe à laquelle la sage-femme les conduict.

« Et oultre a ladicte dame antienne relligieuse soing d'ouvrir et fermer la fenestre de la tour du Limbe, qui est ung tour carré, par où l'ong jette les enfants mornez que l'on apporte, tant de ceste ville de Paris que des faux bourgs et aultres lieux circonvoisins, avecq lesquelz on y jette un minot ou environ de chaux vive, pour les brusler et consommer et empescher la trop grande puanteur, duquel tour elle en ferme la clef et ne la baille à personne, en laquelle office ladicte dame relligieuse est receue et installée du consentement de messieurs les gouverneurs, devant lesquelz elle doibt responce de tout ce qui s'y passe, comme aussy ladicte sage-femme receue audict Bureau de la volonté desdictz sieurs, qui y pourvoyent en cas de manquement. »

Le règlement de 1658 maintient aux religieuses la police de la salle.

ART. 13. — La mère Prieure sera avertie de pourvoir à ce que des deux religieuses préposées à cet office, il y en ait toujours au moins une dans ladite salle, et quand elles y seront toutes deux, qu'il y en ait toujours une qui soit en la présence et à la veue des femmes, afin de les maintenir en leur devoir.

ART. 14. — Elle sera aussi priée de continuer à

mettre en ladicte salle des religieuses qui aient l'esprit doux et facile, afin de gaigner les femmes plustôt par douceur que par autorité.

Nous avons vu par les chapitres précédents que la dame des accouchées ne bornait pas son rôle à ces modestes fonctions. Elle fut de tout temps le principal obstacle à l'admission des chirurgiens.

Nous l'avons vue maltraitant de paroles la sage-femme en 1660. C'est encore à Mauriceau que nous devons de connaître le nom de cette irascible dame. L'observation suivante, intéressante à d'autres titres, donne une bonne idée de la place que la dame des accouchées occupait dans l'office.

« Il se voit même d'autres femmes, qui montrant des cicatrices de quelques abscès qu'elles ont eus au ventre ensuite de leur couche, veulent persuader qu'on leur a tiré l'enfant par cet endroit ; au sujet de quoy je réciteray ce que j'ay une fois vu moi-même, touchant une femme grosse qui étoit en l'année 1660 à l'Hôtel-Dieu de Paris, lorsque j'y pratîquois les accouchements. Cette femme, soit par malice, feignant de croire la chose, ou par ignorance, la croyant effectivement, avoit témoigné à toutes les femmes grosses qui étoient au dit Hôtel-Dieu, comme aussi à une infinité d'autres personnes, et entr'autres *à une bonne vieille religieuse qui les gouvernoit toutes, qu'on nommoit la mère Bouquet (laquelle présidoit pour lors en la salle des accouchées, dont elle étoit comme la déesse Lucine),* qu'elle appréhendoit extrêmement qu'on ne fût obligé de luy ouvrir le côté pour l'accoucher, ainsi qu'on avoit déjà fait deux ans auparavant ; pendant lequel temps elle avoit fait ce conte à plus de mille différentes personnes, chacune desquelles l'avoit peut-être encore récité à autant d'autres, montrant à tout le monde une grande cicatrice, par où elle disoit que les chirurgiens luy avoient tiré son enfant hors du ventre. Elle pria pour ce sujet *la mère Bouquet* de me la recommander, désirant être plutôt accouchée par moy qui étois chirurgien, afin d'en être plus sûrement secourue au besoin, que par la sage-femme. Cette bonne religieuse m'étant venue dire la chose, comme elle la croyoit être effective, suivant le récit de l'autre, je luy témoignay que n'étant pas assez crédule pour me l'imaginer, je ne pouvois pas croire qu'on eût fait l'opération césarienne à cette femme, comme elle l'en avoit persuadée. Si vous ne le croyez pas, me dit-elle, je vais tout présentement vous la faire venir, et elle vous en racontera elle même toutes les circonstances. Aussitôt elle fit appeller la femme, qui me fit récit de pareille chose qu'elle luy avoit contée ; mais l'ayant particulièrement interrogée, pour sçavoir par quel lieu on luy avoit ainsi tiré son enfant, et si elle avoit senti grande douleur en cette opération, elle me dit que non, ne s'en souvenant pas, à cause qu'elle avoit

perdu pour lors toute connoissance, laquelle ne luy
étoit revenue que cinq ou six jours après. Je luy
demanday comment donc elle étoit certaine qu'on luy
eût tiré son enfant par incision du ventre, puisqu'elle
n'avoit aucune connoissance en ce temps ? Elle me
répondit que les chirurgiens l'en avoient assurée, et en
même instant elle me montra une grande cicatrice
située justement à la partie latérale et dextre de la
poitrine, environ le milieu des côtes, où elle avoit eu
un grand abscès, dont cette cicatrice étoit restée ; que
lorsque je luy eus dit, que la poitrine n'étoit pas le lieu
d'où son enfant devoit avoir été tiré, et que je luy eus
fait connoître par raisonnement l'impossibilité de la
chose qu'elle avoit crue, et persuadée à toutes ces
femmes de l'Hôtel-Dieu, comme aussi à la mère
Bouquet, elles en furent un peu désabusées ; et encore
bien plus, quand trois jours après cette conférence, je
l'eus accouchée, comme je fis, avec la plus grande
facilité du monde, quoy que ce fut d'un fort gros enfant,
qui vint en peu de temps, d'autant qu'elle avoit le passage extrêmement large. Si on examinoit bien l'origine
de toutes les histoires qu'on fait touchant cette opération, la recherchant exactement, comme je fis en cette
occasion, on trouveroit toujours que ce sont pures
fables, et que celles que nous rapporte ledit Rousset,
en son enfantement césarien, n'en ont pas eu d'autre
que la rêverie, le caprice et l'imposture de leurs
auteurs. »

C'est cette même mère Geneviève Bouquet qui fut prieure de l'Hôtel-Dieu au moment de la lutte entre le spirituel et le temporel. Elle mourut en 1665.

26 Juin 1665. — On est venu au bureau, de la part de la mère prieure de l'Hôtel-Dieu, prier la Compagnie d'assister demain au service qui se dira pour la déffunte Boquet, cy devant prieure dudit Hôtel-Dieu.

J'ai rapporté, chemin faisant, la plupart des documents qui touchent au rôle joué par les sœurs dans la grande question de l'ouverture de l'office des accouchées aux chirurgiens.

J'ai montré que les efforts faits au commencement du xviie siècle par les administrateurs Perreau et Forne, pour créer un *modus vivendi* relativement très libéral, étaient venus échouer contre la résistance obstinée des religieuses.

A ce point de vue donc, elles ont justifié le jugement sévère du duc de la Rochefoucauld Liancourt (1791).

« Les religieuses hospitalières ont la direction de toutes les salles, et sont chargées de presque tous les départements de l'intérieur ; elles président au traitement des malades, à l'administration des remèdes et à la distribution des aliments. Tous les domestiques de la maison leur sont subordonnés ; elles sont maîtresses absolues de la police des salles, sous la direction néanmoins du bureau de l'administration, et la conduite des médecins. Elles sont sans doute respectables par leur zèle, leur piété et leurs soins assidus auprès des malades; mais, quelque mérité que puisse être cet éloge, nous ne pouvons pas nous dispenser d'y mêler quelques observations moins favorables, d'après des faits récents et bien avérés... Nous ne pouvons pas nous empêcher de croire que c'est principalement à l'empire qu'exercent les religieuses dans l'Hôtel-Dieu et à leur résistance à toute autorité que l'on doit attribuer la perpétuité de plusieurs abus et de très grands inconvénients dont nous n'hésitons pas de dénoncer ici les fâcheux effets. »

Nous avons vu que de tout temps l'office des accouchées avait été *fermé*.

Dans le principe, la dame des accouchées, et à son défaut sa fille, étaient chargées d'en tenir les clefs.

Il leur était toutefois permis (règlement de 1614) de commettre une des femmes grosses qu'elles connaîtraient la plus discrète pour, lorsque l'on frapperait à la porte, regarder et parler par le guichet seullement, et à l'instant en donner advis à ladite dame ou, en son absence, à sa fille. Un peu plus tard, on dut créer une *portière des accouchées*, à laquelle la compagnie donna en 1658 un traitement fixe, en lui faisant défenses expresses d'exiger quoique ce fût des femmes grosses à leur entrée ou à leur sortie, ainsi que des parrains et marraines. « Afin, dit le règlement en question, que la portière ne se puisse plaindre des defenses cy-dessus, souz prétexte qu'elle n'a aucun gage, il a esté arresté qu'à comencer du premier jour d'avril prochain, elle aura trente livres de gages. »

En 1703, le personnel domestique se composait, outre la portière, d'une remueuse ou servante de l'office, d'une servante de la sage-femme, plus des huit nourrices, et d'un garçon. (Etat de distribution du vin, 16 février 1703.)

Enfin, au temps de Tenon, il y avait à l'office des accouchées :

Deux portières ;

Une remueuse ;

Douze infirmières à gage, sous la direction des officières, ayant toutes trente-six livres de gages ;

Deux domestiques mâles à gages, appelés *calfats*, gagnant trente-six livres par an, et employés aux gros ouvrages, comme à monter le bois, le pain, le vin, le bouillon, la viande, les draps, à vider la paille des lits, la transporter hors des salles, etc.

CHAPITRE IX

LES RÈGLEMENTS DE L'OFFICE DES ACCOUCHÉES

Règlement de l'office des accouchées du 10 septembre 1614

 EDICT jour la Compagnie a ordonné que les articles cy après transcriptes seront entretenues en l'office des accouchées tant par la dame de l'office et ses filles, que par la sage-femme dudict office et premièrement : que nulz relligieux ni prebtres et adolescens de l'Hostel-Dieu n'entrent audict office, sur quelque prétexte que ce soict, s'ilz ne sont envoyez par M. le Maistre, pour administrer les sacremens ; que nulz des serviteurs de l'Hostel-Dieu y entrent et qu'ils n'y baillent point leur linge à blanchir, ny leurs hardes et besongnes à recoustrer ; que nulz hommes ny garsons de la ville y entrent, soict pour parler ny pour autres prétextes que ce soict ; que sy les femmes qui sont là pour accoucher ont quelque affaire qu'il méritast estre traictée, qu'elles le dient à la dame des accouchées, pour en parler à

M. le Maistre; que la sage-femme n'admette nulle femme grosse que suivant la forme usitée, qui est qu'après avoir présenté requeste au Bureau, et par ordonnance du Bureau, qu'elle les visite et certifie au bas de la requeste le temps qu'elles ont encores à accoucher, et après la permission de messieurs dudict Bureau, qu'elle les recoipvent, s'il est dict qu'elles seront receues et non autrement; que ladicte sage-femme ne preigne aulcune chose des femmes grosses ou accouchées, soict argent, présens ou aultres, tant en entrant que sortans, ains se contentera de l'appoinctement qui luy est donné de la maison; que durant le temps que lesdictes femmes grosses seront audict Hostel-Dieu, ne leur sera permis de sortir pour aller à la ville, ains leur sera seullement permis d'aller le matin à la messe dedans l'Hostel-Dieu, et au sermon en ladicte maison, et outre d'aller travailler en la chambre aus draps, quand la dame Prieure ou soubz-prieure en viendront demander; que le reste du temps que lesdictes femmes grosses pourront avoir, ilz l'employront à filer au fuzeau, à couldre et n'est permis à la dame des accouchées, sa fille, la sage-femme, ny aultres les employer à battre lessives, filer au rouet, ny à faire aucun exercice violant; que la dame desdictes accouchées, sa fille et sage-femme exorteront toutes lesdictes femmes à se comporter honnestement, modestement, sans noyse ny débat, que s'ilz s'injurient ou ce battent, qu'elles y donnent le meilleur ordre qu'ilz pourront, mesmes qu'ils en donnent advis au Maistre, qui les fera sortir sy besoing est; que les clefz de la porte dudict office soient tousiours ès mains de la dame ou de sa fille, laquelle pourra commettre une des femmes grosses qu'elle congnoistra la plus discrette, pour, lors que l'on frappera à la porte, regarder et parler par le guichet seullement, et à l'instant en donner advis à ladicte dame des accouchées, ou en son absence à sa fille, et pour ce ladicte dame ne sa fille ne sortiront ensemblement dudict office.

Règlement de 1658

(20 mars). M. Lhoste a fait lecture au Bureau des articles du règlement de l'ofice des accouchées de l'Hostel-Dieu, dressé, souz le bon plaisir de la Compagnie, en l'assemblée particulière faite par MM. Perrichon, Leconte, Forne, Lhoste et Perreau, lesquels articles leus, et le Bureau ayant mis en délibération ceux où il a trouvé quelque difficulté, la Compagnie les a tous aprouvé et ratifié, et aresté qu'ils seront transcrits en cet endroit, pour estre observez ponctuellement à l'avenir : Messieurs les maistres, gouverneurs et administrateurs de l'Hostel-Dieu de Paris, sur quelques advis, qui leurs ont esté donnez par personnes charitables, qui vont visiter souvent les pauvres de la maison, s'estant particulièrement apliquez au soin de la sale en laquelle sont receues et admises les pauvres femmes grosses, et aians reconeu qu'il estoit nécessaire de renouveler les anciens règlements faits pour la police et économie de cet ofice, qui est l'un des plus importans de la maison, ont aresté ce qui en suit :

1º — Les pauvres femmes grosses qui désireront estre admises à l'Hostel-Dieu pour y acoucher, se présenteront tous les mardy et vendredy de chaque semaine, depuis sept heures jusqu'à neuf du matin, à l'entrée de la sale des acouchées, pour estre visitées par la sage-femme dans la petite chambre destinée à cet effet ; après laquelle visite, qui sera faite par la sage-femme en personne sans s'en raporter aux apprentisses, elle renvoiera celles qui ne seront pas dans le dernier mois de leur grossesse, et retiendra celles qui n'auront plus qu'un mois au moins à acoucher, les conduira au Bureau sur les dix heures pour estre admises, et mettra entre les mains du plus antien de ceux de messieurs les administrateurs qui sont commis pour avoir soin particulier de ladite sale, autant de billets qu'elle aura retenu

de femmes, dans lesquels billetz seront escrits les noms et surnoms desdites femmes, et le temps qu'elle jugera que chacune
d'elles aura encore avant que d'acoucher, lesquels billets seront
par elle baillez audit sieur administrateur qui, les aiant signé et
enregistré sur le contrôle, les rendra à la sage-femme et dira
ausdites femmes que la Compagnie n'entend point qu'entrans
en ladite salle elles donnent aucune chose à qui que ce soit, les
avertira aussy que, quand elles seront entrées, elles n'auront
plus la liberté de sortir, pour quelque cause et souz quelque
prétexte que ce soit.

II. — La sage-femme, après avoir retiré les billets dudit
sieur administrateur, mènera lesdites femmes grosses, receues
par le Bureau, au banc où se fait la réception des pauvres
entrans à l'Hostel-Dieu et fera enregistrer les noms et surnoms
desdites femmes par l'éclésiastique qui sera en semaine, qui
leur métra un billet au bras, comme aux autres pauvres qui
entrent audit Hostel-Dieu ; ce fait, la sage-femme conduira lesdites femmes en la salle des acouchées et donnera les billets,
contenant leurs noms et surnoms, et le temps que chacune
d'elles aura à acoucher, entre les mains de la religieuse cheftaine.

III. — Et d'autant qu'il arrive souvent que les femmes grosses
qui entrent à l'Hostel-Dieu pour empescher qu'elles ne soient
conneues, changent leur véritable nom tant à leur réception au
banc qu'aux baptesmes de leurs enfans, ce qui fait que, quand
elles viennent à mourir, il est presque impossible de conoistre
à qui les enfans qu'elles laissent apartiennent, il a esté arresté
que les ecclésiastiques métront à l'avenir au bras de tous les
enfans qu'ils auront baptisé un billet contenant le nom qui
leur aura esté imposé, le jour de leur baptesme et le nom que
leur mère aura pris par le baptesme desdits enfans, et aussy
celuy du père.

IV. — Les femmes grosses qui seront admises par le Bureau en la forme cy-dessus et qui, à cause de leur pauvreté, n'auront point de paquets pour leurs enfants, ne laisseront point d'estre receues en ladite sale, et lors de leurs acouchements, sera fourny à chacune d'elles un paquet aus despens de la maison, et la mère prieure sera avertie de prendre soin de faire que la religieuse cheftaine ne fasse point dificulté de leur en bailler et quand elle manquera des choses nécessaires pour faire lesdits paquets, elle en avertira ceux de Messieurs qui sont comis pour cet ofice, afin qu'aussitost il y soit pourveu.

V. — Les religieuses dudit ofice ne donneront congé à aucunes des femmes grosses receues et admises dans ladite sale de sortir d'icelle pour aler à la ville ou ailleurs, et n'emploieront lesdites femmes à battre ou laver comme d'escurer la vaisselle, porter des fardeaux de linge mouillé et leur permetront seulement d'aler au lavoir de la maison pour laver le linge servant à leurs personnes.

VI. — Et pour ce que, par coustume de tout temps pratiquée la servante de la cuisine vient prendre en ladite salle tous les jours certain nombre de femmes grosses, pour éplucher les herbes de la cuisine et plumer les volailles, lesdites religieuses préposées seront soigneuses de n'y envoier que les plus âgées et celles qu'elles jugeront estre les plus avisées et retenues, lesquelles seront conduites et reconduites dans ladite salle par ladite servante de cuisine.

VII. — Défenses très expresses sont faites tant à la sage-femme qu'à sa servante, à la servante de l'ofice autrement dite remueuse, à la portière et autres d'exiger aucune chose des parains et marraines qui tiendront les enfans des pauvres sur les fonts de l'Hostel-Dieu, à peine d'estre chassées de la maison, mais se contenteront de recevoir avec douceur et civilité ce qui leur sera donné par lesdits parains et marraines.

VIII. — Défenses sont aussy faites à la sage-femme, à sa servante, à la remueuse et à la portière de demander ny mesme de recevoir aucune chose des pauvres femmes grosses, soit en entrant, soit en sortant après estre relevées, pour quelque prétexte que ce soit, souz les peines cy-dessus.

IX. — Il sera fourny à chacune femme grosse en entrant dans la sale, un pot et une escuele de terre, et ce aux dépens de la maison ; défenses à la servante de l'ofice de prendre, pour raison de ce, aucune chose desdites femmes.

X. — Et afin que la portière et la remueuse ne se puissent plaindre des défenses cy-dessus, souz prétexte qu'elles n'ont aucuns gages, il a esté aresté qu'à comencer du premier jour d'avril prochain, chacune d'elles aura trente livres de gages.

XI. — Quand la sage-femme sera mandée pour aler acoucher en ville, elle sera tenue d'en donner advis à M. Leconte, administrateur résident audit Hostel-Dieu, et sera baillé un billet à ladite sage-femme pour aler acoucher en ville.

XII. — Défenses très expresses sont faites à la sage-femme de sortir jamais de l'Hostel-Dieu, ny de jour ny de nuit, pour aler accoucher en ville, ou pour quelques autres afaires que ce soit, qu'elle ne mette en sa place pendant son absence, une autre maistresse sage-femme, afin que la maison ne soit jamais sans personne capable de servir les femmes grosses, en cas de nécessité.

XIII. — La mère Prieure sera avertie de pourvoir à ce que des deux religieuses préposées à cet office, il y en ait toujours au moins une dans ladite salle, et quand elles y seront toutes deux, qu'il y en ait toujours une qui soit en la présence et à la veue des femmes, afin de les maintenir en leur devoir.

XIV. — Elle sera aussy priée de continuer à mettre en ladite sale des religieuses qui aient l'esprit doux et facile, afin de gaigner les femmes plustost par douceur que par autorité.

XV. — Elle donnera ordre que, quand la sage-femme demandera aus religieuses préposées des linges pour le pensement et nécessité des femmes nouvellement acouchées, il luy en soit baillé.

XVI. — Après que les femmes seront acouchées au chaufoir, elles ne retourneront point à pied à leurs lits, mais y seront portées dans une chaise, par les servantes de l'ofice.

XVII. — Les lits des femmes nouvellement acouchées ne seront point refaits, que trois jours au moins après leur acouchement.

XVIII. — Et d'autant que par cy devant les femmes nouvelement acouchées, quelque petite fièvre que ce feust qui les prist après leurs acouchements, estoient aussytost portées à la salle basse, dont l'air malsain les métoit en danger notoire de leur vie, veu qu'il en réchapoit peu, il a esté arresté que dores en avant aucune femme acouchée ne sera portée hors de ladite salle des accouchées, quelque indisposition qu'elle ait, sans ordre par écrit du médecin de l'Hostel-Dieu, dans le département duquel sera lors ladite salle, et défenses sont faites à la portière d'en laisser sortir aucune sans ledit ordre, et aux religieuses cheftaines des autres sales de les recevoir sans iceluy.

XIX. — L'expérience aiant fait connoistre combien il est nécessaire que la porte de ladite sale soit toujours fermée, et ouverte seulement à ceux qui ont droit d'y entrer, il sera enjoint à la portière de ne point quiter sa porte et d'y estre assidue, et si elle est quelquefois obligée de sortir, elle métra sa clef entre les mains des religieuses préposées audit ofice, ausquelles il sera enjoint par la mère Prieure de n'emploier ladite portière en aucune chose qui l'oblige à sortir de la sale, et de ne la divertir en aucune façon de l'assiduité qu'elle doit à sa charge.

XX. — Avant qu'aucune maistresse sage-femme soit recue

par le Bureau, pour servir en cette qualité en ladicte sale des
acouchées, lesdits sieurs administrateurs commis s'informeront
exactement de ses vie, meurs et religion, et si elle est veufve,
et en feront leur raport au Bureau, et si elle est trouvée veuve,
de bonne vie et meurs, et faisant profession de la religion catolique, apostolique et romaine, elle sera envoiée aux médecins
de la maison, qui seront nommez par la Compagnie, pour estre
examinée en la présence desdits sieurs administrateurs commis ;
et estant trouvée capable, sera admise, et monsieur le Père spirituel de la maison prié d'avoir agréable qu'elle l'aille trouver,
pour recevoir de luy quelques instructions et enseignements,
sur les cas ausquels elle peut donner le baptesme aux enfants,
lors des mauvais acouchements des femmes.

XXI. — Ne seront dores en avant receües que six ou sept aprentisses au plus par chacun an, et chaque aprentisse demeurera
deux mois dans la sale, avant qu'elle puisse avoir le certificat
de son apprentissage, lequel certificat sera aporté au Bureau
pour estre registré, ce fait, rendu après avoir esté paraphé de
celuy qui en fera l'enregistrement.

XXII. — Nulle aprentisse ne poura entrer dans la sale des
acouchées que huit jours auparavant la sortie de l'autre.

XXIII. — Ne poura la nouvelle aprentisse acoucher aucune
femme qu'après qu'elle aura esté vingt jours entiers en la sale,
pendant lesquels elle verra les acouchées, aprendra à donner
les lavemens, et recevra toutes les instructions nécessaires pour
l'acouchement et le pansement des femmes nouvelement acouchées, et après les vingt jours elle ne poura acoucher aucune
femme qu'en la présence de la sage-femme.

XXIV. — Ne pourra la sage-femme exiger aucun présent desdites aprentisses, mais prendra seulement ce qui luy sera ofert
volontairement, sans qu'aucune autre puisse recevoir aucun présent desdites aprenties.

XXV. — Auparavant que la sage-femme se retire le soir en sa chambre, pour y prendre son repos, elle fera une reveüe par tous les lits de toutes les femmes qu'elle scait estre sur le terme de leurs acouchements, et si elle en reconoist quelques unes qu'elle doute pouvoir acoucher la nuit, elle donnera ordre que son aprentisse, ou quelque autre en qui elle ait confiance, voie une fois ou deux la nuit lesdites femmes, afin que, en cas qu'elles soient pressées, ladite sage-femme en puisse estre aussitost avertie.

XXVI. — Et pour ce que le Bureau a esté adverty que plusieurs pauvres femmes acouchées à l'Hostel-Dieu, quoy qu'elles aient esté fort bien délivrées, et afin d'exciter à compassion les personnes pitoiables, et tirer d'elles par ce moien quelques charitez, se plaignent et suposent d'avoir esté mal acouchées, mesme d'avoir esté blessées lors de leur acouchement, à cause de cela d'estre incommodées pour toute leur vie, ce qui décrie la maison, et y porte notable préjudice; il a esté arresté qu'à l'advenir toutes les femmes qui prétendront avoir esté blessées ou incomodées durant leur acouchement, seront tenues de le déclarer, avant que de sortir de la sale, ausdits sieurs administrateurs commis, qui les feront visiter par le médecin de service en ladite sale et par le chirurgien de la maison, ou par telle autre personne capable que la Compagnie avisera, qui en bailleront leur raport par écrit, afin que par ce moien, la vérité estant coneüe il y puisse estre pourveu.

XXVII. — Bien que le Bureau soit assceuré de la sufisance et capacité de la dame Moreau, à présent sage-femme dudit Hostel-Dieu, en tout ce qui dépend de sa profession, tant par l'examen que la Compagnie en a fait faire avant que de l'avoir admis, que par les témoignages qui luy en ont esté rendus de temps en temps par les médecins et chirurgiens de la maison, et par une expérience de six ou sept ans qu'il y a qu'elle y travaille; néantmoins, pour ce qu'il est certain qu'aux mauvais acouchements des femmes il arrive quelquefois des accidents extraordinaires, et qu'aussy ladite dame Moreau reçoit des aprentisses qui luy sont envoiées par la Compagnie, qu'elle doit instruire pendant le temps qu'elles sont obligées de demeurer en la sale des acouchées, le Bureau a trouvé à propos que ladite dame Moreau confère avec MM. Courtois et Moreau, docteurs en la Faculté de Médecine, séparément sur les instructions qu'elle donne à ses apprentisses pour les rendre capables de servir le public en sa profession, et spéciallement quand, en quels cas et ocasions et moments on peut baptiser les enfants aux mauvais acouchements.

XXVIII. — Pour plus grande instruction des aprentisses, il a esté arresté que toutes les six semaines il se fera dans l'Hostel-Dieu dissection et anatomie de la matrice, suivant la délibération du 14 novembre dernier; à laquelle opération les aprentisses dudit Hostel-Dieu, tant celles qui auront desjà fait leur aprentissage, que celles qui le feront lors, seront présentes, et non autres; et l'on ne prendra d'elles aucune chose pour voir faire cette opération, directement ny indirectement.

16 décembre 1782

RÈGLEMENT POUR LA MAITRESSE SAGE-FEMME, LES APPRENTISSES
ET LA POLICE DE LA SALLE DES FEMMES GROSSES ET ACCOUCHÉES

TITRE PREMIER

De la Maîtresse Sage-Femme

Les règlements et délibérations concernant la maitresse sage-femme, notamment ceux des 25 novembre 1705, 25 juin 1717, 31 décembre 1720, 5 décembre 1724, 19 février 1737, 18 février 1739, 10 février 1751, 6 juin et 5 septembre 1764, 21 janvier et 13 mars 1778, 26 juillet et 18 août 1780, seront exécutés.

Paragraphe Ier. — De la nomination, réception et traitement de la maîtresse sage-femme

ARTICLE PREMIER. — La maîtresse sage-femme continuera d'être choisie et nommée par le Bureau après les informations prises sur ses religion, mœurs, conduite et capacité, et si elle est instruite de l'administration du baptême en cas de nécessité.

ART. 2. — Elle ne pourra être prise que dans le nombre de celles qui ont été reçues et admises par le collège de chirurgie pour exercer l'art des accouchements. Elle ne sera point mariée mais veuve ou fille de maîtresse sage-femme. Dans le choix une ancienne apprentisse sage-femme de l'Hôtel-Dieu aura la préférence, toutes choses néanmoins étant égales d'ailleurs.

ART. 3. — Avant d'être reçue elle sera interrogée en présence de MM. les Administrateurs par les médecins et le premier chirurgien de la maison qui donneront leur témoignage au Bureau sur sa capacité.

ART. 4. — Elle sera logée, meublée, chauffée, éclairée et blanchie par l'Hôtel-Dieu, et elle aura 400 livres de gages qui ne pourront être augmentés, se réservant le Bureau de lui donner par des gratiffications, soit à la fin de l'année, soit même extraordinairement des marques de sa satisfaction suivant les circonstances.

Paragraphe II. — Devoirs et fonctions de la maîtresse sage-femme.

ARTICLE PREMIER. — La maîtresse sage-femme n'admettra aucune femme grosse qu'elle ne soit dans son neuvième mois ou au moins le huitième fort avancé, sinon dans le cas où la femme qui se présenteroit seroit dans des circonstances qui feroient présumer que l'accouchement doit être prompt et avant terme.

ART. 2. — Elle n'admettra aucune femme qu'elle reconnaîtra être attaquée de la maladie vénérienne, si ce n'est dans le cas où il n'y auroit aucun délai à attendre pour l'accouchement, alors elle placera l'accouchée seule, à l'extrémité de la salle et séparée de toutes les autres femmes. Il en sera de même si les indications de cette maladie n'ayant point été reconnues lors de l'admission de la femme, venoient à se développer pendant ou après l'accouchement.

ART. 3. — La maîtresse sage-femme présidera à tous les accouchements, soit de jour, soit de nuit, traitera et fera traiter les femmes avec douceur et charité, à l'effet de quoi elle sera assidue et sédentaire à l'Hôtel-Dieu, sans amais pouvoir découcher sous quelque prétexte que ce soit, ni s'absenter pour aller accoucher ou opérer dans Paris ou ailleurs.

ART. 4. — Dans les cas difficiles ou périlleux elle sera tenue de faire appeler le premier chirurgien et seulement à son deffaut le premier gagnant maîtrise.

ART. 5. — Elle n'exigera rien et ne souffrira point qu'il soit rien exigé des femmes qui viennent accoucher à l'Hôtel-Dieu, ni même recevoir ce qui lui seroit volontairement offert par elles, leurs parents ou amis, soit pour l'accouchement, soit pour tout autre service que ce puisse être, et si elle a connaissance que quelque chose ait été exigé ou reçu par qui que ce soit, elle en informera sur le champ un de messieurs les commissaires pour y être statué par le Bureau.

ART. 6. — Elle veillera avec la plus grande attention à faire porter les enfants au baptême dans le jour de leur naissance.

ART. 7. — Dans le cas où la maîtresse sage-femme reconnoîtroit dans quelques-uns de ces enfants des signes de la maladie véné-

rienne, ou même auroit quelque doute sur leur état, elle en fera
mention sur un billet qu'elle attachera au maillot, afin que cet
état soit connu à l'hôpital des Enfants trouvés, si l'enfant y est
porté, et elle en informera la mère si celle-ci veut allaiter son
enfant, afin qu'elle puisse, après sa sortie de l'Hôtel-Dieu,
prendre les précautions nécessaires, tant pour elle que pour
son enfant.

ART. 8. — Elle fera suivre exactement le régime et administrer
les remèdes qui auront été prescrits aux femmes grosses et
accouchées par le médecin de service à la salle des accouchées ;
elle ne permettra point aux femmes grosses de se distribuer dans
aucun des offices de la maison huit jours environ avant leur
accouchement ; elle les fera voir au médecin de service dans la
salle, pour subir le traitement préparatoire qu'il avisera.

ART. 9. — Elle ne mangera point seule, mais avec les apprentisses sages-femmes, dans le lieu de la salle à ce destiné ; les aliments leur seront envoyés journellement de la cuisine tout
préparés, et elle veillera à ce que les restes y soient reportés.
Deffenses lui sont faites de faire préparer, ny souffrir qu'il soit
préparé, pour elle et les apprentisses sages-femmes aucuns ali-
mens dans quelque lieu que ce soit de la salle des accouchées.

ART. 10. — Elle ne recevra dans sa chambre ny dans la salle
aucune personne du dehors, même ses parents sous quelque
prétexte que ce soit, et si quelqu'un a à conférer avec elle, ce ne
pourra être qu'au parloir. Elle veillera à ce que le présent article
soit pareillement observé par les apprentisses sages-femmes et
autres personnes qui lui sont subordonnées dans la salle.

ART. 11. — La maîtresse sage-femme n'admettra aucune
apprentisse sage-femme qu'elle ne lui ait exhibé un certificat
signé du greffier du Bureau, du jour, du mois et de l'année de
son inscription dans la forme ordinaire.

ART. 12. — Elle veillera sur les apprentisses sages-femmes,

aura soin qu'elles remplissent les devoirs de religion ; qu'elles soient vêtues et coeffées modestement, leur en donnant elle-même l'exemple, et qu'elles se conduisent avec sagesse, douceur et charité envers les femmes grosses et accouchées.

ART. 13. — Elle les instruira dans la théorie et pratique de l'art, et observera avec le plus grand soin de ne leur permettre d'opérer que lorsqu'elle sera assurée autant qu'on peut l'être de leur capacité. Le Bureau à cet égard s'en rapportant à sa prudence et en chargeant sa conscience.

ART. 14. — Elle ne souffrira point que les apprentisses sages-femmes aillent inviter des parcins et marcines, soit aux portes de l'Hôtel-Dieu, soit dehors, et même solliciter des personnes de la maison, ny qu'elles exigent quelques choses que ce soit, même qu'elles reçoivent ce qui seroit volontairement offert à cette occasion.

ART. 15. — Lorsque les apprentisses sages-femmes auront fini le temps ordinaire de l'apprentissage, la maîtresse sage-femme sera tenue de leur donner un certificat par écrit, non seulement du temps qu'elles auront travaillé à l'Hôtel-Dieu, mais de leur capacité ou incapacité pour exercer leur profession, suivant le mode prescrit par la délibération du 5 décembre 1724.

ART. 16. — La maîtresse sage-femme ne pourra ny à l'entrée ny à la sortie des apprentisses sages-femmes, rien exiger d'elles pour leur apprentissage.

ART. 17. — La maîtresse sage-femme veillera en outre à l'exécution de tous les règlements de police concernant la salle des femmes grosses et accouchées ; il lui est enjoint d'informer MM. les commissaires de toutes les contraventions auxdits règlements, et des abus qui pourroient s'introduire, afin sur leur rapport d'y être pourvu par le Bureau.

ART. 18. — Si la maîtresse sage-femme étoit attaquée de maladie, qui ne lui permit pas de remplir ses fonctions, elle indiquera au Bureau une autre maîtresse sage-femme de Paris pour la substituer, laquelle après l'approbation du Bureau la remplacera et sera tenue de se conformer au présent règlement pour tout ce qui concerne cet employ, jusqu'à ce que la maîtresse sage-femme puisse reprendre par elle-même l'exercice de ses fonctions.

TITRE DEUXIÈME

Des Apprentisses Sages-femmes

Les règlements et délibérations des 17 janvier 1693, 20 août 1701, 31 octobre 1721, 12 février 1727, 30 juin 1733, 19 février 1737, 5 février 1749, 6 juin et 5 septembre 1764, 12 et 26 juillet et 18 août 1780, seront exécutés ; en conséquence :

ARTICLE PREMIER.—Le nombre des apprentisses sages-femmes sera fixé à quatre, sans qu'il puisse en aucun temps, sous quelque prétexte et pour quelque considération que ce soit en avoir en même temps un plus grand nombre, même une seule de plus.

ART. 2. — Elles ne pourront être admises qu'après avoir été inscrites sur un registre à ce destiné, et elles rapporteront lors de leur admission leur extrait baptistaire, celui de la célébration de leur mariage, le consentement de leur mari ou son extrait mortuaire, si elles sont veuves, et enfin un certificat de leur religion catholique, apostolique et romaine, et bonnes vie et mœurs, et en paieront à la recette générale de l'Hôtel-Dieu la somme de 180 livres.

ART. 3. — En conséquence de leur inscription, elles seront averties par le greffier, suivant l'ordre et le rang de leur inscription, sans aucune faveur ni préférence, pour quelque cause de considération que ce soit, et si celle qui est en tour ne se présente pas après avoir été dûment avertie, tout droit

passera à celle qui la suit dans l'inscription et ainsi successivement de manière qu'il y ait toujours quatre apprentisses dans
l'Hôtel-Dieu.

ART. 4. — Ne seront admises à l'apprentissage que des
femmes françaises mariées ou veuves, et jamais aucunes étrangères ou filles, pour quelque considération que ce soit, même
les filles de chirurgiens. Continueront néanmoins d'être
exceptées, les filles de maîtresses sages-femmes qui auroient
commencé a être instruites par leur mère, pourvu qu'elles
soient âgées au moins de 22 ans accomplis et qu'elles rapportent le brevet de maîtresse de leur mère avec les autres pièces
de certificat requis par l'article 2.

ART. 5. — Les apprentisses sages-femmes même inscrites ne
pourront être admises à l'apprentissage si elles sont enceintes,
de quoi elles seront averties lorsqu'elles se présenteront pour
leur entrée à l'Hôtel-Dieu, et si néanmoins il était reconnu que
quelqu'une d'elles se fut introduite dans l'état de grossesse,
elle sera congédiée sur le champ sans espérance de venir après
ses couches achever le temps de son apprentissage, et l'administration lui fera rembourser la portion de la somme qu'elle
auroit avancée dans la proportion du temps qui lui resteroit
pour compléter les 3 mois de séjour dans la maison.

ART. 6. — Dans le cas ou une personne qui se seroit faite
inscrire pourroit changer ensuite de volonté et se seroit fait
restituer la somme de 180 livres qu'elle auroit avancée, elle ne
pourra plus être admise qu'en s'inscrivant de nouveau et du
jour et date de la nouvelle inscription.

ART. 7. — Les apprentisses sages-femmes se comporteront
suivant les règles les plus exactes de la sagesse et de la
modestie dans leur habillement et leur coëffure, discours et
conduite ; elles recevront avec defférence et docilité les leçons
et avis de la maîtresse sage-femme à laquelle elles seront subor-

données et traiteront avec douceur et charité les femmes grosses et accouchées, sous peine en cas de plainte sur aucun de ces articles d'y être pourvu par le bureau, suivant les circonstances, même par leur expulsion, et en ces cas, partie de la somme de 180 livres par elles avancée leur sera restituée dans la proportion du temps qui leur resteroit pour compléter leur apprentissage, mais elles ne pourront pour aucune considération être de nouveau admises dans la maison.

ART. 8. — Elles mangeront avec la maitresse sage-femme des aliments qui seront apportés de la cuisine ; il leur est défendu sous quelque prétexte que ce puisse être de préparer dans aucun des endroits de la salle des femmes grosses ou accouchées ou dépendances d'icelles aucuns aliments, sous les peines qu'il appartiendra.

ART. 9. — Elles ne solliciteront personne du dehors ou même de la maison de présenter les enfants au baptême en qualité de parrains et marraines, mais recevront les personnes de la maison qui s'offriront volontairement et jamais personne du dehors, sinon dans le seul cas où une personne requise par le père et la mère de l'enfant se présenteroit d'elle même et, dans tous les cas, non seulement elles n'exigeront rien des parrains et marraines quelqu'ils soient, mais refuseront même ce qui leur seroit volontairement offert dans cette occasion, sauf aux personnes qui voudroient faire une aumône à la mère de l'enfant, à effectuer ce que la charité leur auroit inspiré à leur égard lorsqu'elle sera sortie de l'Hôtel-Dieu.

ART. 10. — Elles n'exigeront rien, sous quelque prétexte que ce puisse être, même ne recevront rien de ce qui leur seroit volontairement offert de la part des femmes qui viendront à l'Hôtel-Dieu pour accoucher, ni de la part de leurs parents ou amis, sous peine d'être sur le champ congédiées sans espérance de pouvoir rentrer à l'Hôtel-Dieu pour y finir le temps de leur apprentissage.

ART. 11. — Elles ne pourront introduire ny recevoir aucunes personnes du dehors, à plus forte raison donner à manger dans l'intérieur de la salle, circonstances et dépendances, sous quelque prétexte que ce soit, même de simple visite à cause de parenté, mais elles iront au parloir conférer avec les personnes qui les demanderont.

TITRE TROISIÈME

Police de la Salle des Femmes enceintes et accouchées.

Les règlements et délibérations des 31 décembre 1720, 7 mars 1725, 5 février 1727, 4 avril 1730, 30 janvier et 8 avril 1732, 31 mars 1751, 6 juin 1764 et 21 janvier 1778, seront exécutés suivant leur forme et teneur. En conséquence :

ARTICLE PREMIER. — Il ne sera jamais admis pour quelque cause et considération que ce soit aucun chirurgien du dehors dans la salle des femmes grosses et accouchées, soit pour apprendre l'art des accouchements ou pour s'y perfectionner.

ART. 2. — Nulle personne du dehors ne sera introduite dans ladite salle, même sous prétexte de parenté avec la maîtresse sage-femme, les apprentisses ou autres personnes au service de ladite salle, lesquelles sans exception ne pourront converser qu'au parloir seulement avec toutes personnes étrangères qu'elle qu'elle soit.

ART. 3. — Ne seront pareillement admises dans ladite salle aucunes personnes, même de la maison, à l'exception de l'inspecteur, des officiers de santé qui y seront employés et des ecclésiastiques, pour y remplir les fonctions de leur ministère.

ART. 4. — En exécution du règlement du 4 avril 1730, concernant les étudians en médecine qui accompagnent les médecins dans leur visite, lesdits étudians ne pourront, conformément audit règlement, être reçus sous aucun prétexte dans la salle des femmes grosses et accouchées.

ART. 5. — Il ne sera rien exigé, ni reçu des femmes grosses et accouchées, sous quelque prétexte que ce soit et par quelque personne que ce soit de la maison, soit de la maîtresse sage-femme, soit les apprentisses, soit les domestiques ou autres, tous les services dont elles auront besoin leur seront rendus gratuitement, à peine d'y être pourvu par le Bureau contre les contrevenans, suivant les circonstances.

ART. 6. — Les layettes pour emmailloter les enfants nouveau-nés, continueront d'être fournies par l'Hôtel-Dieu gratuitement, et à cet effet le dépensier continuera d'acheter tous les ans une certaine quantité de langes piqués, faits avec du vieux linge, lesquels seront à sa garde et par lui délivrés à la maîtresse sage-femme sous les ordres de MM. les commissaires.

Deffenses en conséquence à qui que ce soit d'exiger, même de recevoir rien des femmes accouchées ny de leurs parents pour les layettes, sous peine en cas de contravention d'y être pourvu par le Bureau.

ART. 7. — Les noms, âges, pays, diocèses, paroisses et qualités des femmes grosses qui viennent à l'Hôtel-Dieu pour accoucher, continueront d'être pris dans la salle même par la religieuse d'office de la salle, pour par elle les remettre après l'accouchement à l'ecclésiastique qui vient journellement célébrer la messe dans ladite salle, lequel portera la liste au prêtre du banc de réception, qui en tiendra un registre particulier au banc de réception, et dans le cas où lesdites femmes, ayant pris d'abord un faux nom viendroient, se trouvant en danger, à déclarer le véritable, ledit ecclésiastique recevra leur nouvelle déclaration et la fera enregistrer en marge de la première, avec mention que c'est la même personne qui a été enregistrée précédemment sous tel nom, leur décès sera pareillement constaté exactement sur ledit registre.

ART. 8. — Il est expressément enjoint aux portiers de ladite salle, sous peine d'être congédiés, et aux gardes faisant leur tournée, de veiller à ce qu'il ne soit introduit dans ladite salle par personne aucuns aliments particuliers, si ce n'est de l'ordre par écrit de la maîtresse sage-femme.

ART. 9. — Les religieuses des différentes salles ou offices dans lesquels les femmes grosses se distribuent pour travailler sont invitées à ne leur point donner, ny ne leur laisser prendre de lait, et à ne point souffrir qu'elles se livrent à quelque excès de nourriture, n'y qu'elles emportent aucuns aliments en retournant dans leur salle. Il est expressément enjoint aux portiers d'avertir la maîtresse sage-femme si aucune desdites femmes introduisoient quelqu'aliment que ce soit dans la salle.

ART. 10. — Les domestiques de ladite salle seront subordonnés à la maîtresse sage-femme dans tout ce qui est du service des femmes grosses et accouchées, sans préjudice de la surveillance générale de l'inspecteur des salles sur tous les domestiques de la maison, et dans le cas où la maîtresse sage-femme auroit quelques sujets de plaintes contre aucuns desdits domestiques, elle en instruira MM. les commissaires pour y être sur le rapport pourvu par le Bureau.

La matière mise en délibération, la Compagnie a ordonné que ledit règlement serait exécuté dans tout son contenu, suivant sa forme et teneur.

---⁓∞∞⁓---

TROISIÈME PARTIE

MAITRISE DE MADAME DUGÈS

DERNIÈRE SAGE-FEMME DE L'HOTEL-DIEU

1775-1797

APPRENTISSAGE DE MADAME LACHAPELLE

MAITRISE DE MADAME DUGÈS

APPRENTISSAGE DE MADAME LACHAPELLE

ARIE Jonet, femme de Louis Dugès officier de santé à Paris, et mère de madame Lachapelle, était matrone jurée sage-femme du Châtelet, et demeurait rue Saint-Antoine près la rue des Barres, lorsqu'elle fut appelée en 1775 à prendre la direction de l'office des accouchées de l'ancien Hôtel-Dieu.

Sa fille, Marie-Louise, née à Paris le 1ᵉʳ janvier 1769, avait alors six ans.

La carrière de madame Dugès devait être longue et mouvementée. Le grand courant d'idées et de réformes qui préparait la Révolution était à ce moment dans son plein. Les vieilles institutions craquaient de toutes parts sous l'action de cette poussée qui allait entraîner presque toutes les fondations monarchiques. L'Hôtel-Dieu faillit disparaître à la suite d'une campagne vigoureusement menée contre lui par le baron de Breteuil, Tenon et l'Académie des Sciences.

Le 30 décembre 1772, un incendie ayant détruit complètement les salles Saint-Jean, Jaune et du Légat, vint poser la question de la reconstruction *in situ* ou de la translation de l'Hôtel-Dieu en un lieu plus salubre ; et dès l'année 1773, Louis XV, dans des lettres patentes, se prononçait au nom de l'hygiène en faveur du transfert extra-muros (1).

Madame Dugès allait donc assister et prendre part à cette longue dispute qui fit ressortir tous les inconvénients du système existant alors, et toutes les améliorations qu'une hygiène mieux entendue y devait faire apporter. Mieux que personne elle put comprendre la nécessité d'une réforme radicale, car elle eut à lutter contre une des épidémies de fièvre puerpérale les plus tenaces et meurtrières qui aient décimé les accouchées de l'Hôtel-Dieu.

En effet, lorsque madame Dugès prit possession du service dont l'organisation et l'encombrement étaient absolument les mêmes qu'en 1746, elle tombait en pleine épidémie. Les femmes qui étaient attaquées de la fièvre puerpérale (*sept au moins sur douze accouchées*), mouraient du quatrième au septième jour de leur accouchement, de la forme compliquée de cette maladie dont on observait environ trois cas sur vingt. De sorte *qu'il mourait à peu près une accouchée sur*

(1) Lire également Louis XV à la page 44 et non Louis XVI.

sept de celles qui étaient atteintes de fièvre puerpérale.
La mortalité, dit Tenon, à qui l'on doit ces détails, était
effrayante. Et rien n'y faisait.

Le 16 janvier 1778 (trois ans après l'entrée en fonctions de madame Dugès), le Bureau invite les médecins de l'Hôtel-Dieu à venir conférer avec lui le 21.
Le doyen leur dit que la Compagnie désirait avoir leur
avis sur les moyens d'arrêter « l'espèce d'épidémie qui
s'est introduit dans la salle Saint-Joseph », et sur les
mesures qu'ils penseraient les plus propres à y remédier. Sur quoi chacun des médecins s'étant expliqué
selon son ordre de réception, ils s'entendirent sur les
points suivants : ils reconnaissent d'abord que la plupart des femmes qui ont péri de ce mal en sont attaquées au plus tard dans les douze heures de leur
accouchement ; que le mal se manifeste par des douleurs aiguës dans les entrailles, qu'elles sont travaillées
d'une fièvre violente. Le visage est enflammé, le lait
ne monte point aux mamelles, presque toutes sont
prises du délire et périssent au plus tard le second jour.

Après avoir fait l'autopsie d'un grand nombre de
ces malades, lesdits médecins jugent que ce mal est
causé par « l'épanchement du lait dans la capacité du
bas-ventre au lieu de monter au sein. Ce lait s'aigrit
en peu d'heures. Les intestins sont gonflés et couverts
d'un rouge inflammatoire, et le lait épanché se trouve
tourner en fromage, à la quantité de deux fois plein la
forme d'un chapeau au moins. »

Cette maladie dont il y a quelques exemples dans la ville se manifeste depuis vingt à vingt-cinq ans pour la troisième fois à l'Hôtel-Dieu et c'est dans l'automne de 1771 qu'elle a paru réapparaître cette fois (1).

(1) Voici la statistique des décès par fièvre puerpérale fournie à Tenon pour la période 1776 à 1780 par « un homme aussi instruit que zélé qui avait bien voulu l'extraire lui-même des registres de l'Hôtel-Dieu ».

Elle porte sur 17.876 accouchées dont 1.142 sont mortes.

1776	sur	1.655	accouchées	51	femmes mortes.
1777	—	1.663	—	132	—
1778	—	1.677	—	162	—
1779	—	1.688	—	105	—
1780	—	1.704	—	106	—
1781	—	1.652	—	117	—
1782	—	1.585	—	99	—
1783	—	1.535	—	123	—
1784	—	1.554	—	104	—
1785	—	1.601	—	75	—
1786	—	1.562	—	68	—

Les mois de la plus grande mortalité sont ceux de janvier, février, mars, avril, mai, octobre, novembre et décembre.

Il ressort de ce tableau que le nombre des accouchées mortes, comparé à la totalité des accouchements ou au nombre des accouchées qu'on suppose sorties vivantes de l'Hôtel-Dieu, a été par année moyenne comme 1 est à 15 3/4 ou environ. Et Tenon fait observer que cette statistique est basée sur le nombre des accouchées sorties vivantes de l'emploi des accouchées. Or il faut savoir que toutes les accouchées qui sortent de l'emploi qui leur est destiné ne sortent pas toujours vivantes de l'Hôtel-Dieu. Quelques-unes d'elles prêtes à périr, sont transférées de l'emploi des femmes grosses dans d'autres infirmeries, soit lorsque la mortalité est grande, pour ne les pas laisser périr au milieu des autres accouchées et ne point répandre l'alarme parmi elles, soit parce qu'on s'imagine qu'elles se rétabliront plus facilement quand elles ne seront plus dans l'air malsain de la salle des accouchées, soit enfin pour procurer des lits à des arrivantes. Si

On y a opposé « différents remèdes, soit intérieurs, soit topiques, dont le succès n'a été que momentané, et qui ne peuvent plus mériter la confiance. »

Mais ce qui intéressait tout particulièrement le Bureau, c'était de connaître les causes de l'épidémie afin d'y remédier s'il était en son pouvoir.

Or voici la singulière étiologie que les médecins de l'Hôtel-Dieu assignaient, en 1778, à la fièvre puerpérale : « S'étant occupés des causes de ce désordre et des moyens de le prévenir, ils se croyent fondés à l'attribuer à l'excès de nourriture auquel ces femmes sont à même de se livrer pendant leur grossesse, et à la qualité des aliments qu'elles reçoivent dans les différents offices où elles vont travailler dans la maison où on leur

ces femmes sorties de leur emploi, viennent à périr dans une autre salle, il n'est plus possible de les distinguer des autres morts : ce qui empêche d'avoir au juste le rapport des femmes mortes à la suite de leurs couches, avec le nombre des accouchées ; mais, ajoute « la personne estimable » qui a bien voulu procurer à Tenon l'état ci-dessus, « on peut, sans crainte d'exagération, estimer que le nombre des accouchées mortes hors de leur emploi, monte à un tiers de ce qu'il en meurt dans cet emploi même des accouchées ».

La mortalité des accouchées à l'Hôtel-Dieu, pendant les onze années dont il s'agit, pourrait donc s'évaluer à environ *une sur dix*.

Pendant les trois premières années de cette même période (les trois premières de la maîtrise de madame Dugès), *on s'est servi une fois du forceps sur 246 accouchements*.

Quant aux accouchements où l'enfant vient lui-même par les pieds, ou bien quand, selon les règles de l'art, « on le retourne pour ramener la tête la dernière », on en a fait à l'Hôtel-Dieu, en 1775, 1776, 1777 : 483 sur 4.990 soit *1 sur 10 1/3*.

Enfin, de 1773 jusques et y compris 1785, on a pratiqué six opérations césariennes sur 20.234 enfants baptisés, soit 1 sur 3.372.

13

donne, outre la nourriture ordinaire, du gâteau dont
elles mangent sans discrétion, et sans rien diminuer des
aliments ordinaires qui leur sont distribués dans leur
salle, lorsqu'elles sont de retour, qu'elles ont la liberté
d'y achepter du lait, qu'on est même dans l'usage de
leur laisser prendre une forte soupe au lait en sortant
de leur accouchement, usage le plus pernicieux et le
plus funeste pour leur situation. Ils attribuent aussi le
mal à leur indocilité pour le régime préparatoire qu'ils
leur veulent prescrire à l'approche de l'accouchement,
refusant également les saignées et les purgations, quoique les médecins les jugent nécessaires. Enfin, comme
cette salle est fort basse, il seroit à souhaiter qu'on y
pût procurer le renouvellement de l'air. »

Les médecins s'étant alors retirés, la Compagnie
arrêta les mesures suivantes qui découlaient nécessairement des notions étiologiques ci-dessus énoncées.

« 1° Déffences seront faites dès demain à la laitière qui
s'est introduite et placée à la porte de la salle Saint-
Joseph depuis plusieurs années, contre les règlements
de la maison, de s'y présenter à l'avenir, et elle sera
consignée aux portes. Les mères d'offices seront enga-
gées à ne donner, ny laisser prendre du lait aux femmes
grosses qui vont travailler chez elles, et de faire en
sorte qu'elles ne se livrent point à des excès de nourriture quels qu'ils soient.

« 2° Mme Dugès aura soin, vers les derniers huit jours
de la grossesse des femmes, de les consigner à la porte

de la salle, afin qu'elles ne puissent descendre, ni être distribuées dans les offices de la maison, et de les faire voir au médecin pour subir le traitement préparatoire qu'il jugera leur être nécessaire.

« 3° Elle veillera aussi à ce que le régime, tant avant qu'après leur accouchement, soit exactement observé, à l'effet de quoi la porte de la salle des accouchées sera fermée, et il sera étroitement enjoint aux portières de n'y laisser entrer personne avec des aliments si ce n'est de l'ordre de la maîtresse sage-femme.

« 4° Les gardes feront fréquemment leurs rondes vers la porte de la salle Saint-Joseph, pour reconnoître si on n'y introduit pas du lait ou des aliments de quelque espèce que ce soit, et au cas qu'il en soit besoin, il y sera posé une sentinelle.

« 5° Il sera remis à la mère d'office de cette salle six couches et couvertures d'augmentation qui seront destinées à garnir les lits ou il sera mort des femmes attaquées de cette épidémie, à l'effet de faire prendre l'air, dans les greniers de cette salle, aux lits de plumes et aux couvertures dans lesquelles elles auront été malades ou seront péries.

« 6° L'inspecteur des bâtiments sera chargé, outre les ventouses qu'il vient de faire poser aux croisées de la salle des accouchées, de chercher les moyens d'y procurer, autant que faire se pourra, le renouvellement d'air, ce qui sera pratiqué dans la salle des femmes grosses. »

Toutes ces mesures, on le conçoit, ne firent pas grand effet; c'était une réforme radicale et non quelques palliatifs qu'il fallait. Mais, ainsi que le disait Tenon, « à l'Hôtel-Dieu toute réforme est difficile, c'est une masse énorme qu'il faut remuer. »

Il ne fallut rien moins que la crainte de voir donner suite au projet royal de 1773, portant que l'Hôtel-Dieu serait démoli et partagé en deux établissements (Saint-Louis et la Maison de Santé), pour décider la Compagnie à accepter le projet de Necker, directeur général des Finances (10 mars 1781). On consentait à laisser l'Hôtel-Dieu là où il était, mais à la condition qu'on y établirait environ deux mille cinq cents lits de deux pieds et demi pour les convalescents, les femmes grosses, etc.

Les réformes admises en principe, on perdit du temps à en discuter l'application.

Cependant l'épidémie continue, mais heureusement elle perd de son caractère de gravité, et c'est probablement à la forme dite gastrique qu'eut affaire Mme Dugès, à partir de cette époque.

On voit en effet, dans une délibération du 6 mars 1782, qu'au mois de janvier des succès déjà multipliés faisaient espérer qu'enfin allait cesser « ce fléau dont l'Hôtel-Dieu s'est vu plusieurs fois affligé, cette maladie cruelle qui attaquoit par intervalle les femmes en couches sans que les efforts combinés et des médecins qui ne négligeoient ni soins ni remèdes, et de l'administration qui, sur leur avis, se livroit à toutes les tentatives possibles, soit relativement au local, soit relativement aux aliments, pussent l'arrêter.

« Depuis le mois de janvier, des succès toujours constants assurent qu'enfin le mal est absolument curable. M. Doulcet, l'un des médecins ordinaires de l'Hôtel-Dieu, est celui à qui cet hôpital doit une aussi importante découverte ; épiant pour ainsi dire la nature, il a saisi son indication avec cette sagacité, ce zèle, et cette justesse de vue qu'on lui connaît, et a trouvé les véritables armes avec lesquelles il falloit attaquer l'ennemi pour le vaincre, il en a triomphé et a arraché ainsi à la mort ces malheureuses victimes qu'elle se dévouoit si impérieusement. Cet évènement vient d'être annoncé dans l'écrit périodique intitulé : *Gazette de Santé*, nº 4. »

Voici dans quelles conditions Doulcet avait fait sa découverte. Chargé en 1774, en pleine épidémie, de soigner les nouvelles accouchées à l'office Saint-Joseph, on l'avait vu « renoncer à soigner ces malheureuses femmes, n'y pouvoir tenir, quitter ce département avant l'expiration de son temps, prier un de ses confrères de le faire à sa place, et rebuté de n'y pouvoir faire le bien, l'échanger pour le plus pénible de l'Hôtel-Dieu. »

Tout avait été essayé, tout avait échoué. L'ipécacuanha même n'avait pas eu plus de succès que les autres remèdes, lorsqu'en 1781 un hasard d'observation vint mettre Doulcet, revenu aux accouchées, sur la voie des prétendues propriétés spécifiques de cet agent.

Le hasard voulut qu'il fût présent au moment même où cette maladie se déclarait dans une femme nouvellement accouchée. Elle débuta par des vomissements ; aussitôt Doulcet, saisissant l'indication, ordonna quinze grains d'ipécacuanha, que la malade prit en deux doses, qui furent réitérées le lendemain.

Le remède agit par haut et par bas, les évacuations furent suivies d'une diminution notable de tous les symptômes ; on soutint les déjections par l'usage d'une potion huileuse avec addition de deux grains de kermès, et la malade fut sauvée.

Instruit et encouragé par ce succès, M. Doulcet ne tarda pas à reconnaître l'indispensable nécessité de mettre ce remède entre les mains de la maîtresse sage-femme de l'Hôtel-Dieu, « très habile en son art, fort intelligente, zélée surtout à un point qui mérite les plus grands éloges, et qui d'ailleurs n'a malheureusement que trop appris à connaître l'invasion de cette espèce de maladie. »

M. Doulcet lui recommanda spécialement de donner, sans attendre son arrivée, l'ipécacuanha à toutes les femmes qui éprouveraient les premiers symptômes de la maladie, le jour, la nuit, à quelque heure que ce fût.

L'épidémie sévit avec fureur, et pendant plus de quatre mois « à peine Madame Dugès put-elle prendre

un instant de repos ; il fallut son courage pour résister à la fatigue que lui donna une vigilance aussi longtemps en action. »

Le succès de ses soins la soutint sans doute ; près de
deux cents femmes, ainsi qu'il est prouvé par le tableau
de celles qui ont été attaquées de la maladie et qu'il est
facile de mettre sous les yeux du gouvernement, ont
été rendues à la vie.

La Compagnie, pénétrée du récit de ces merveilles
qui lui est fait par l'un des siens M. Marchais, arrête :
« 1º qu'il en sera fait registre, et qu'un exemplaire de
la dite feuille périodique sera annexé à la présente délibération pour constater la maladie et le remède ;
2º qu'elle remercie M. Doulcet et le prie d'agréer les
témoignages de sa satisfaction ; qu'en conséquence il
sera remis par M. le Greffier à M. Doulcet, de la part
du Bureau, une expédition de la présente délibération ;
3º et comme il est juste que M. le Lieutenant général
de police qui, à chaque renouvellement de la maladie,
partageoit le chagrin du Bureau, partage aujourd'hui
sa joie et soit instruit à qui le public et les pauvres
sont redevables d'un si grand service, il lui sera délivré
expédition de la présente délibération. »

Le 3o avril le remède découvert par M. Doulcet continue d'avoir le même succès. « Depuis qu'on l'emploie,
c'est-à-dire depuis le 4 novembre 1781, plus de deux
cents femmes ont été attaquées de la maladie, et toutes
celles qui n'ont pas refusé obstinément de prendre le

remède, sans en excepter une seule, ont été guéries, tandis qu'auparavant toutes celles qui étoient attaquées, sans en excepter une seule, périssoient.

« Quoique la Gazette de santé n° 4 ait déjà annoncé cette découverte, cependant, comme on ne peut trop la répandre, surtout les auteurs de médecine et notamment le célèbre Moriceau dans son traité des accouchemens, ayant décidé cette espèce de maladie sans ressources », M. Marchais, qui communique tous ces renseignements au Bureau, croit que ce serait un service important à rendre au public de publier dans toutes les gazettes et journaux et d'apprendre à toutes les écoles de médecine et de chirurgie du royaume et étrangères, qu'une des maladies les plus cruelles qu'eussent à redouter les mères de famille dans le moment le plus critique et le plus intéressant pour elles, n'est plus à craindre. Il n'est pas douteux que le gouvernement de qui dépend cette publicité ne se hâte de la donner aussitôt qu'il sera instruit. M. Marchais pense donc qu'on doit faire part au gouvernement des succès de M. Doulcet. La Compagnie satisfera par là à un double devoir, celui de ne pas laisser ensevelir une découverte aussi intéressante pour l'humanité, et celui d'en faire connaître l'auteur au gouvernement qui, par la décoration qu'il a accordée il y a quelques années au premier chirurgien de l'Hôtel-Dieu, a su, en acquittant la dette des pauvres, exciter une noble émulation parmi ceux qui s'attachent à leur service, en leur faisant apercevoir la récompense la plus flatteuse pour eux. M. Marchais ajoute que M. Doulcet a été secondé, dans l'administration de ce remède qui exige que l'on saisisse le premier symptôme, par le zèle et l'activité de la D^lle Dugès, maîtresse sage-femme de l'Hôtel-Dieu, qui y a employé et emploie encore jusqu'à ses veilles. Madame Dugès paraît donc mériter quelques attentions de la part du gouvernement.

La Compagnie, adoptant pleinement les vues de M. Marchais, invite l'Archevêque à exposer à sa Majesté des faits si dignes d'intéresser son amour pour ses peuples et sa bienfaisance.

Doulcet meurt au mois de juillet avant d'avoir obtenu sa récompense.

Les médecins de l'Hôtel-Dieu, partageant l'enthousiasme des administrateurs, et estimant que le remède spécifique de Doulcet devait être universellement connu pour l'intérêt de l'humanité, rédigent un mémoire où la nature, les symptômes, la marche et enfin le traitement de la maladie étaient exposés dans le plus grand détail. La Compagnie croit que le gouvernement seul est en état de le faire publier avec une authenticité capable d'assurer au remède la confiance qu'il mérite, et elle prie M. le Lieutenant général de police de le faire imprimer aux frais du gouvernement et de le faire distribuer dans toutes les provinces.

De Crosne se chargea (31 juillet 1782) de faire exécuter l'arrêté du Bureau, et, par son ordre, un rapport

sur ces faits fut lu à la Société royale de médecine dans
la séance du 6 septembre 1782.

« Il est sûr, disait le rapport, qu'une maladie aussi
prompte, aussi généralement funeste que celle de
l'Hôtel-Dieu, qui laissoit aussi peu de temps à la réflexion, aussi peu d'espoir aux médecins, guérie par
une méthode aussi simple que celle employée par
M. Doulcet, et dont les succès paroissent aussi sûrs et
aussi constants, est un de ces phénomènes qui font
époque en médecine, et que ce service rendu à l'humanité souffrante doit honorer à jamais la mémoire d'un
citoyen. »

Le 16 décembre la Compagnie arrête que M. le
Lieutenant-général de police sera prié d'employer
ses bons offices auprès du gouvernement, à l'effet d'obtenir une gratification pour madame Dugès « au zèle de
laquelle, dans l'administration dudit remède de Doulcet, il est constaté que le succès est principalement
dû. »

En mars 1783, la Compagnie écrit de nouveau au
lieutenant-général pour le prier de continuer ses bons
offices pour obtenir une gratification à madame Dugès.
Enfin à la date du 2 avril 1783, on lit sur le registre
des délibérations de l'Hôtel-Dieu : « Monsieur Lecou-
teulx de Vertron a dit qu'il avoit reçu mercredi au soir,
en revenant du Bureau, une lettre de monsieur le lieutenant-général de police qui lui annonce que le Roi a
bien voulu accorder à la maîtresse sage-femme de

l'Hôtel-Dieu une gratification extraordinaire de six cents livres, et qu'il y avoit joint une lettre à lui adressée par le Ministre des finances qui lui en donne avis. Sur quoi la matière mise en délibération, la Com-

MARIE JONET, Veuve DUGÈS
Maitresse sage femme de l'Hôtel-Dieu (1775-1797)

pagnie a arrêté qu'il sera écrit à M. le Ministre des finances et à M. le Lieutenant de police pour le remercier, ce qui a été fait à l'instant, et que les deux lettres du Ministre et de M. le Lieutenant de police,

seront remises entre les mains de la maîtresse sage-
femme qui sera mandée à cet effet, pour l'informer des
bontés de Sa Majesté » (1).

Mais la méthode de Doulcet, malgré tout le
zèle de madame Dugès, ne tarda pas à rejoindre
celles qui l'avaient précédée; et bientôt, en présence d'insuccès nombreux, on dut reconnaître qu'il
y avait deux espèces de cette maladie : « l'une simple qu'on guérit avec l'ipécacuanha, l'autre compliquée, pour laquelle on n'a pas encore trouvé de
remède. »

Tenon ajoute : « On est justement alarmé de voir
qu'en aucun endroit de l'Europe, en aucune ville, en
aucun village, en aucun hôpital, rien n'est comparable
à la perte qu'on fait des accouchées à l'Hôtel-Dieu
de Paris.

« Le savoir de l'habile et vigilante sage-femme qui
en prend soin ne saurait surmonter l'insalubrité de
cette maison. »

Et les améliorations promises en 1781 n'avaient
toujours pas lieu. La commission de l'Académie des
sciences, dans son rapport du 22 novembre 1786, répète
encore une fois :

---

(1) Quelques jours plus tard, madame Dugès éprouva « une maladie très extraordinaire dont elle fut près de mourir et que les médecins attribuèrent à l'excès de travail. » Le Bureau lui imposa
(30 avril 1783) un congé d'un mois. Elle fut suppléée pendant ce
temps par la D^lle Le Soult, son élève.

« La perte des femmes en couches et des opérés est
en partie l'effet de l'infection de l'air, et cette infection
est la grande cause d'insalubrité de l'Hôtel-Dieu. » Et
Tenon écrit : « La raison d'État, et je dirai même l'intérêt des hôpitaux se réunissent pour accorder un lit
particulier à chaque femme enceinte, à chaque accouchée ; pour leur procurer des salles mieux entendues,
plus saines, qui ne communiquent point entre elles,
où l'on accumule moins de monde, où l'on sépare les
femmes grosses des accouchées, les femmes grosses et
les accouchées malades des saines ; qu'on éloigne surtout les différentes classes de maladies qui peuvent ou
se répandre ou irriter d'autres maux ; qu'on accorde à
ces accouchées des salles de 15 à 16 pieds de haut ;
qu'on ne les couche point sur des salles de fiévreux,
sur des salles de blessés, dans le voisinage de dessertes ou d'autres emplois d'où il émane des miasmes
infectes et contagieux et où elles puissent être tour-
mentées du bruit. »

On peut juger en rapprochant ces paroles du rapport des médecins de l'Hôtel-Dieu, en 1778, du chemin parcouru en moins de dix ans sur la question de
la fièvre puerpérale.

Le Bureau se décida enfin en 1787 à réformer sérieu-
sement l'office des accouchées dans le sens indiqué par
Tenon.

L'office fut transféré de la salle Saint-Joseph dans les
salles Saint-Landry et Sainte-Monique, situées au

troisième étage, et qu'occupaient auparavant les fébricitantes et les variolées. (Voyez le plan de Tenon.)

Au lieu de 252 pieds de long la nouvelle salle en
mesurait 412 ; elle avait en hauteur 18 pouces de plus
que l'ancienne et était infiniment plus aérée, non seulement par une plus grande quantité de croisées dans
sa longueur, mais aussi par celles qui se trouvant
aux deux extrémités procuraient un courant d'air du
levant au couchant, et donnaient par là le moyen de
renouveler celui de la salle en très peu de temps.

On y plaça 92 lits de 3 pieds et de 3 pieds et demi
pour coucher seules les femmes nouvellement accouchées et celles qui, malades des suites de leurs couches, avaient besoin de rester plus longtemps à l'Hôtel-
Dieu. Pour procurer le même avantage aux femmes
grosses, il eût fallu en placer de pareils dans la partie
de cette même salle qui leur était destinée.

Mais il n'y en avait plus dans l'Hôtel-Dieu, et d'ailleurs il n'aurait pas été possible d'en mettre assez
pour recevoir le nombre de femmes qui s'y trouvaient
ordinairement. Il fallait cependant ménager le terrain,
et on ne trouva d'autres ressources pour coucher les
femmes seules que de les mettre dans des lits doubles.

Le gouvernement, venant au secours de l'Hôtel-
Dieu, fournit 52 lits de 5 pieds 2 pouces de large avec
une séparation qui n'ayant que 2 pieds de haut n'em-
pêchait pas l'air de circuler. Ils pouvaient coucher

104 femmes. Sans ce secours on eût été obligé de donner aux femmes grosses d'anciens grands lits comme elles en avaient autrefois dans la salle Saint-Joseph, et l'amélioration qu'on se proposait n'eût pas été complète.

Avec ces anciens lits, en effet, les femmes grosses n'avaient le plus souvent que le quart, quelquefois le tiers et jamais la moitié d'un lit de 4 pieds de large, tandis qu'avec les nouveaux elles jouissaient seules de deux pieds et demi.

La planche, qui les séparait de leur voisine, les garantissait d'un voisinage incommode par plus d'une raison, de la respiration et des exhalaisons d'un corps quelquefois malsain, et de mouvements qui pouvaient causer des accidents. Elle les retenait d'un côté et ne produisait absolument que l'effet d'un lit en niche appuyé à un mur ou à une cloison.

Ces dispositions nouvelles étaient évidemment une amélioration considérable. Aussi le Bureau ne fut-il pas peu surpris de recevoir le 9 janvier 1788 la lettre suivante adressée à l'un des administrateurs par le lieutenant général de police. « J'ai l'honneur de vous envoyer un mémoire adressé au roi par les femmes grosses qui sont actuellement à l'Hôtel-Dieu. Je vous prie de vouloir bien me marquer si leurs plaintes sont fondées, et m'adresser un mémoire très détaillé que je puisse mettre sous les yeux du ministre. — Signé De Crosne. »

A cette lettre était joint le placet des femmes grosses, ainsi conçu :

Au Roi,

« Sire, les malheureuses femmes grosses de l'Hôtel-Dieu de Paris, ont l'honneur de mettre devant les yeux de Votre Majesté l'affligeant tableau de leur situation. Depuis le nouveau règlement que l'administration a mis en usage dans la maison, on a mis coucher ces malheureuses femmes dans des lits séparés par des planches, espérant alléger leurs peines, mais elles se trouvent multipliées par la gêne qu'elles éprouvent de ne pouvoir se retourner sans être exposées à se blesser. Plusieurs d'entre elles ont eu des couches malheureuses, des chutes qu'elles ont faites de leurs lits. Elles croyent trouver un prompt remède à leurs maux que d'oser se jetter aux pieds du trône d'un Roi bienfaisant et le Père de ses sujets. »

La Compagnie mande Mme Dugès qui atteste qu'aucune femme grosse ne s'est plainte à elle d'être tombée de son lit et qu'il n'était résulté aucune couche malheureuse de ces chutes supposées : « Au reste, ajoutait-elle, il n'y a nulle comparaison à faire entre la manière dont les femmes grosses et les femmes accouchées sont actuellement à tous égards, dans leur nouvelle salle, et celle dont elles étaient dans l'ancienne, parce qu'elles jouissent dans le moment de tous les avantages qu'il est possible de leur procurer dans un hôpital. »

Le Bureau répond donc au lieutenant général de police que les plaintes des femmes portent sur des allégations fausses. Elles sont de plus injustes. Ce n'est qu'une manœuvre contre l'administration et elle ne vient pas des femmes grosses dont on n'a fait qu'emprunter le nom. Car il est évident que les femmes enceintes reçues à l'Hôtel-Dieu, libres dans l'expression de leurs sentiments, auraient infiniment plus de grâces à rendre des soins que l'administration, de concert avec le gouvernement, a pris d'améliorer, on pourrait dire de perfectionner leur traitement, que de plaintes à porter d'une prétendue incommodité qui, comparée avec celles qu'elles éprouvaient dans les grands lits où elles couchaient, est un véritable bien-être.

Toutefois l'opinion publique ne partageait pas l'optimisme des administrateurs de l'Hôtel-Dieu ; elle continuait à réclamer une réforme radicale, et une souscription, ouverte en 1788 pour la construction de quatre hôpitaux en remplacement de l'Hôtel-Dieu, fut rapidement portée à la somme de deux millions.

La Révolution de 1789 vint retarder la réalisation des projets de l'Académie des sciences.

Le 17 août, le Bureau de l'Hôtel-Dieu remettait l'administration de l'Hôtel-Dieu et de l'Hôpital des Incurables à la municipalité provisoire et aux repré-

14

sentants de la Commune, qui ne le remplacèrent définitivement que le 13 avril 1791.

A cette époque se pose à nouveau la question de la
réforme du service des accouchées de l'Hôtel-Dieu, où,
d'après Larochefoucauld - Liancourt, il meurt une
femme sur treize au lieu de une sur cinquante dans les
autres hôpitaux.

C'est alors qu'entre en scène Marie-Louise Dugès
qui « élevée avec soins sous les yeux de sa mère,
instruite par ses leçons et son exemple, vivant journellement au milieu des femmes enceintes et en
couches, avait, en grandissant, acquis de bonne heure
et presque sans s'en apercevoir, les connaissances théoriques et pratiques de l'art des accouchements. Le désir
de seconder sa mère avait fortifié son goût pour le travail et lui avait fait contracter cette habitude de bonté,
de douceur, de patience, cet esprit d'observation qu'elle
portait toujours auprès des femmes souffrantes. »
(CHAUSSIER.)

Mariée en 1792 avec un chirurgien de l'hôpital Saint-
Louis (1) (annexe de l'Hôtel-Dieu), elle n'en continua

---

(1) Charles Bon Côme Langlet dit Lachapelle fut successivement
externe, chirurgien commissionnaire, puis compagnon à l'Hôtel-
Dieu. Il est mentionné par deux fois sur les registres des délibérations. Le 2 juillet 1783, étant externe, il est classé treizième sur la
liste de « ceux qui se sont trouvés les plus capables et qui ont été
le plus assidus au service des pauvres malades et dont on a rendu les
témoignages les plus avantageux. » La Compagnie « reçoit les douze
premiers dans le rang ci-dessus pour faire fonctions de chirurgiens

pas moins à s'occuper avec sa mère du service de l'Hôtel-Dieu, devenu le grand Hospice de l'Humanité : et restée veuve sans enfants à 26 ans, elle se voua définitivement au service des pauvres, et fut nommée (1795) adjointe de Mme Dugès.

Lorsqu'il s'agit de réformer le service des accouchées et des enfants trouvés (1793), Chaussier nous dit que Mme Lachapelle, « dont le zèle, les lumières et l'activité étaient déjà bien connus (elle avait 24 ans),fut consultée sur cet objet avec plusieurs médecins distingués de la capitale, et insista sur la nécessité absolue qu'il y avait à séparer les femmes en couches des autres malades. »

Après avoir songé à transporter les femmes enceintes de l'Hôtel-Dieu auprès des enfants de la Patrie déjà établis au Val-de-Grâce (1), on arrêta les travaux com-

commissionnaires auprès des malades dudit Hôtel-Dieu, et néanmoins le treizième, qui est Charles Bon Côme Langlet dit Lachapelle, ne sera admis à faire ladite fonction de chirurgien commissionnaire, ni nourri audit Hôtel-Dieu, que lorsqu'il vaquera une place de chirurgien commissionnaire. »

Le 28 juillet 1784, Lachapelle, devenu chirurgien commissionnaire, concourt avec ses douze collègues pour quatre places vacantes de compagnon chirurgien et quatre qui viendront à vaquer ; « à l'égard desdits Couseraux, Picard, Guédon et Langlet, dit la délibération, ils ont été remis pour être interrogés de nouveau. » Il est donc très probable que, en 1792, Lachapelle était encore compagnon chirurgien (interne) à l'Hôtel-Dieu et *détaché* en cette qualité à l'hôpital Saint-Louis.

(1) Depuis le 25 messidor an III, en vertu d'un décret de la Convention du 7 ventôse an II.

mencés (2 octobre 1795), et le 17 octobre de la même année la Convention décida qu'on placerait les enfants à Port-Royal et les femmes enceintes à l'Oratoire, qu'on dut aménager pour cela.

———

QUATRIÈME PARTIE

L'HOSPICE DE LA MATERNITÉ

MAITRISE DE MADAME LACHAPELLE

1797-1821

CHAPITRE PREMIER

LA MAISON D'ACCOUCHEMENT

> « Consacrée tout entière au soulagement des mères souffrantes, à la conservation des enfants naissants, à la pratique, à l'enseignement de son art, la vie de Mme Lachapelle est essentiellement liée à la gloire, à la prospérité de cet établissement, aux progrès de l'art des accouchements.
>
> Professeur Chaussier.
>
> 25 juin 1822.

Procès-verbal de la Convention nationale
du 10 vendémiaire an IV

PRÉSIDENCE DE BAUDIN (DES ARDENNES)

UN membre, au nom du Comité de Salut public, présente un projet de décret qui est adopté en ces termes :

« La Convention nationale décrète que la maison dite du Val-de-Grâce servira d'hôpital militaire pour la légion de police; l'établissement de santé, déjà commencé au Val-de-Grâce, sera transporté à la maison de la Bourbe et à l'ancien Institut de l'Oratoire; charge le comité du Salut public de l'exécution du présent. »

Mme Lachapelle raconte, dans son introduction à la *Pratique des accouchements*, la part qu'elle prit à l'organisation nouvelle. « J'étais alors, dit-elle, adjointe à ma mère, sage-femme en chef de l'Hôtel-Dieu, et je fus chargée de diriger le service de la nouvelle institution jusqu'à ce qu'enfin tout arrangement et tout déménagement fût terminé (du 14 thermidor an IV au 19 frimaire an VI). Réunie alors à ma mère, elle approuva la plupart des dispositions que j'avais établies, et c'est de concert avec elle que j'agrandis depuis le plan que j'avais tracé. Le nombre des élèves sages-femmes alla toujours en augmentant, comme aussi celui des accouchements. »

L'administration des hospices mit rapidement l'Oratoire et Port-Royal en état de recevoir les femmes en couches, les enfants et les nourrices.

Les deux maisons, réunies sous la direction d'un seul agent de surveillance, formèrent l'*Hospice de la Maternité*, divisé en deux sections, l'allaitement et l'accouchement.

L'*Allaitement*, autrement et depuis appelé *Hospice des Enfants trouvés*, fut placé dans les bâtiments de

Port-Royal, tandis que l'*Accouchement* fut installé dans les bâtiments de l'Oratoire (rue d'Enfer).

Voici pourquoi : les bâtiments de Port-Royal étant beaucoup plus considérables que ceux de l'Oratoire, on se détermina naturellement à y placer la section d'allaitement qui comprenait, outre les enfants, un personnel de cent cinquante à deux cents nourrices.

Dans la maison d'accouchement, sise rue d'Enfer à l'Oratoire, on voulait seulement recevoir quelques femmes enceintes au terme de huit mois et les femmes en travail.

L'école d'accouchements n'existait encore qu'à l'état rudimentaire.

De 1797 à 1802, la section de l'accouchement fut dirigée par Mme Lachapelle seule, et régie à peu de choses près par le règlement de l'office des accouchées de l'ancien Hôtel-Dieu.

On n'avait fait que déménager l'ancien service. C'est ainsi qu'on avait transporté à l'Oratoire les lits doubles à cloison qui ne disparurent qu'en 1802.

En 1801, fut créé par le comte Frochot, préfet de la Seine, le conseil général des hôpitaux et hospices (27 nivôse an IX, 17 janvier 1801), dont l'un des premiers actes fut la rédaction du règlement pour le service de santé dans les hospices de Paris (4 ventôse an X, 22 février 1802), et du *Code spécial de la Maternité* (16 ventôse an X), bientôt modifié par l'arrêté de messidor de Chaptal.

Voici quels étaient l'organisation et le fonctionnement de la section d'accouchement un an après la
réorganisation :

MARIE-LOUISE DUGÈS, Veuve LACHAPELLE
Sage-femme en chef de la maison d'accouchement (1797-1821)

Le personnel médical se composait :

D'un médecin, Andry ;

D'un chirurgien accoucheur en chef, Baudelocque ;

D'un chirurgien en chef, Auvity ;

D'une sage-femme en chef, madame Lachapelle;
D'un élève en chirurgie, Petit.

Il existait le 1er vendémiaire an XI à la maison d'accouchement cent vingt-quatre femmes enceintes et accouchées.

1.767 entrèrent dans l'année.

De ces 1.891 femmes, 91 restaient au 1er vendémiaire an XII, 1.700 étaient sorties en bonne santé; 100 étaient mortes, soit une mortalité de 1 sur 17. 91/100.

Ces 100 décès s'étaient ainsi répartis par mois.

Vendémiaire...	4	Germinal.....	17
Brumaire.....	2	Floréal.......	15
Frimaire......	3	Prairial.......	7
Nivôse........	5	Messidor......	7
Pluviôse......	15	Thermidor....	8
Ventôse.......	5	Fructidor.....	12

La durée moyenne du séjour des accouchées avait été de 25 jours 81/100.

Il était né 845 garçons dont 799 sortirent, 36 moururent et 10 restaient au 1er vendémiaire an XII; et 754 filles dont 42 moururent, soit une mortalité totale de 1 sur 20 17/100. La durée moyenne du séjour des enfants avait été de deux jours 6/100.

C'est qu'en effet les enfants ne demeuraient à cette époque que deux jours à la maison de l'accouchement d'où ils passaient, soit aux nourrices sédentaires, soit aux nourrices de campagne.

Le service des femmes enceintes était fait par une surveillante et deux filles et celui de l'infirmerie par une surveillante et une fille. La part de la section de l'accouchement dans la dépense totale de la Maternité avait été de 116.727 fr. 20.

A partir de cette époque le nombre des accouchements et l'importance de la maison ne firent qu'augmenter et voici, d'après le *rapport fait au conseil général des hospices par un de ses membre sur l'état des hôpitaux, des hospices, etc., à Paris depuis le 1er janvier 1804 jusqu'au 1er janvier 1814,* le mode de fonctionnement et la statistique de la maison d'accouchement de la rue d'Enfer.

Une maison particulière, isolée, ayant de grands jardins, a été destinée à l'accouchement. Toutes les femmes qui ont terminé le huitième mois de leur grossesse, toutes celles qui, sans l'avoir même atteint, sont en péril imminent d'accoucher, ou se trouvent dans une misère absolue, légalement constatée, y sont admises. On reçoit leur déclaration, si elles croient devoir en faire, et presque toujours elles en font une ; mais elles peuvent s'y refuser, et on ne les interroge jamais alors sur leurs rapports moraux, civils ou domestiques ; leur état est la seule condition nécessaire pour leur ouvrir cet asile hospitalier. Quelques-unes donnent un nom supposé et un faux domicile ; et parmi celles-là, on en a vu déclarer qui elles étaient véritablement, quand leur état leur faisait craindre l'approche de la mort.

Les femmes admises dans la maison y sont placées loin des regards publics. Leur secret est aussi respecté qu'il doit l'être. On ne reçoit personne dans les salles où on les soigne; les administrateurs eux-mêmes n'y viennent que lorsque leur devoir les y appelle.

Toutes les femmes qui arrivent sont soumises à la visite du médecin, bien qu'elles ne se plaignent d'aucune maladie. La visite a surtout pour objet de s'assurer si elles n'ont pas besoin de quelque régime pour affermir leur santé à l'époque de l'accouchement.

Nous ne parlons pas de quelques dispositions prescrites par les règlements que l'on a recueillis sous le titre de *Code de la Maternité,* dispositions dont l'expérience a fait sentir les inconvénients, ou qui sont tombées d'elles-mêmes, tant elles étaient impraticables.

Police, Travail, Vêtemens

Les personnes admises doivent se conformer au régime prescrit par les médecins et la sage-femme en chef qui dirigent l'établissement. Elles doivent se conformer encore à tous les règlements de police intérieure.

En général, elles ne peuvent sortir. On le leur permet cependant, si des affaires personnelles ou des soins relatifs à l'enfant qui doit naître, l'exigent ; mais alors, elles doivent rentrer le soir même. Celles qui découcheraient ne seraient plus reçues que sur le point d'accoucher.

On peut leur parler deux fois par semaine dans les salles disposées exprès, et où une séparation est établie entre elles et les étrangers qui les visitent ; les priver d'aller au parloir est une des punitions les plus efficaces qu'on puisse leur infliger.

Toute femme reçue dans l'Hospice doit se livrer *aux travaux dont elle est capable et que son état lui permet*. Plusieurs ouvroirs sont établis sous la surveillance d'une directrice, laquelle indique, distribue et dirige le travail. Ils sont ouverts depuis 8 heures du matin jusqu'à 11 h. 1/2 et depuis 3 h. jusqu'à 6 h. On y confectionne tout ce qui sera nécessaire pour le vêtement des enfants, tant ceux qui restent à Paris que ceux qu'on mène à la campagne, et tout le linge destiné aux adultes de l'Hospice. Le prix du travail, pour chaque objet, est payé à l'instant même à la femme qui vient de l'achever. Ce prix est modique : il doit l'être à l'égard de femmes qui sont d'ailleurs soignées et nourries (vingt sous pour une chemise d'homme, quinze sous pour une chemise de femme, dix sous pour des camisoles de couche, trente-cinq sous pour des camisoles de drap ; dix sous pour des chemises de vêture, pour des robes, pour des tabliers plissés, cinquante sous pour des houppelandes, vingt sous pour des draps, quinze sous pour de grands fichus, des jupons de drap, etc.); et les expectantes néanmoins y trouvent encore un profit convenable : l'établissement y en trouve aussi; et cela, indépendamment de l'avantage qu'offrent en eux-mêmes, pour la maison et pour celles qui l'habitent, l'ordre et la moralité qui suivent toujours le travail.

On a trouvé encore dans cette mesure générale un moyen de répression pour les fautes commises. La femme qui désobéit, trouble l'ordre, viole la règle, est privée pendant un ou plusieurs jours du prix qu'elle aurait retiré de son travail; elle pourrait, en cas de faute grave, être éloignée de l'Hospice, pour n'y entrer qu'à l'approche du terme de l'accouchement.

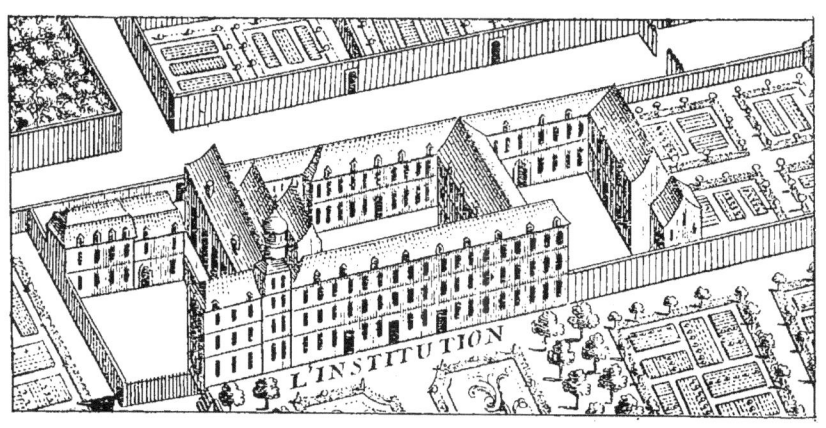

L'Institution de l'Oratoire en 1731

Si on veut avoir une idée approximative des objets confectionnés chaque année dans l'ouvroir de la maison d'accouchement, on pourra le trouver dans ce tableau publié par M. Hucherard pour l'année 1807.

DÉSIGNATION des objets CONFECTIONNÉS	QUANTITÉ confectionnée dans l'année	DÉSIGNATION des objets CONFECTIONNÉS	QUANTITÉ confectionnée dans l'année
Béguins............	20.011	Chemises de femmes	133
Bonnets d'indienne.	14.289	Camisoles de couches............	206
Bonnets de laine ...	5.032	Chemises d'hommes	28
Chemises à brassières.	14.120	Draps.............	235
Brassières d'indienne..............	228	Taies d'oreillers....	125
Couches..........	25.790	Tabliers plissés.....	560
Langes piqués.....	6.192	Serviettes.........	635
Langes de laine....	770	Torchons.........	886
Chemises de vêture.	12.985	Tabliers à cordons.	302
Chemisettes.......	2.136	Grands fichus......	134
Jupons...........	1.997	Houppelandes......	6
Robes	4.611	Camisoles de drap.	6
Fichus de garat....	14.928	Jupons de drap.....	41
Fichus de toile.....	11.000	Grandes paillasses..	82
Petits fichus doubles	200	Grands paillassons.	40

On fournit du linge à toutes les femmes, il y a des vêtements d'hiver et d'été pour habiller celles qui se trouveraient dans une indigence absolue.

Accouchements, Femmes en couches, Mortalité

Une salle est destinée aux femmes qui commencent à ressentir les premières douleurs ; elles y restent jusqu'au moment où on juge convenable de les faire passer dans la salle même de l'accouchement. On y place également les femmes qui n'étaient pas déjà dans l'hospice, et qui n'y arrivent qu'au moment où le travail de l'enfant commence pour elles.

Les lits des femmes en couches ont tous leur alcôve ; ils sont bons, bien garnis, bien couverts, à rideaux. Le berceau de l'enfant y est à côté de la mère qui le nourrit.

Il y a une garde pour six lits, et des veilleuses pour la nuit. Les élèves sages-femmes veillent aussi alternativement à l'infirmerie et dans les salles. La sage-femme en chef et les médecins visitent tous les jours les accouchées. L'élève qui a fait l'accouchement les visite plus souvent et rend compte de tout ce qui pourrait survenir.

La durée ordinaire du terme pendant lequel on garde les femmes accouchées est de huit jours. Elle se prolonge, si le médecin croit que leur état exige de les y garder encore. On reconduit dans leur demeure, avec les soins et les précautions désirables, les mères que leur position domestique ou des circonstances particulières empêcheraient de rester huit jours à la maison d'accouchement. Tous les objets nécessaires à l'enfant

15

lui sont fournis pendant tout le temps que sa mère reste à l'hospice. A sa naissance, on avertit l'agent de surveillance attaché à l'établissement, qui se transporte auprès du lit de la mère pour savoir quel nom elle veut lui donner, et recevoir d'elle toute déclaration autorisée ou prescrite par la loi. Un extrait de son registre est adressé aussitôt à la Municipalité, pour qu'elle constate la naissance, et qu'elle en dresse l'acte. La mère est aussi interrogée sur ses projets à l'égard de la nourriture de l'enfant.

A-t-elle, n'a-t-elle pas le dessein de s'en charger?

L'emmènera-t-elle en quittant l'hospice?

L'y laissera-t-elle?

Si elle l'emmène ou si elle le confie à une nourrice à son choix, pour être entretenu à ses frais, il n'y a et ne peut y avoir lieu à aucune surveillance postérieure de la part de l'administration. L'enfant qu'elle laisse, sans prouver, suivant les formes prescrites, qu'elle est dans l'impossibilité absolue d'en avoir soin, est réputé abandonné. La mère admise à nourrir le sien, passe à l'hospice de l'allaitement pour y faire fonction de nourrice sédentaire. On ne l'y admet qu'après s'être assuré de la bonté de son lait.

Voici d'après le même rapport la statistique de la maison d'accouchement dont nous venons d'exposer le mode de fonctionnement.

Le nombre des femmes qui sont venues dans les dix dernières années, 1804 à 1814, accoucher à l'hospice est de 21,053 ; le terme moyen serait 2,105 ; mais il y a une différence assez grande entre ces années. On en jugera par le détail qui suit :

ANNÉES	NOMBRE D'ACCOUCHÉES	ANNÉES	NOMBRE D'ACCOUCHÉES
1804	1.786	1809	1.946
1805	1.898	1810	1.999
1806	1.793	1811	2.622
1807	1.829	1812	2.645
1808	1.873	1813	2.662

On voit que la progression a été constante dans les neuf dernières années. Le terme moyen des accouchements, qui n'était d'abord que de 5 environ par jour, s'est élevé de 7 à 8.

De ces femmes, l'immense majorité n'étaient pas mariées, et près d'un cinquième venaient de la province ou de la banlieue, comme en témoigne le tableau suivant :

ANNÉE.	FEMMES non mariées.	FEMMES présumées MARIÉES.	FEMMES venant du DEHORS DE PARIS.
1804	1480	306	329
1805	1571	327	548
1806	1381	412	361
1807	1410	419	383
1808	1471	402	474
1809	1632	314	458
1810	1771	228	425
1811	2303	319	553
1812	2323	322	400
1813	2259	403	464

La plupart de ces femmes abandonnaient leur enfants. Pendant ces dix années, 2,634 seulement sur 21,053 sortirent de la maison avec leurs enfants ou les mirent en nourrice !

A ce point de vue donc, il n'y avait pas grande différence entre la nouvelle institution et l'ancien service de l'Hôtel-Dieu. Par contre la mortalité des accouchées avait diminué, tout en restant encore beaucoup plus élevée que Mme Lachapelle ne l'avait espéré en quittant l'Hôtel-Dieu.

Après avoir rappelé qu'il mourait autrefois à l'Hôtel-Dieu une accouchée sur treize, d'après le rapport fait à la Constituante par le duc de La Rochefoucauld Liancourt, le rapporteur ajoute : « Nous sommes assez heureux pour pouvoir affirmer que, même en prenant le nombre assigné par Tenon (1 sur 15 2/3), la mortalité est diminuée de moitié, bien que nous comprenions dans le calcul décennal comme année commune, celle où on a eu le malheur d'éprouver une fièvre puerpérale épidémique. »

ANNÉES	NOMBRE DES DÉCÈS	ANNÉES	NOMBRE DES DÉCÈS
1804	55	1809	79
1805	68	1810	75
1806	114	1811	107
1807	72	1812	163
1808	60	1813	66

« Tenon portait ensuite du treizième au quatorzième le nombre des enfants qui périssaient avant de voir le jour, qui arrivaient morts ; la mortalité en est aussi beaucoup moins forte aujourd'hui, effet des soins assidus que l'on donne à leurs mères enceintes. Espérons, concluait le rapporteur, que ces soins toujours

plus actifs, plus prévoyants, plus éclairés, amèneront
un résultat plus favorable encore à l'humanité. »

L'année 1814 fut marquée par une nouvelle trans-
formation.

La Maternité fut divisée en deux établissements dis-
tincts. Cette division était désirée depuis longtemps.
Les dépenses de la maison d'accouchement étaient
en effet à la charge de la ville de Paris ; celles de la
maison des Enfants trouvés devaient au contraire faire
partie des dépenses de l'État et être acquittées sur le produit des centimes additionnels.

De plus, d'autres raisons décidèrent le changement.

Lorsque, grâce au citoyen Chaptal, l'école fut portée
à cent cinquante et même deux cents élèves sages-
femmes, les bâtiments de l'Oratoire devinrent insuf-
fisants et il fallut louer, pour y établir le pensionnat,
une maison voisine de l'hospice et sise rue d'Enfer
(hôtel Lautreck). Cette maison grevait de six mille
francs par an le budget de la Maternité.

En même temps le nombre des femmes enceintes et
en couches s'accrut considérablement. Et, le système
des nourrices sédentaires ayant changé, les bâtiments
de Port-Royal se trouvèrent beaucoup trop considérables pour les enfants trouvés. Aussi le Conseil général d'administration des hospices décida, par arrêté du
29 juin 1813, la mutation des deux maisons et leur
séparation définitive.

Le 1er octobre 1814, la maison d'accouchement et l'école des sages-femmes furent transférées dans l'abbaye de Port-Royal où elles sont restées.

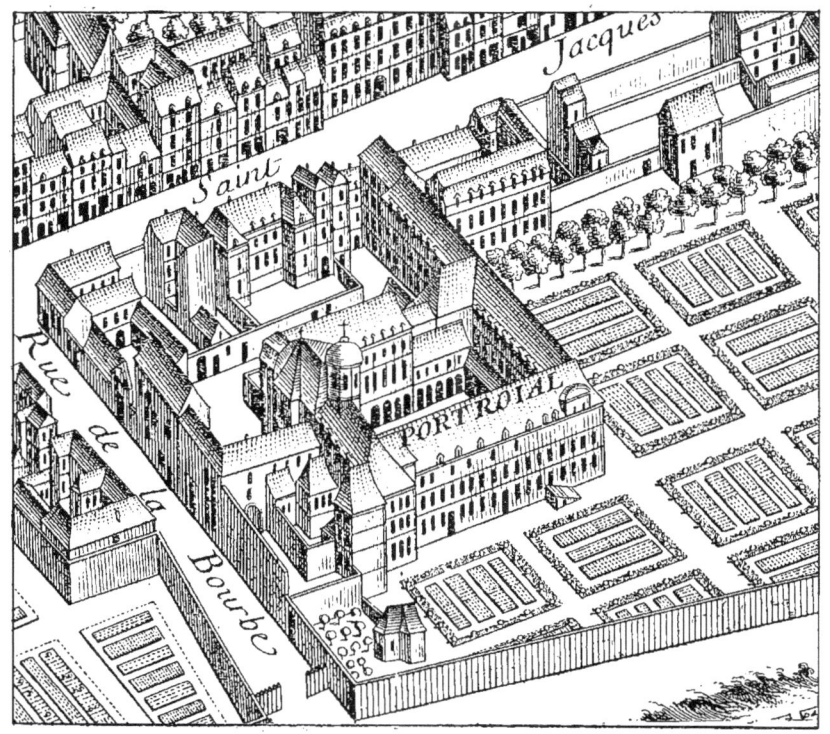

L'Abbaye de Port-Royal en 1731

Depuis 1796, de nombreux changements de toutes espèces avaient été faits dans les bâtiments de l'abbaye pour les approprier à leur nouvelle destination.

Lorsqu'en effet l'administration en avait pris possession en 1796, tout y respirait la terreur (1). Des portes, d'énormes ferrures, des verrous défendaient l'entrée non seulement de la maison, mais encore des emplois. Les croisées étaient garnies de grilles en fer,

(I) L'Abbaye de Port-Royal-des-Champs, fondée en 1204,par Mathieu de Montmorency, seigneur de Marly, et par Mathilde de Garlande, sa femme, au fief de Porrois, fut réformée en 1609 par Jacqueline-Marie-Angélique Arnault.

Mme Arnault fille de M. Marion, avocat général, et mère de l'Abbesse ci-dessus,étant devenue veuve, voulut se faire religieuse sous la conduite de sa fille.

Connaissant la situation de Port-Royal-des-Champs, où toutes les religieuses étaient malades, elle acheta de ses deniers l'Hôtel de Clagny, situé faubourg Saint-Jacques, pour y établir un hospice ou infirmerie pour les religieuses malades. Puis le Monastère des champs devenant de plus en plus malsain, on fut obligé de l'abandonner entièrement, et en 1625 ou 1626, on vint s'établir à Paris dans la maison de Clagny. Marie de Médicis en prit le titre de fondatrice et bienfaitrice. Les quatre-vingt-quatre religieuses s'établirent comme elles purent dans la maison nouvelle. Ce ne fut qu'en 1646 qu'on commença le bâtiment de la Chapelle.

Elle fut bâtie par Lepautre, achevée en 1648 et consacrée par Monseigneur de Gondy.

Cette chapelle ne présente de remarquable que son portail ; la chapelle des fonts baptismaux est décorée d'une ancienne boiserie sur laquelle est sculpté un vase antique. La tradition rapporte que ce vase figurait celui qui était déposé dans le couvent de Port-Royal, et qui était un des vases employés aux noces de Cana, lorsque le Christ changea l'eau en vin.

On admirait avant la Révolution, dans le chœur des religieuses construit par Mme de Chiverni, veuve D'Aumont, un tableau représentant la Cène peint et donné par Philippe Champagne, dont la fille était religieuse dans la maison. Ce tableau a été en 1792 ou 1793 transféré au Musée du Louvre. Il y avait encore en dépôt dans ladite chapelle une épine de la couronne de Notre Seigneur Jésus-Christ qui avait été qui servirent à payer les berceaux en fer placés en 1815 dans la crèche des enfants trouvés.

Tout cela disparut; il ne resta de la prison que l'entrée de la rue de la Bourbe. On démolit également plusieurs des bâtiments de l'abbaye qui, construits au fur et à mesure des besoins, avaient été amoncelés irrégulièrement dans un espace restreint, et gênaient la circulation de l'air.

C'est ainsi que la cour des Fontaines, présentement occupée par le chantier, était en grande partie couverte de constructions. Il y en avait aussi plusieurs sur la rue du Faubourg-Saint-Jacques.

donnée par M. Leroy de la Portherie. On racontait que la nièce de Pascal, âgée de dix ans, Mlle Perier, avait été en 1656 guérie d'une fistule lacrymale par l'attouchement de cette épine.

Les autres bâtiments furent successivement ou construits ou appropriés suivant les besoins du Monastère, d'où leur grande irrégularité.

Le chœur des religieuses (actuellement la lingerie), et les bâtiments qui règnent au-dessus (dortoirs d'élèves sages-femmes), furent construits par Mme Hurault de Chiverni, qui, devenue pensionnaire de Port-Royal, en acquitta les dettes, fit élever les murs de clôture du grand jardin et se fit construire, dans l'intérieur du couvent, un pavillon à deux ailes (logement du directeur et magasin).

Le chapitre qui est au bout du chœur et les bâtiments au-dessus ont été élevés aux frais de Mme la marquise de Sablé (ouvroir des femmes enceintes, salle d'étude, infirmerie).

Le logement au-dessus de la sacristie et tous les bâtiments situés au couchant du côté du cloître, ont été contruits par Mme la princesse de Guémené.

L'Abbaye de Port-Royal fut supprimée en même temps que les autres communautés religieuses, au mois d'août 1792. Et, en 1793, on en fit une prison (Port-Libre) pour les suspects.

Elle ne fut désaffectée qu'en vendémiaire an IV.

La cour principale était encombrée et on n'y conserva qu'une seule aile de bâtiments, avec deux petites pièces à chaque étage, qui fut démolie depuis.

Enfin, de nouvelles modifications furent faites pour l'installation de la maison d'accouchement, et voici quels étaient au 1ᵉʳ janvier 1817, lorsque l'installation fut complète, l'état et l'affectation des bâtiments.

Rez-de-chaussée. — Toutes les pièces au rez-de-chaussée ont été consacrées aux services généraux : bureaux, parloirs, cuisine, magasins, lavoir, salle de bains, pharmacie, amphithéâtre et ses dépendances pour les leçons de théorie, réfectoire des élèves, réservoir, classes, lingerie, dépôt des vêtements des femmes enceintes, salle de réception, réfectoire des femmes enceintes, buanderie.

Le cloître qui existait du temps des religieuses a été conservé et sert de promenoir d'hiver pour les élèves sages-femmes et les femmes enceintes. Ce cloître qui n'a que trois côtés, le quatrième étant occupé par l'église, a 112 mètres de longueur et 2 mètres 95 de large.

Au premier étage. — Dans le bâtiment principal, du côté du jardin, on a fait des dortoirs pour les femmes en couches. Dans un autre bâtiment en retour du précédent sont les infirmeries des femmes en couches.

Dans d'autres bâtiments sont les dortoirs des élèves sages-femmes, les dortoirs des femmes enceintes, et des logements pour différents employés.

Le deuxième et le troisième étage sont occupés, comme le premier, par différentes classes d'administrées.

Mme Lachapelle est logée au deuxième, à proximité de la salle des accouchements et des dortoirs des femmes en couches, dans l'ancienne crèche de l'hospice des Enfants trouvés; ce logement est éclairé par vingt-quatre croisées.

On doit utiliser des greniers en y établissant des dortoirs pour les femmes enceintes.

On a donné à M. Dubois, chirurgien accoucheur en chef, un petit logement pour lui servir de pied à terre. Ce logement est au premier et donne sur la cour.

Tout annonce que ce logement, qui est contigu à l'église, faisait partie du logement de l'abbesse, car il y a dans sa dépendance une tribune qui donne sur l'église.

L'amphithéâtre, où les élèves sages-femmes se réunissent pour recevoir des leçons de théorie sur les accouchements, est placé dans l'ancien réfectoire des religieuses.

La population de la maison, au 1er janvier 1817, était la suivante :

Femmes enceintes..................	102
Femmes en couches...............	82
Enfants.........................	**26**
Élèves sages-femmes..............	103
Employés	56
	369

Les locaux occupés par les femmes enceintes étaient ainsi disposés :

Femmes enceintes,   10 salles.
Femmes en couches,   4 salles.
Infirmerie des femmes en couches,   7 salles.

Les dortoirs des femmes enceintes sont de différentes dimensions et contiennent :

NOMBRE de SALLES	NOMBRE de LITS	Hauteur	Largeur	Longueur	NOMBRE de CROISÉES
1	23 lits.	2^m	$6^m 33$	$19^m 30$	13
1	22 —	2 90	6 33	19 30	13
1	8 —	2 80	3 80	11 60	7
1	12 —	2 60	6 40	7 30	3
1	9 —	3 »	3 80	11 60	8
1	12 —	2 60	6 40	7 30	3
1	11 —	3 30	6 40	7 30	8
1	6 —	2 60	3 80	11 60	6
1	5 —	2 60	6 40	7 30	6
1	22 —	3 30	6 33	19 30	13

Salles des femmes en couches.

Les corridors des femmes en couches méritent de fixer l'attention d'une manière particulière et forment un service dont les dispositions sont, en 1817, considérées comme des modèles.

Ils ne sont autre chose que les cellules des religieuses

dont on a retiré les cloisons de face. Chaque accouchée a son alcôve ou cellule qui a 2 m. 65 de long, 2 m. 70 de large, qui est éclairée par une croisée. On peut facilement mettre dans chaque alcôve un lit pour y coucher la femme, un lit de sangle pour la changer, un berceau pour y mettre son enfant, et une table de nuit ; au-dessous des appuis des croisées on a construit de petites armoires dans lesquelles on peut mettre le petit mobilier ou papiers qui appartiennent à l'accouchée.

Pour rendre parfait le système des corridors avec cellules, il ne manquait plus que d'établir dans chaque corridor ou salle une petite cheminée pour chauffer les tisanes, qu'on chauffait alors sur le poêle allumé, même en été.

Quels changements pour madame Lachapelle ! Au lieu du misérable service de l'Hôtel-Dieu, un hôpital spécial, complètement isolé, entouré de jardins, occupant une superficie de 32.500 mètres, desservi par cinquante-six employés, et offrant pour loger cent-quatre-vingt-quatre femmes, vingt et une salles vastes et bien aérées.

Au lieu des quatre apprenties de l'Hôtel-Dieu, plus de cent élèves sages-femmes. A la place du personnel médico-chirurgical restreint et souvent incompétent de l'ancien Hôtel-Dieu, un chirurgien accoucheur en chef, un chirurgien adjoint, un médecin en chef, un médecin adjoint, une élève sage-femme principale, un élève en médecine.

Il y avait à coup sûr progrès, et progrès considérable ; et cependant la nouvelle organisation ne tint pas tout ce qu'on en attendait.

La fièvre puerpérale continua à sévir ainsi qu'en témoigne le tableau suivant :

ANNÉES	NOMBRE des ACCOUCHEMENTS	NOMBRE DES DÉCÈS
1814	2.309	127
1815	2.349	130
1816	2.422	42

A partir de 1817, les décès sont répartis en deux catégories : 1° ceux qui surviennent à la suite d'affections puerpérales bien constatées ; 2° ceux qui sont consécutifs à des affections puerpérales douteuses.

ANNÉES	NOMBRE des accouchements	NOMBRE DES DÉCÈS		
		PAR AFFECTION puerpérale CONSTATÉE	PAR AFFECTION puerpérale DOUTEUSE	TOTAL
1817	2.814	28	34	62
1818	2.411	111	40	151
1819	2.528	134	52	186
1820	2.431	110	43	153

C'est-à-dire qu'en 1819, madame Lachapelle revit encore cette mortalité effroyable de une accouchée sur 13,59 qu'elle avait cru devoir disparaître en même temps que l'office des accouchées de l'Hôtel-Dieu. Nouvelle preuve (venant s'ajouter à l'expérience de 1664) que la disposition architecturale des locaux n'est pas le fait capital dans l'hygiène des maternités.

CHAPITRE II

L'ÉCOLE DES SAGES-FEMMES

A pénurie des sages-femmes dans les provinces, signalée dès la première moitié du XVIII° siècle par le Procureur général, leur ignorance profonde chaque jour constatée, n'avaient été modifiées que d'une façon insignifiante par la création des cours théoriques d'accouchement dans les écoles de médecine (1745) et par la mission de madame Leboursier-Ducoudray dans les campagnes. Aussi, en 1789, les mandataires du peuple aux États généraux et à l'Assemblée constituante furent-ils chargés de réclamer à ce sujet une réforme dont la nécessité se faisait de plus en plus sentir.

« De toutes les parties de la France, alors, dit Baudelocque, le cri de l'humanité se fit entendre pour obtenir des sages-femmes et pour en obtenir de bonnes. »

La courte durée de la session de cette première Assemblée nationale ne lui permit pas de remplir ce vœu.

La Convention nationale ne s'occupa que de l'organisation matérielle de l'hospice de la Maternité. Et de 1797 à 1801, la direction et l'organisation de la maison d'accouchement furent, ainsi que nous l'avons déjà vu, complètement abandonnées à madame Lachapelle qui élabora, de concert avec sa mère, un plan qu'elle devait plus tard étendre avec l'appui de Chaptal et l'aide de Baudelocque dès longtemps aussi préoccupé par ces questions.

« Lorsque tout fut bien arrangé (à l'Oratoire, par les soins de madame Lachapelle), dit Chaussier, madame Dugès s'y transporta; on y reçut les femmes enceintes, on y admit des élèves, on y continua les leçons telles qu'elles se faisaient auparavant à l'Hôtel-Dieu, et qui étaient toujours bornées à trois mois; mais le temps consacré à cet enseignement était trop court pour que les élèves admises à cet Hospice pussent, même avec les dispositions les plus favorables, y acquérir les connaissances nécessaires pour former de bonnes sages-femmes. Madame Lachapelle l'avait bien senti, et s'occupait à agrandir, à exécuter le plan qu'elle avait conçu », quand un arrêté du conseil des hospices nouvellement créé vint, en 1802, contrecarrer ses vues.

En effet, le règlement du 4 ventôse an X (22 février 1802), pour le service de santé dans les hospices

16

de Paris, édictait, sous le titre d'*Instruction pratique
à l'hospice de la Maternité,* les dispositions suivantes :

A<small>RT</small>. 97. — Il sera donné à l'hospice de la Maternité une instruction pratique sur les accouchements, à
laquelle seront admis des élèves médecins ou chirurgiens et des élèves sages-femmes au nombre qui sera
déterminé (six au moins).

A<small>RT</small>. 98. — Ces élèves ne seront admis que
d'après un examen qui constatera qu'ils ont fait des
études théoriques préliminaires, et qu'ils sont en état
d'être admis à l'instruction pratique. A cet effet les
uns et les autres se présenteront munis de certificats
des cours qu'ils auront suivis.

A<small>RT</small>. 99. — L'examen mentionné en l'article précédent sera fait par les officiers de santé de l'hospice.

A<small>RT</small>. 100. — Les élèves sages-femmes seront six
mois en exercice ; les élèves accoucheurs pourront
passer à l'hospice une année entière.

A<small>RT</small>. 101. — La sage-femme dirigera, sous l'ins-
pection du chirurgien en chef, les élèves sages-femmes
dans la pratique des accouchements. Le chirurgien en
chef remplira les mêmes fonctions à l'égard des élèves
accoucheurs.

A<small>RT</small>. 102. — Indépendamment du manuel des
accouchements auquel ils sont exercés, les élèves chirurgiens suivront la visite du médecin et du chirurgien

ordinaires de l'hospice, pour s'instruire dans le traitement des maladies qui se compliquent avec l'accouchement, et de celles qui sont particulières aux enfants.

ART. 103. — Conformément à l'article 94, la
sage-femme et le chirurgien en chef feront tenir, par
les élèves de division, une note des accouchements qui
auront eu lieu dans l'année. Tous les trois mois il sera
fait un relevé de ces notes, dans lequel on indiquera
l'espèce de chacun des accouchements, et la proportion
de ceux qui auront été laborieux. Ces relevés seront
adressés au Conseil d'administration.

Ce règlement n'eut qu'une existence éphémère. Il
n'est pas douteux que c'est en grande partie à l'instigation de madame Lachapelle, que le comte Chaptal
qui, le 19 ventôse an X, approuvait l'organisation précédente, revint sur sa décision et attribua, par son arrêté
en date du 11 messidor an X, l'école de l'Oratoire aux
seules élèves sages-femmes.

Madame Lachapelle dit, en effet (INTRODUCTION, p. 3) :
« C'est à monsieur Chaptal, alors ministre, que nous
dûmes cet accroissement, ainsi que l'organisation de
notre école. Monsieur Baudelocque fut alors nommé
professeur ; il perfectionna notre ouvrage. »

Les arrêtés et les circulaires qui suivent, concernant
la création de l'école, indiquent nettement le but qu'on
se proposait d'atteindre et les moyens d'y parvenir.

ARRÊTÉ DU MINISTRE DE L'INTÉRIEUR DU 11 MESSIDOR AN X

Le Ministre de l'Intérieur, sur le rapport de son bureau des secours et hôpitaux de la République,

Vu le projet d'organisation présenté par le Conseil d'administration des hospices, pour le service de la Maternité,

Arrête ce qui suit :

ARTICLE PREMIER

Le service de santé à l'hospice de la Maternité sera distribué en deux divisions principales :

1° La direction des accouchements, et l'instruction à donner aux élèves sages-femmes.

2° La direction du régime des enfants, et le traitement des malades qui seront reçues dans les infirmeries.

TITRE PREMIER

Du service d'accouchement et de l'instruction y relative

ARTICLE 2

Il sera admis à l'hospice de la Maternité des élèves sages-femmes au nombre que pourra le permettre l'étendue des bâtiments.

ARTICLE 3

Elles y seront logées, nourries, chauffées et éclairées moyennant pension, dont le prix sera ultérieurement déterminé sur un acte de proposition du conseil d'administration, revêtu de l'avis du préfet du département.

ARTICLE 4

Dans le cas où les demandes des préfets des départements, pour l'envoi des élèves sages-femmes, excéderaient le nombre que l'étendue des bâtiments permettra d'y recevoir, le conseil d'administration pourra prendre des mesures pour leur assurer un asile à la proximité de l'hospice, si mieux n'aiment les élèves se loger à leurs frais et dépens.

ARTICLE 5

Le cours d'études commencera le 1er messidor et le 1er nivôse de chaque année; sa durée sera de six mois.

ARTICLE 6

Les élèves qui ne se croiront pas suffisamment instruites à la fin de leur semestre, pourront en passer un autre dans l'hospice, au même titre, en prévenant un mois d'avance; pour obtenir cette autorisation, elles seront tenues de se présenter au jury de santé de l'hospice, qui déterminera si cette prolongation de séjour leur est nécessaire, et si elles sont dans le cas d'en profiter.

ARTICLE 7

Il sera fait chaque semestre un cours théorique d'accouchements; sa durée sera de six mois. Il y aura deux cours par semaine, aux jours et heures qui seront indiqués.

ARTICLE 8

La durée de chaque leçon sera d'une heure. La moitié de ce temps sera consacrée à l'enseignement des diverses parties de l'art, et l'autre moitié à des conférences sur le sujet des leçons qui auront précédé, dans lesquelles les élèves seront tenues de répondre aux questions qui leur seront proposées, afin de juger de leur aptitude et de leurs progrès.

ARTICLE 9

Indépendamment de ces leçons théoriques et élémentaires, les élèves sages-femmes seront exercées au manuel des accouchements par la sage-femme en chef.

ARTICLE 10

Toutes seront appelées aux accouchements qui se feront dans l'hospice, mais aucune ne sera admise à opérer, même dans les cas les plus ordinaires, qu'elle n'ait été reconnue par l'accoucheur et la sage-femme avoir les connaissances requises.

ARTICLE 11

Deux élèves seulement seront admises auprès de chaque femme en travail; mais, autant qu'il sera possible, on associera l'une des moins instruites à l'une de celles qui auront déjà le plus de connaissances.

ARTICLE 12

Toutes les élèves seront employées ainsi successivement et à tour de rôle, de sorte qu'à la fin de leur semestre elles auront vu faire et fait autant d'accouchements les unes que les autres.

ARTICLE 13

Elles seront dirigées dans ce cours de pratique par la sage-femme en chef.

ARTICLE 14

Il sera rédigé, sur la manière dont se font ces cours et exercices pratiques, une instruction dans laquelle les devoirs de la sage-femme et des élèves seront détaillés ; elles seront tenues de s'y conformer.

ARTICLE 15

Toutes les fois que l'accouchement sera jugé impossible par les seules forces de la mère, ou qu'il y aura nécessité de l'opérer, les élèves y seront également appelées dans tel nombre que la sage-femme jugera convenable.

ARTICLE 16

La sage-femme en chef opérera ces sortes d'accouchements si elle n'entrevoit de danger ni pour la mère ni pour l'enfant, ni de très grandes difficultés pour l'exécution, mais dans l'un et l'autre cas, elle en fera donner avis à l'accoucheur en chef, à moins cependant qu'il n'y ait un danger plus imminent à différer l'opération.

ARTICLE 17

Le but de l'institution étant de former autant que possible les élèves sages-femmes à la pratique, elles pourront aussi opérer dans quelques-uns de ces cas difficiles, lorsque la sage-femme et l'accoucheur en chef le jugeront convenable, mais elles le feront toujours en présence de l'un de ces chefs.

ARTICLE 18

Elles seront appelées à tour de rôle en commençant par la plus instruite.

ARTICLE 19

Dans les cas ordinaires, les élèves de tour ne pourront quitter la femme qu'elles auront accouchée que deux heures après la délivrance. L'une d'elles restera constamment près de cette femme pour veiller à ce qu'il ne survienne pas d'accidents, et pour faire appeler à propos la sage-femme en chef si la circonstance l'exige.

L'autre élève sera chargée de donner des soins à l'enfant.

ARTICLE 20

Les mêmes élèves seront tenues de visiter les femmes qu'elles auront accouchées, deux fois le jour, le matin et le soir, afin de bien observer tout ce que présente l'état ordinaire de couches, et de prévenir à temps la sage-femme des complications qu'il pourrait offrir.

ARTICLE 21

Elles multiplieront leurs visites auprès des femmes qui seront malades, et, selon la gravité de la maladie, une d'elles sera constamment de garde pour veiller à ce que le service se fasse ponctuellement, pour observer les variations qui auront lieu dans le cours de la journée et de la nuit, et en rendre compte au médecin lors de sa visite.

ARTICLE 22

Une seule élève pourra exercer cette surveillance dans plusieurs salles. Elle sera relevée par une autre au bout de quatre heures. Toutes feront ce service successivement et à tour de rôle.

ARTICLE 23

Il sera tenu chaque jour une note exacte des accouchements qui se feront dans la salle de pratique destinée aux élèves sages-femmes.

Elle sera rédigée par les élèves même ou par la sage-femme en chef et déposée dans un carton dont le chirurgien accoucheur en chef pourra toujours prendre communication.

ARTICLE 24

Les élèves sages-femmes subiront un examen à la fin de chaque semestre, en présence du conseil de santé de l'hospice, composé du médecin et du chirurgien ordinaires, et du chirurgien accoucheur en chef ; il y sera adjoint deux commissaires nommés l'un par le conseil général d'administration, et l'autre par l'école de médecine.

ARTICLE 25

Il sera délivré un certificat de capacité à celles qui en seront jugées dignes à la majorité des suffrages.

TITRE DEUXIÈME

Du régime des enfants et du service de l'infirmerie

ARTICLE 26

Le traitement des malades dans les infirmeries et la direction du régime des enfants seront confiés au médecin et chirurgien ordinaires de l'hospice.

ARTICLE 27

Les visites se feront chaque jour par le chirurgien ordinaire. Deux jours au moins par semaine le médecin et le chirurgien accoucheur en chef se réuniront au chirurgien ordinaire pour les visites.

ARTICLE 28

Indépendamment des visites régulières, le médecin et le chirurgien accoucheur en chef se concerteront dans tous les cas graves avec le chirurgien ordinaire, qui sera tenu de les appeler.

ARTICLE 29

Il sera attaché au chirurgien ordinaire, pour son service, un élève interne qui résidera dans la maison d'allaitement.

L'élève interne attaché à l'accoucheur en chef résidera dans la maison d'accouchement.

ARTICLE 30

Le préfet de la Seine est chargé de l'exécution de ces dispositions.

CIRCULAIRE DU MINISTRE DE L'INTÉRIEUR
AUX PRÉFETS DES DÉPARTEMENTS

9 thermidor an X (28 juillet 1802)

L'inexpérience des sages-femmes est un des fléaux qui, depuis longtemps, pèsent sur les habitants des campagnes. Plusieurs fois vous avez voulu chercher les moyens d'y remédier en établissant des cours d'accouchements, mais cette mesure ne pouvait répondre à votre sollicitude, en ce que, réduite à la simple théorie, elle n'offrait pas des moyens suffisants d'instruction, et qu'à cet inconvénient se joignait encore celui de vous entraîner dans des dépenses que vos ressources ne permettent pas de faire.

Je crois avoir trouvé, dans l'organisation des hôpitaux de la ville de Paris, les moyens de seconder les désirs que vous m'avez souvent manifestés, de procurer aux sages-femmes une instruction plus complète et à la fois moins dispendieuse.

Je ne puis trop vous recommander de profiter des avantages que vous offre cette organisation, et de diriger en conséquence l'emploi des fonds votés par les conseils généraux pour cette partie de vos dépenses administratives.

La mesure que je vous indique est préférable à l'ouverture des cours d'accouchements dans chaque arrondissement, puisque, indépendamment d'une instruction plus étendue, plus conforme aux principes, elle vous donne aussi par l'économie dans la dépense le moyen de former un plus grand nombre d'élèves.

ARRÊTÉ DU CONSEIL DES HOSPICES

Relatif aux cours d'accouchements à l'hospice de la Maternité. 11 thermidor an X (30 juillet 1802).

Le Conseil général,
Ouï le rapport d'un de ses membres,
    Arrête :

1º L'école d'accouchement pour les femmes à l'hospice de la Maternité s'ouvrira le lundi 5 fructidor an X, à midi.

2º Le Président du Conseil et deux membres du Conseil, avec deux membres de la Commission administrative, se transporteront à l'hospice pour faire cette ouverture.

3º Les femmes qui suivent le cours d'accouchement à l'école de médecine pourront assister aux cours d'accouchement de la Maternité. Elles y entreront sur les cartes qui leur seront remises par le chirurgien accoucheur en chef; elles ne pourront entrer que dans la salle où les leçons du chirurgien accoucheur en chef seront données; elles ne participeront pas à la pratique des accouchements.

Signe : PASTORET, *vice-président.*

CIRCULAIRE DU MINISTRE CHAPTAL
AUX PRÉFETS DES DÉPARTEMENTS

Paris, le 30 fructidor an XI de la République.

LE MINISTRE DE L'INTÉRIEUR AUX PRÉFETS DES DÉPARTEMENTS

Frappé des malheurs qu'occasionnait l'impéritie des sages-femmes, surtout dans les communes rurales, je conçus en l'an X, citoyen préfet, l'idée de rétablir l'enseignement d'un art qui exerce une si grande influence sur la population. Je dus naturellement en chercher les moyens dans la capitale comme offrant plus de ressources pour l'instruction. Je pris en conséquence, le 11 messidor de ladite année, un arrêté qui organisait sur un nouveau plan les cours d'études institués à l'hospice de la Maternité, à Paris, et d'après lequel des élèves de tous les départements pouvaient y être admises.

Un très grand nombre de préfets se sont empressés d'envoyer des sujets dans cette nouvelle école théorique et pratique des accouchements.

Quatre-vingts élèves ont fréquenté le premier cours qui a commencé en nivôse dernier ; et j'ai vu avec satisfaction que la plus grande partie avait mérité des certificats de capacité, et avait déjà reporté dans leurs départements les connaissances nécessaires pour pratiquer leur art avec succès.

Quelques-unes, ne se croyant pas suffisament instruites, ont obtenu, conformément à l'article 6 de mon arrêté, la permission de passer un second semestre à l'hospice, à vue de la déclaration du jury de santé de l'établissement, portant que cette prolongation de séjour leur était nécessaire, et qu'elles étaient dans le cas d'en profiter.

Le plan d'organisation de la maison de la Maternité a été conçu de manière à offrir aux élèves, moyennant la faible rétribution de deux cent cinquante francs, tous les moyens d'instruction qu'on peut désirer.

Les leçons y sont faites par le citoyen Baudeloque, le professeur le plus expérimenté dans l'art des accouchements. Une discipline sévère entretient parmi les élèves la discipline et les mœurs.

Elles trouvent à l'hospice une nourriture abondante, saine et variée, et il a été pris des mesures pour leur assurer, même dans l'état de maladie, les mêmes soins qu'elles recevraient dans le sein de leurs familles.

Une institution parvenue en aussi peu de temps à ce degré d'existence, malgré les embarras inséparables des premiers moments, donne de grandes espérances pour l'avenir, et on doit en attendre les plus heureux résultats, lorsqu'elle aura reçu son complément de l'expérience.

Les cours particuliers d'accouchements, dont la loi du 3o ventôse autorise la création dans les départements, pourront être avantageux pour les femmes des campagnes, que l'insouciance et des habitudes domestiques empêchent souvent d'aller chercher au loin les connaissances nécessaires à la pratique d'un art dont elles se sont emparées. Mais ces cours n'offriront jamais les mêmes sources d'instruction et la même abondance de lumières que ceux de la Maternité.

L'art difficile des accouchements ne peut être enseigné, citoyen préfet, avec un égal succès sur tous les points de la République, soit à défaut de professeurs assez habiles, soit parce que les leçons théoriques n'y sont pas éclairées par une pratique assez nombreuse.

Les cours les plus savants et les plus approfondis ne laissent ordinairement que des traces fugitives dans l'esprit de ceux qui les ont suivis avec le plus de soin, lorsqu'ils n'ont pas été fortifiés par de fréquents exercices cliniques. Ainsi l'on peut dire avec vérité, qu'à l'exception de quelques grandes villes, de celles qui possèdent des écoles de médecine, il n'en est presque point

d'autres qui présentent des ressources suffisantes pour l'instruction dans cette partie.

La méthode d'enseignement n'y est d'ailleurs point uniforme ;
elle y est trop généralement encore asservie à d'anciens pré-
jugés, et à une routine souvent très funeste.

Je ne puis donc trop vous engager, citoyen préfet, de continuer
à envoyer, chaque année, quelques élèves de votre département
aux cours d'accouchements de l'hospice de la Maternité. Elles y
viendront comme à une école de perfectionnement, et vous
pourrez à cet effet fixer de préférence votre choix sur celles qui
auront déjà quelques notions de l'art, et qui annonceront des
dispositions distinguées. L'espoir d'être désignée ne pourra
qu'exciter l'émulation dans les cours des départements, et con-
tribuera ainsi aux progrès de la science.

Je viens au surplus d'ajouter à l'article 24 de mon règlement
du 11 messidor de l'an X, une disposition qui pourra concourir
à la prospérité de l'institution de la Maternité et à l'avantage
des élèves.

Cet article porte que les élèves subiront, en présence du
conseil de santé de l'hospice, un examen auquel assisteront un
commissaire de l'école de médecine de Paris, et un autre dési-
gné par le conseil général des hospices.

Mon but, dans cette mesure, avait été que les élèves qui
auraient donné, dans cette épreuve, des témoignages suffisants
de leurs connaissances, reçussent de l'école le certificat de capacité qu'elle délivrait aux élèves qui avaient suivi ses cours, après
un pareil examen fait par deux de ses professeurs.

Mais comme cette disposition aurait pu devenir illusoire, ou
du moins n'avoir pas tout son effet, je viens d'arrêter en outre,
en maintenant les articles 24 et 25 de mon règlement, que le
certificat délivré par l'école de médecine aux élèves de la
Maternité, serait présenté au jury médical des départements de

ces mêmes élèves, et échangé contre un diplôme de sage-femme, sans examen et sans frais. Si le diplôme, délivré par un jury de département à une élève qui aura suivi le cours gratuit d'accouchements établi dans ce département, lui donne le droit d'exercer librement la profession d'accoucheuse, à plus forte raison ce droit doit-il être acquis à une élève de l'hospice de la Maternité, qui aura reçu une instruction bien supérieure, et qui aura obtenu le certificat honorable de l'école de médecine.

La condition de cette dernière doit être au moins aussi avantageuse; elle sera tenue cependant de faire enregistrer le diplôme que le jury lui aura délivré en échange de son certificat de capacité de l'école de médecine, au tribunal de première instance et à la sous-préfecture de l'arrondissement où elle s'établira, conformément à l'article 34 de la loi du 19 ventôse.

Vous voudrez bien, citoyen préfet, tenir la main à l'exécution de ces diverses dispositions, et ne pas perdre de vue que les cours d'études de l'hospice de la Maternité commencent le 1er nivôse et le 1er messidor de chaque année.

J'ai l'honneur de vous saluer.

Signé : CHAPTAL.

Après quelques amendements apportés au plan primitif, et dont le principal fut la prolongation de la durée du cours (1 an au lieu de 6 mois), on arriva à la formule si bien exposée par Mme Lachapelle et à laquelle il n'a guère été touché (1).

(1) « Tout se passe à peu près encore, à l'heure actuelle, dans l'ordre institué par cette grande accoucheuse... et ce n'est certes pas le moindre éloge à faire de cette organisation que de lui voir bientôt atteindre son centenaire sans avoir subi, ni avoir à subir de modifications importantes. » (BOUILLY. *Discours prononcé le 24 juin 1886 à la distribution des prix de l'Ecole d'accouchement.*)

« Les élèves sages-femmes admises à l'école d'accou-
« chement doivent y servir au soulagement des ma-
« lades, autant qu'elles doivent s'occuper de leur propre
« instruction, tel est en effet le premier but d'un hos-
« pice. Cette nécessité les force à une étude pratique
« à laquelle elles doivent surtout la supériorité que
« ne peuvent leur disputer les élèves d'aucune autre
« école. Toutes doivent passer à l'hospice une année
« entière ; et un quart environ d'entre elles doublent
« volontairement l'année, et sert alors à diriger les nou-
« velles venues.

ARTICLE PREMIER. — *Instruction pratique.* « Les
« élèves nouvellement arrivées sont séparées en autant
« de groupes ou de divisions qu'il reste d'anciennes
« élèves qui doivent doubler leur cours. Celles-ci diri-
« gent la division qui leur est confiée, assistent aux
« accouchements simples, et indiquent à leurs compa-
« gnes les particularités du toucher, etc.

« 1° Les femmes qui arrivent du dehors sont d'abord
« touchées par la sage-femme en chef qui les admet ou
« les renvoie (on les accepte au terme de 8 mois) ; elles
« le sont ensuite par une division d'élèves.

« 2° Les accouchements *simples* sont tous faits par
« les élèves, en présence de la division et sous la direc-
« tion de l'*ancienne* qui lui sert de chef. Chaque élève
« soigne pendant sa couche la femme qu'elle a délivrée.
« A la moindre difficulté, la sage-femme en chef est
« avertie. L'accouchement exige-t-il les instruments,

« c'est elle-même qui l'opère ; est-il difficile, quoique
« la main seule suffise, c'est encore elle qui s'en charge ;
« mais les accouchements manuels faciles sont terminés
« *sous ses yeux*, par une *des anciennes*, en sorte que
« presque toutes ont, avant la fin de leur deuxième
« année, *fait un accouchement contre nature*.

« Les cas très compliqués, très épineux, ceux qui
« exigent l'instrument tranchant, requièrent la présence
« du professeur.

« 3° Que l'accouchement ait été facile ou non, les
« suites peuvent en être défavorables. La péritonite
« règne trop souvent dans nos salles et une foule d'au-
« tres maladies peuvent frapper les femmes en couches.
« C'est alors que, transportées à l'*infirmerie*, elles sont
« livrées à l'expérience consommée et à la vaste éru-
« dition du professeur Chaussier, médecin en chef.
« Sous ses yeux, plusieurs élèves sages-femmes notent,
« jour par jour et avec la plus scrupuleuse exactitude,
« les symptômes, les périodes, la terminaison des
« maladies, l'effet des médicaments, etc. ; elles s'accou-
« tument ainsi à reconnaître le danger, à le prévenir,
« et sinon à le combattre, du moins à réclamer à temps
« les secours de la médecine.

ARTICLE 2. — *Instruction théorique.* « La partie
« essentielle, la partie la plus exploitée, a trait, on le
« pense bien, à l'art des accouchements proprement
« dit. Trois fois par semaine le professeur leur en
« explique la théorie. Tous les jours une leçon leur est

17

« donnée par la sage-femme en chef, et tous les jours
« aussi une jeune personne (Mlle Hucherard) (1),
« imbue depuis huit ans des principes de son art et
« décorée du titre d'élève principale, leur en fait une
« semblable, et les exerce sur le manequin à la ma-
« nœuvre et au maniement des instruments.

« Parmi les *anciennes*, celles qui ont le plus de faci-
« lité à s'énoncer et d'aptitude à s'instruire, sont char-
« gées de *faire aux nouvelles*, distribuées comme pour la
« pratique, les répétitions des leçons du professeur, de
« la sage-femme en chef et de l'élève principale. Ce
« système se rapproche beaucoup de l'enseignement
« mutuel, et il en a tous les avantages.

« Les répétitions, il est vrai, ne sont pas exemptes
« d'erreurs; mais ces erreurs sont bientôt rectifiées par le
« livre de Baudelocque qu'elles ont entre les mains, et
« ces mêmes répétitrices mettent bien mieux les objets
« à la portée de leurs compagnes que ne peut le faire
« un professeur parlant de son estrade à cent vingt
« élèves.

« Malgré tant de soins pour la partie principale, les
« accessoires ne sont pourtant pas négligés. Sous la
« direction du médecin en chef, le pharmacien développe
« aux élèves les principes généraux de la botanique,
« et leur fait connaître les plantes et les drogues les
« plus importantes.

(1) Plus tard sage-femme en chef de la Maternité sous le nom de
Madame Charrier.

« De la même manière, l'élève en médecine attaché à
« l'hospice fait quelques démonstrations sur l'anatomie
« générale, sur celle des viscères, sur les principales
« fonctions, sur les muscles de l'abdomen, et enfin sur
« la saignée et la vaccine. Pour ces deux opérations, on
« ne se borne pas à des leçons théoriques, les élèves
« saignent et vaccinent autant de fois que l'occasion
« s'en présente et toujours devant l'élève en méde-
« cine.

« Tels sont les moyens d'instruction offerts aux
« élèves sages-femmes. Une administration prudente y
« a joint des encouragements utiles. A la fin de chaque
» année scolaire, on donne au concours plusieurs prix
« relatifs à l'art des accouchements et dont le premier
« est une médaille d'or; on donne aussi des prix rela-
« tifs à la vigilance clinique, à l'observation des mala-
» des, et enfin à l'étude de la botanique et de la vac-
» cine.

« D'après ces détails, on concevra sans peine d'où
« provient la considération dont jouissent généralement
« les sages-femmes sorties de notre École; on concevra
« aussi combien un tel établissement est précieux,
« quel vaste champ il offre à l'étude et de quelle utilité
« il peut être pour accélérer le perfectionnement de
« notre art. »

L'École de la Maternité acquit rapidement un déve-
loppement considérable; du 22 décembre 1802, jour
où l'École fut ouverte, jusqu'en l'année 1814, on y

reçut mille deux cent soixante-dix élèves sages-femmes.
Sur ce nombre cent quinze étaient entrées avant 1804 ;
les mille cent cinquante-cinq autres se répartissent
ainsi par cours et par années.

COURS	Nombre d'élèves	COURS	Nombre d'élèves
Juin 1804 à décembre 1804	30	Janvier 1808 à juillet 1808	81
Décembre 1804 à juin 1805	33	— 1808 à — 1809	121
Juin 1805 à décembre 1805	54	— 1809 à — 1810	129
Janvier 1806 à juillet 1806	43	— 1810 à — 1811	125
Juillet 1806 à janvier 1807	46	— 1811 à — 1812	142
Janvier 1807 à juillet 1807	33	— 1812 à — 1813	161
Juillet 1807 à janvier 1808	26	— 1813 à — 1814	131

Sur ce nombre de mille cent cinquante-cinq élèves,
on n'en comptait que cinquante-huit à leurs frais et
soixante-quatre pour le département de la Seine.
L'Italie avait envoyé cinq élèves, la Hollande trois, le
Zuiderzée une, et la Suisse deux.

Ainsi, disait le rapport de 1814, l'école d'accouchement est devenue un bienfait universel.

Pour couronner une carrière si bien remplie, Mme Lachapelle voulut, réunissant les notes recueillies chaque
jour sous sa direction, écrire pour ses élèves « un
recueil de conseils appuyés sur l'expérience et destinés
à perfectionner leurs études », et elle publia en 1820 le
premier volume de ses mémoires.

« On espérait bientôt jouir de la suite de cet ouvrage ;
« mais déjà madame Lachapelle portait le germe d'une
« maladie cruelle qui minait sourdement son existence.
« Sa patience, son courage, lui en firent négliger les
« commencements, et quoique déjà l'on remarquât sur
« ses traits une altération profonde, elle cachait soi-
« gneusement ses douleurs aux personnes qui l'entou-
« raient, et continuait l'exercice de ses fonctions ;
« cependant le mal faisait insensiblement des progrès
« qui la firent succomber le 4 octobre 1821, à l'âge
« de 52 ans.

« Quoique les noms de Baudelocque et de Mme Lacha-
« pelle, disait Chaussier à la distribution des prix de
« l'école, le 25 juin 1822, soient déjà inscrits d'une
« manière honorable dans le livre de la postérité, cepen-
« dant, comme l'un et l'autre ont beaucoup contribué
« à la gloire de cette école, qu'ils en sont en quelque
« sorte les fondateurs, il est à désirer de voir incrusté
« dans le mur de cet amphithéâtre qui a si souvent
« retenti de leur voix, un simple marbre qui rappelle
« aux élèves et aux étrangers, qui viennent visiter cet
« établissement, leurs premiers professeurs, les auteurs
« de sa célébrité et de son illustration. »

INDEX BIBLIOGRAPHIQUE

PREMIÈRE PARTIE

1. Lettres patentes de Francois Ier

2. Charte du xvᵉ siècle, *In*

3. Husson. Etudes sur les hôpitaux.

4. Les comptes de l'Hôtel-Dieu (1369-1599). (Arch. assist. publ.)

5. Compte de l'année 1378. *(Ibid.)*

6. Instructions familières et très faciles faites par questions et réponses touchant toutes les choses principales qu'une sage-femme doit scavoir pour l'exercice de son art, composées par Marguerite du Tertre, veuve du sieur de la Marche, maîtresse jurée sage-femme de la ville de Paris et de l'Hôtel-Dieu de ladite ville, en faveur des apprentisses sages-femmes dudit Hôtel-Dieu ;

à Paris, chez ladite veuve de la Marche, demeurant à l'Hôtel-Dieu. MDCLXXVII.

7. Arrêt du Parlement portant nomination d'administrateurs laïcs et règlement pour l'administration du temporel de l'Hôtel-Dieu de Paris, 2 mai 1505.

8. Registres des délibérations de l'ancien Bureau de l'Hôtel-Dieu, de 1631 à 1791 ; 161 registres manuscrits in-fᵒ, *passim.* (Arch. de l'assistance publique.)

9. Collection de documents pour servir à l'histoire des hôpitaux de Paris, commencée sous les

auspices de M. Michel Moring, continuée par M. Ch. Quentin, publiée par M. Brière, archi-

viste de l'administration, in-4°. Paris, Imprimerie nationale. T. I et II, 1881-1883.

DEUXIÈME PARTIE

1. Tenon. Mémoires sur les hôpitaux de Paris, imprimés par ordre du roi. Paris, in-4°, 1788.

2. Husson. loc. cit.

3. Malouin. Histoire des maladies épidémiques de 1746, observées à Paris. (In Histoire de l'Académie royale des sciences; année 1746. Paris, in-4°, 1751.)

4. Recueil de documents sur l'Hôtel-Dieu. (Arch. de l'assistance, n° 227.)

5. Code de l'Hôpital général. (Arch. de l'assist.)

6. Arrêt du Parlement du 6 décembre 1659, portant ordre au grand Bureau de recevoir sur les billets des Directeurs les pauvres affligez du mal vénérien. (In Code de l'Hôpital général, t. 1, p. 123.)

7. Abrégé historique de l'établissement de l'hôpital des Enfants trouvés; sans nom d'auteur. A Paris, chez Thiboust, imprimeur du Roy, in-4°, 1746. (In Code de l'Hôpital général. T. I, p. 475.)

8. Édit du Roi pour l'établissement de l'hôpital des Enfants trouvés uni à l'Hôpital général, du mois de juin 1670. (In Code de l'Hôpital général.)

9. Arrest de la Cour du Parlement du 8 août 1674, portant règlement pour la réception des apprentisses sages-femmes de l'Hôtel-Dieu. (In Recueil de doc. sur l'Hôtel-Dieu.)

10. Arrest de la Cour du Parlement du 16 février 1675, portant règlement pour les apprentisses sages-femmes de l'Hôtel-Dieu de Paris, et fixation des droits de leurs réceptions à la somme de 18 livres. (Ibid.)

11. La jurisprudence particulière de la Chirurgie en France, par Verdier, docteur agrégé au Collège royal de médecine de Nancy, et avocat en la Cour du Parlement de Paris. T. II, p. 448 et suiv. Paris, in-8°, 1764.

12. Mauriceau. Œuvres complètes; passim.

13. Peu (Ph.). La Pratique des accouchements, Paris, in-8°, 1694.

14. Portal. La Pratique des accouchements. Paris, in-4°, 1682.

15. SAVIARD. Recueil d'observations chirurgicales, nouv. édit. Paris, in-12, 1734.

16. LEVRET. Oberv. sur la cure radicale de plusieurs polypes, etc.

2e édition. Paris, in-8°, 1759.

17. DE LA MOTTE. Traité complet des accouchements, nouv. édit. Paris, in-8°, 1765.

TROISIÈME PARTIE

1. Almanach royal, années 1772 et suivantes.

2. Lettres patentes du roi, en forme d'édit, portant rétablissement de l'Hôtel-Dieu de Paris, données à Versailles au mois de mai 1773. (*In* Recueil de docum. sur l'Hôtel-Dieu. T. IV, p. 249.)

3. Arrêt du Conseil d'État du Roi, portant établissement d'une commission pour examiner les moyens d'améliorer les divers hôpitaux de la ville de Paris, du 17 août 1777. (*Ibid.* T. IV.)

4. Mémoire de la maladie qui a attaqué en différents temps les femmes en couches à l'Hôtel-Dieu ; imprimé à Paris chez Quellaie, rue du Fouarre, 1782.

5. Mémoire sur la maladie qui a attaqué en différents temps

les femmes en couches à l'Hôtel-Dieu de Paris, lu dans une des assemblées de la Faculté de médecine de Paris, dites *prima mensis*, suivi d'un rapport fait par ordre du gouvernement sur le même sujet. Paris, imprimerie royale, 1783.

6. Rapport fait par ordre du gouvernement sur une méthode employée par feu M. Doulcet, docteur régent de la Faculté de médecine de Paris, l'un des médecins de l'Hôtel-Dieu, dans le traitement d'une maladie qui attaque les femmes en couches, et que l'on connaît sous le nom de fièvre puerpérale. Lu dans la séance de la Société royale de médecine, tenue au Louvre le 6 septembre 1782. Paris, in-4°, 1782.

QUATRIÈME PARTIE

1. Procès-verbal de la Convention nationale, imprimé par son ordre. *In*-8° Paris, imprimerie

nationale. T. LXX. (An IV.)

2. Règlements des hôpitaux et hospices civils de Paris, depuis

l'installation du Conseil général créé le 27 nivôse an IX (17 janvier 1801) jusqu'au 17 juin 1818. (Archives de l'assistance publique.)

3. Renseignements statistiques sur les services d'accouchement dépendant de l'administration générale de l'Assistance publique de Paris, depuis 1802 jusqu'à nos jours. Paris, 1873.

4. Code spécial de la Maternité, 16 ventôse an X (17 mars 1802). A Paris, de l'imprimerie des sourds-muets, rue du Faubourg-Saint-Jacques, an X... *In* règlements des hôpitaux et hospices civils de Paris. T. II.

5. Comptes généraux des hôpitaux, hospices civils, enfans abandonnés, secours à domicile et direction des nourrices de la ville de Paris. An XI. Paris, à l'imprimerie des hôpitaux et hospices civils. An XIII (1805). In-4°.

6. Rapport fait au Conseil général des hospices par un de ses membres, sur l'état des hôpitaux, des hospices et des secours à domicile à Paris, depuis le 1er janvier 1804 jusqu'au 1er janvier 1814. Paris, in-4°, 1816. (Ach. de l'assistance.)

7. J.-L. Baudelocque. Discours prononcé à la distribution des prix faite aux élèves sages-femmes de la Maternité, le 27 frimaire an XIII.

8. J.-L. Baudelocque. Principes sur l'art des accouchements, par demandes et réponses. — Avertissement. Paris, in-12. 3e édit. 1806.

9. Mémoire historique et instructif sur l'hospice de la Maternité, par MM. Hucherard, Sausseret et Girault. Paris, de l'imprimerie des hospices civils, in-4°, 1808. (Arch. assis. publ.)

10. Notice sur la maison d'accouchement, rue de la Bourbe. (1817.) Mémoire manuscrit, sans nom d'auteur, dont je dois communication à M. Joré, directeur de la Maternité.

11. Mme Lachapelle. Pratique des accouchements. T. I. Introdution, *passim*. 1821.

12. Discours prononcé à la distribution des prix de l'École d'accouchement, par le professeur Chaussier, le 25 juin 1822. (*In* Mme Lachapelle. Pratique des accouchements. T. II. Paris, 1825, in-8°, p. 1.)

INDEX BIOGRAPHIQUE

BLONDEL (François). Né à Paris, docteur en 1632, professeur de botanique en 1647, doyen de la Faculté de médecine, de 1658 à 1660, mort à Paris le 5 septembre 1682.

BOUCHET OU BOUCHER. Accoucheur célèbre au XVIIe siècle, gendre de Delacuisse. Il assista, « dans un garde-robbe à côté de la chambre où elle accouchait, la reine Marie-Thérèse d'Autriche, femme de Louis XIV. » (Dionis.)

CAPON. Médecin de l'Hôtel-Dieu de 1638 à 1666. C'est à son instigation qu'en 1657 le Bureau décida que de temps en temps il y aurait dissection et anatomie de la matrice pour les apprentisses sages-femmes.

CASTAGNET. Maître chirurgien à Paris, opérateur de la taille à l'Hôtel-Dieu en 1659.

CLÉMENT (Julien). Né à Arles, vers 1650, serviteur, puis gendre de Jacques Lefèvre, accoucheur; maître en chirurgie, accoucheur de la Dauphine. Ennobli en 1711, mort le 7 octobre 1729, a été le maître de Puzos.

COL DE VILLARS (Hélie). Né en 1673 à La Rochefoucauld (Charente), docteur en 1713, doyen de la Faculté de médecine, 1740-1743. Médecin du Roi au Châtelet, médecin titulaire de l'Hôtel-Dieu, du 1er août 1736 jusqu'à sa mort en 1747.

COLIGNON. Chirurgien, un des quatre opérateurs pour la taille à l'Hôtel-Dieu en 1692.

COLLO (François). Fils de Philippe Collo, né vers 1630, lithotomiste de l'Hôtel-Dieu; de à

DELAUNAY. Médecin ordinaire de l'Hôtel-Dieu, de 1656 à 1666.

DIONIS (Pierre). Né à Paris, premier chirurgien de Mesdames les Dauphines, maître chirurgien juré à Paris, professeur d'anatomie et de chirurgie au jardin du Roy, mort à Paris le 11 décembre 1718.

EMMEREZ (l'ancien). Médecin ordinaire de l'Hôtel-Dieu, de 1682 à 1720.

ENGUEHARD. Reçu médecin ordinaire de l'Hôtel-Dieu en 1684, nommé médecin de l'hôpital des Incurables en 1709, après la mort de Tournefort.

De Félix (François). Conseiller et premier chirurgien de Louis XIV de 1655 à 1682, chef de la chirurgie du royaume. Son fils Félix (Charles-François) lui succéda dans sa charge et mourut en 1703.

Fontaine (Achille). Fils de Philippe Fontaine, médecin de l'Hôtel-Dieu, de 1710 à 1724. Né à Clermont (Oise) en 1704, docteur de Paris en 1732, il devint médecin de l'Hôtel-Dieu en 1743, professeur à l'École de médecine, de 1756 à 1759; mort le 3 février 1762.

De Garbes (père). Nommé cinquième médecin de l'Hôtel-Dieu (place nouvelle) en 1661, se retire en 1689. Le Bureau lui fit une pension de 400 livres jusqu'à sa mort.

Haran (Jacques). Reçu chirurgien ordinaire de l'Hôtel-Dieu en 1641, pour six ans. A l'expiration de sa charge, il continua charitablement ses opérations dans la salle des taillés de l'Hôtel-Dieu jusqu'en 1655.

Hecquet (Philippe). Né à Abbeville en 1681, d'abord étudiant en théologie, puis en médecine à Paris (1682), à Reims (1684), médecin des religieuses de Port-Royal des Champs, 1688, docteur de Paris en 1697, doyen de la Faculté de médecine en 1709 et 1712, mort le 11 avril 1737, chez les Carmélites du faubourg Saint-Jacques.

Delacuisse. Accoucheur fameux au XVIIe siècle. Il dormait souvent auprès des femmes en travail et était de son temps très stylé à ne s'éveiller ordinairement que quand l'enfant était au passage. (Mauriceau.)

La Moignon (Guillaume de). Premier président du Parlement de Paris, né en 1617, mort en 1677, fils de Chrétien de Lamoignon, président à mortier du Parlement de Paris, et de Marie des Landes, dite la mère des pauvres.

Levret (André). Né à Paris en 1703, mort le 22 janvier 1780. Membre de l'Académie de chirurgie, accoucheur de la Dauphine, mère de Louis XV, et le plus grand accoucheur de son siècle.

Louis (Antoine). Né à Metz le 13 février 1723, mort à Paris le 20 mai 1792. Chirurgien de l'Hôpital général à la Salpêtrière en 1744, chirurgien adjoint à la Charité en 1757, secrétaire perpétuel de l'Académie de chirurgie.

Malouin (Paul-Jacques). Né à Caen en 1701, docteur de Reims, 1724, de Paris, 1730, professeur de médecine au Collège de France, et de chimie au Jardin royal, membre de l'Académie des sciences (1742), mort à Versailles le 3 janvier 1778.

MARTEAU. Médecin expectant de l'hôpital des Incurables en 1680, titulaire en 1682, médecin ordinaire de l'Hôtel-Dieu en 1686.

MAURICEAU (François). Né à Paris en 1637. Maître ès arts, maître chirurgien juré et prévôt de la communauté de Saint-Côme. Le plus grand accoucheur de son temps ; mort en 1709.

MÉRY (Jean). Né à Vatan en Berry le 6 janvier 1645, compagnon chirurgien à l'Hôtel-Dieu en 1663, puis chirurgien ordinaire de l'Hôtel-Dieu, chirurgien de la Reine (1681), de l'Hôtel des Invalides (1683), membre de l'Académie des sciences (1684). Il fut nommé premier chirurgien de l'Hôtel-Dieu en survivance de Petit, en 1700, et remplacé par Thibault en 1720; mort le 3 novembre 1722.

MOREAU (les). Trois médecins de ce nom ont servi à l'Hôtel-Dieu de 1619 à 1706. Ce sont :

MOREAU (René). Docteur de la Faculté de Paris en 1618, médecin de l'Hôtel Dieu, de 1619 à 1756, doyen de la Faculté en 1630, 1631; mort le 17 octobre 1666. Praticien célèbre.

MOREAU (Jean-Baptiste). Fils de René, né à Paris en 1626, docteur en 1648, doyen de la Faculté de médecine en 1672 et 1673, médecin de l'Hôtel-Dieu de 1648 à 1681, professeur au collège royal, premier médecin de madame la Dauphine et de monseigneur le Dauphin, 1681, mort à Fontainebleau le 25 septembre 1693. Maître de Portal.

MOREAU (J.-B.-René). Fils du précédent, né en 1654. Docteur en 1667, succède à son père en 1681, comme médecin ordinaire de l'Hôtel-Dieu ; mort en 1706.

MORIN. Nommé médecin ordinaire de l'Hôtel-Dieu en 1682, en remplacement de Lamy ; médecin ordinaire de l'Hôtel-Dieu et de l'hôpital des Incurables.

MOTTE (Guillaume-Mauquest de la). Né en 1665, exerça avec distinction la chirurgie et les accouchements à Valognes (Manche), sa ville natale ; mort le 27 juin 1737.

PETIT (JACQUES). Maître chirurgien à Paris, nommé maître chirurgien de l'Hôtel-Dieu le 13 février 1654. En 1699 on décide, vu son grand âge et ses infirmités, de lui donner un remplaçant, Méry, qui fut nommé en 1700. Sur sa demande et « en considération de ses bons services de soixante et tant d'années, le Bureau décide qu'il sera enterré à l'Hôtel-Dieu (1708). »

PEU (Philippe). Prévôt et garde des maîtres chirurgiens, accoucheur, célèbre par ses discussions avec Mauriceau ; mort le 10 février 1707.

PORTAL (Paul). Né à Montpellier, maitre chirurgien à Paris ; mort en 1703.

DE SAINT-GERMAIN (Charles). Docteur de la Faculté de Paris, médecin ordinaire du roi, auteur de l'*Ecole des sages-femmes*. In-8, Paris, 1650.

DE SARTES. Nommé sixième médecin ordinaire de l'Hôtel-Dieu (place nouvelle) en 1661.

TENON (Jacques-René). Né à Secpeaux, près de Joigny, le 21 février 1724, chirurgien de première classe aux armées (1744), premier chirurgien de la Salpêtrière, agrégé au Collège et à l'Académie de chirurgie, professeur de pathologie en 1757, membre de l'Académie des sciences (1759), député à l'Assemblée législative, membre de l'Institut (1795) ; mort à Paris le 16 janvier 1816.

INDEX DES PLANCHES

Cette planche représente le second et troisième étages de l'Hôtel-Dieu de Paris dans le bâtiment méridional.

Fac-simile du Plan de Olivier Truschet et Germain Hoyau
dit Plan de Bâle.

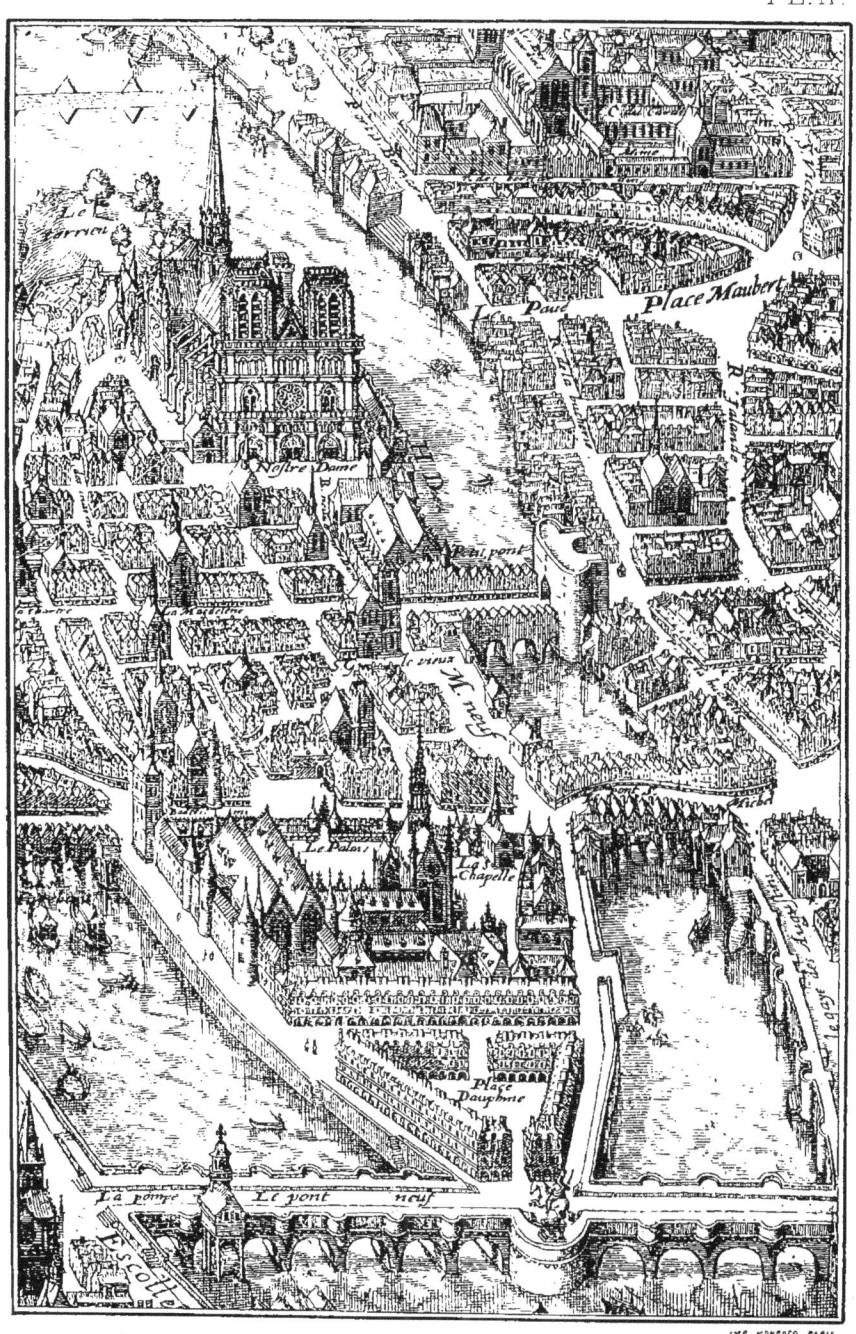

Fac-simile du Plan de Mathieu Mérian

Fac-simile du Plan de Turgot.

(Echelle réduite)

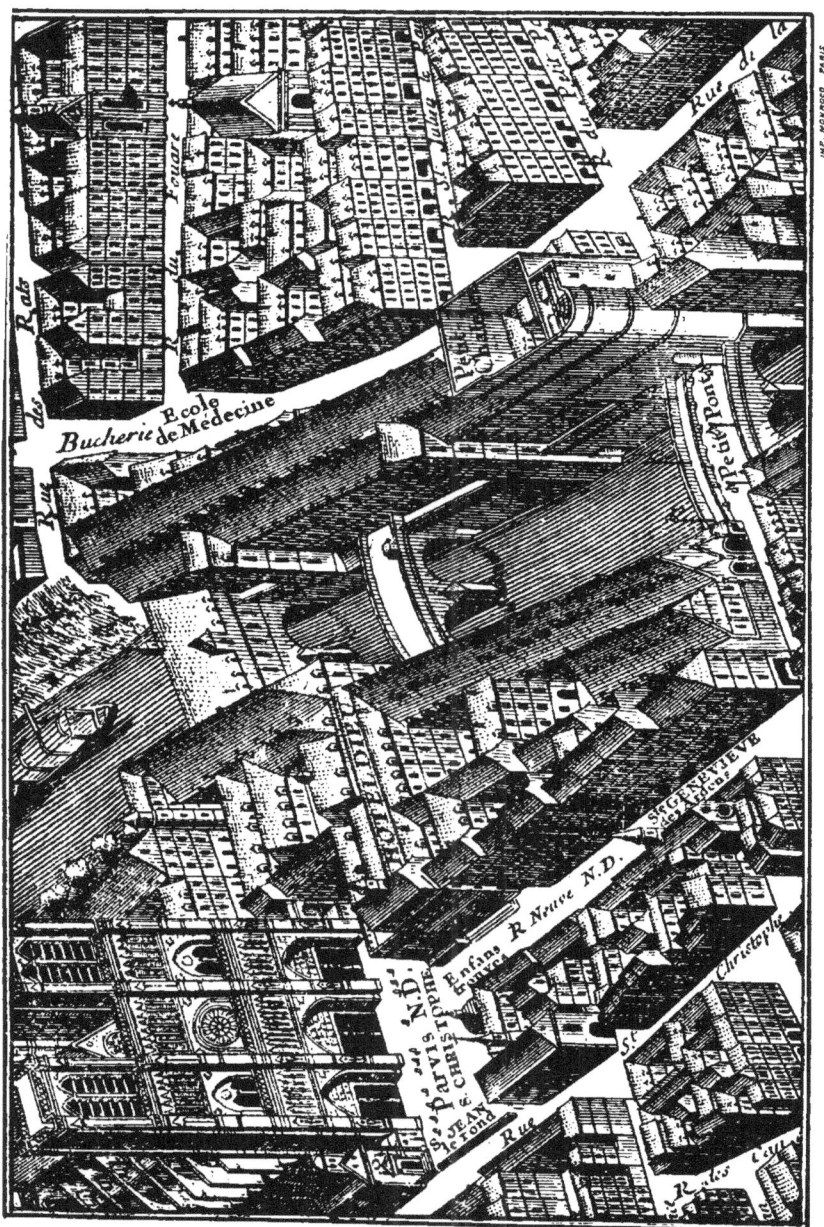

Les bâtiments de l'Hôtel-Dieu d'après le plan de Turgot.

(Echelle du plan original.)

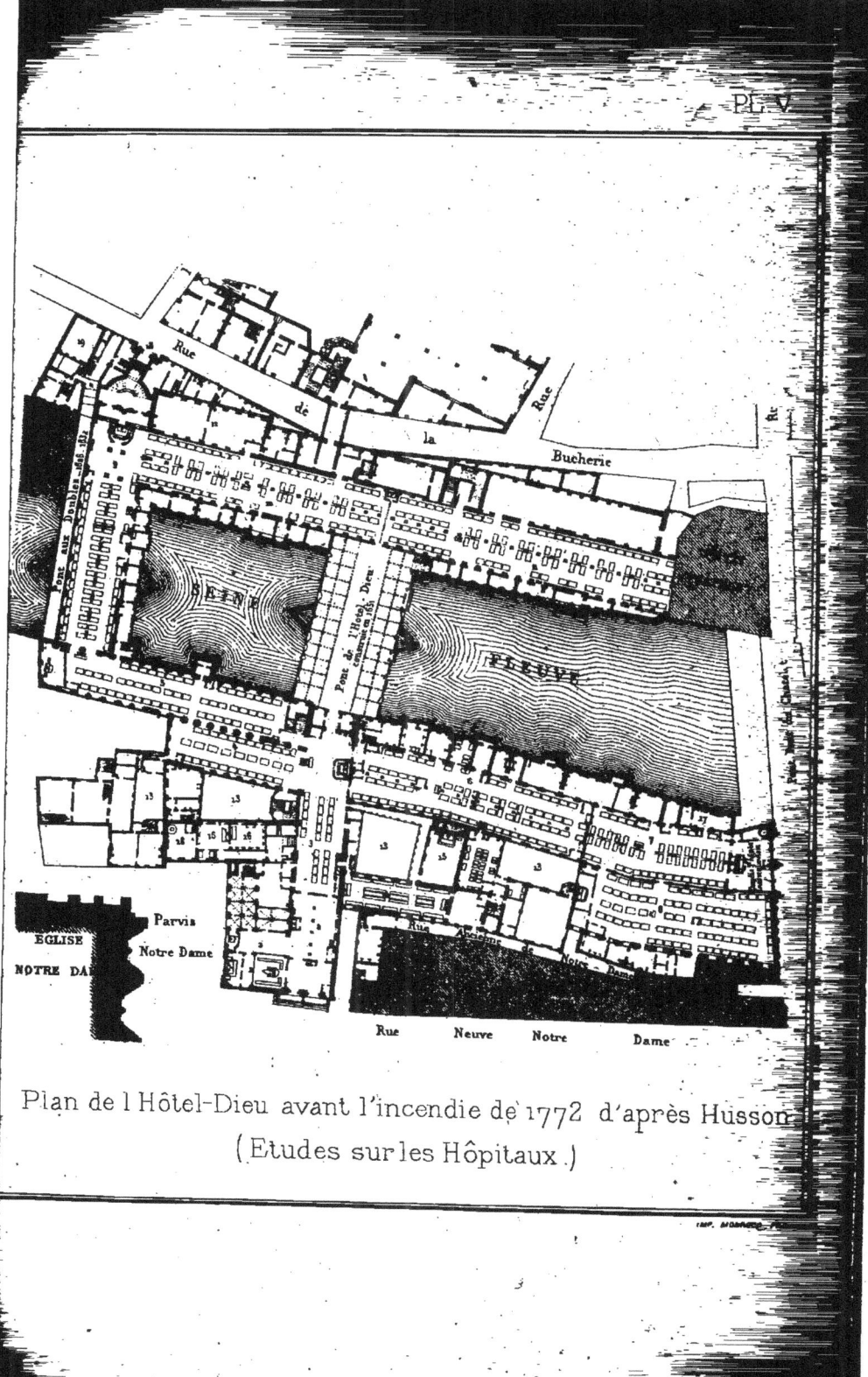

Plan de l'Hôtel-Dieu avant l'incendie de 1772 d'après Husson
(Etudes sur les Hôpitaux.)

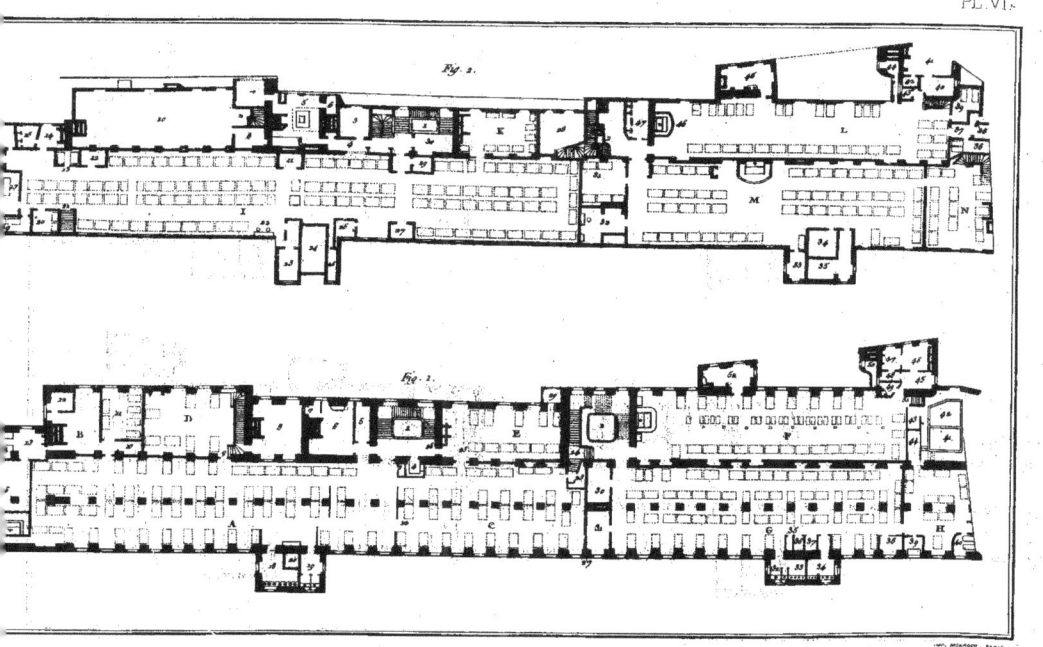

Plan des deuxième et troisième étages du bâtiment méridional de l'Hôtel-Dieu, vers 1780, d'après Tenon.

Fig 1 _ Office des accouchées _ Fig. 2 _ Salles St Landry et Ste Monique où fut transféré le service en 1787.

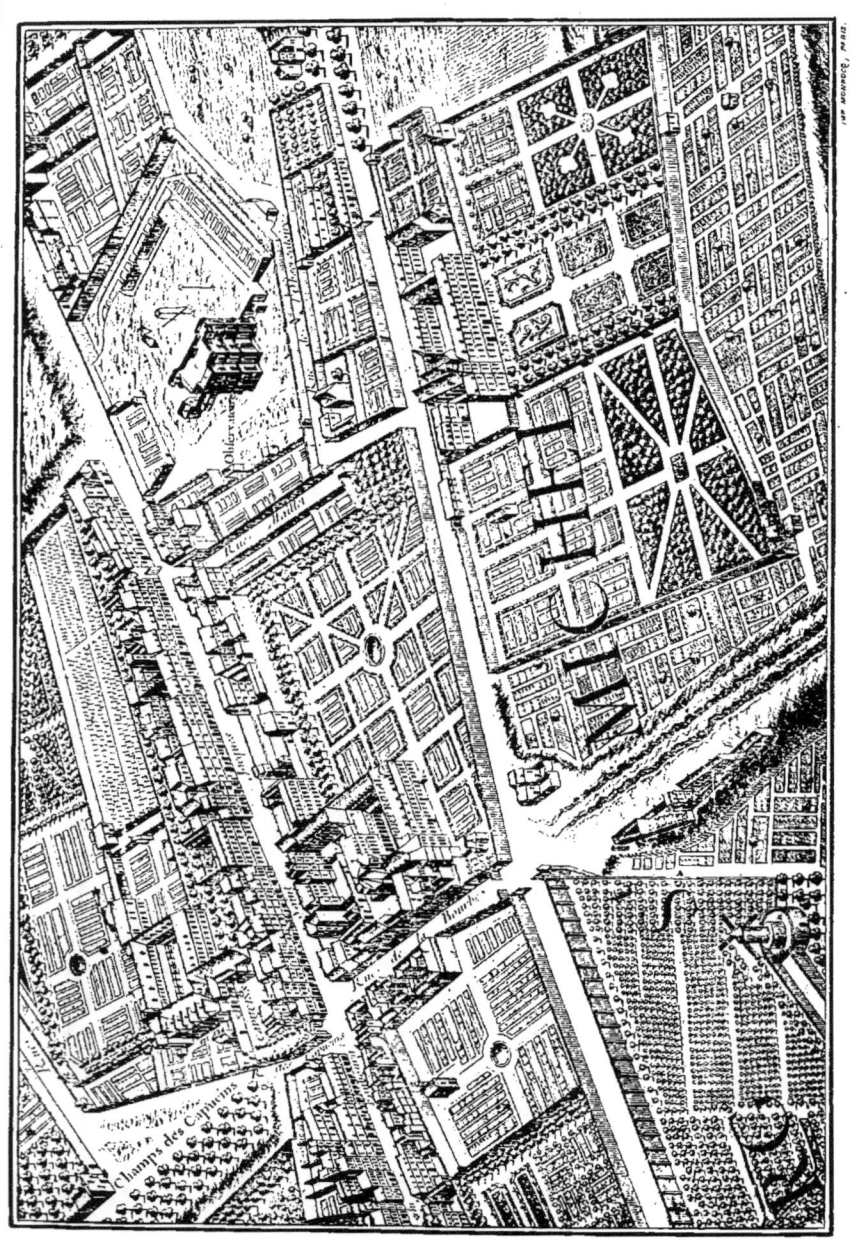

Port-Royal et l'institution de l'Oratoire — Fac-simile du Plan de Turgot.

(*Echelle réduite.*)

Planche IX

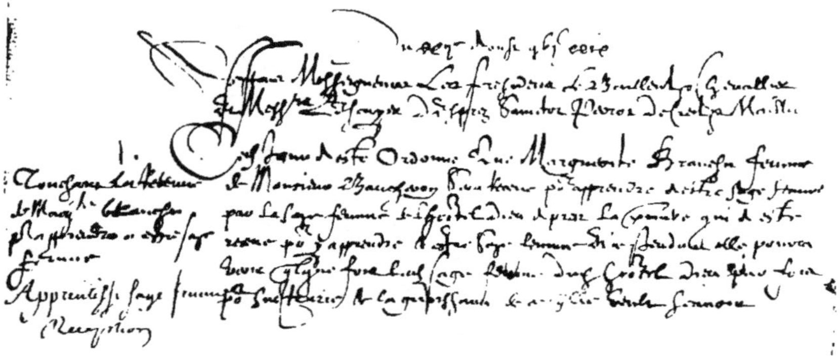

Planche VIII

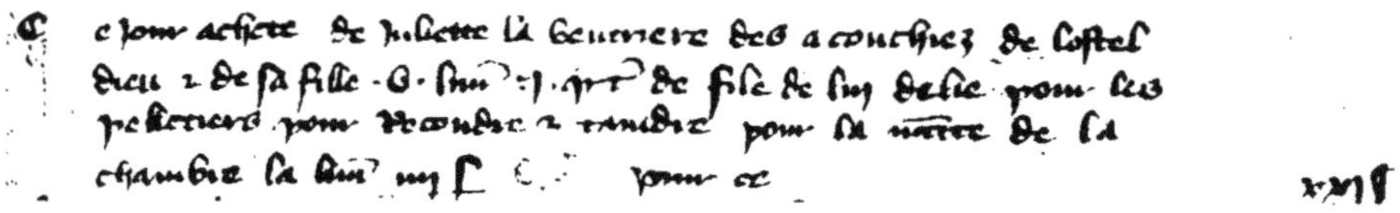

5 Jan.ᵉ 1646 307.

en adinbtessant les adsudicataine
au paravane

A usq. [...] gaigne le sgr [...]
a tibie ce sh [...] par [...]
Cinq [...] sur

[...] d'anttant quil ne fist tronue aud [...]
l adsuderacy a esh [...] a [...]
[...] quil [...] mil du [...]
[...] pour [...] fay tout [...]
que les adsudicataire [...]
[...]

3ᵒ. [...]   Cuy Tone [...] que la [...]
[...]   [...] us id ban[...] a [...]
[...]   [...] mongela [...]
[...] la [...] duy [...] dela [...]
a [...] [...] ausy [...]
[...] par nil [...] duy [...]
[...]

DESMOUREZ

14 Novembre 1657

Rivière de Soigne estre malade de l'Hostel Dieu, comme tout estre medicin ordinaire d'iceluy, mais il estoit la liberté de luy estre ostée ly ceulx trisble, accause qu'il n'estoit pas suivy decelui d'ela fuuelle de medicin, il prie la Compagnie de luy accordé sa requête a presenté, qu'il est pourveu doctéur il y a plus de quatre mois, et luy donné soy desanchissement, comme aux autres medicins, l'afaire mise en déliberation. La Compagnie a arresté, qu'il en sera communiqué ausdite siduts medicins, pour estre déliberé au Bureau - avant le prochain jour de Januée prochain.

6
Sage femme aprentisse — Monsieur Perrichon a dit, que le sieur Savry
des femmes — s'est plaint a luy, que dans l'estre interrogatoire qu'il
des femmes en 1657, art. 9 — fait aux aprentisse sage femme, qui desire estre reçue maistresse a Paris, il trouve qu'icelles, qui ont fait leur aprentissage a l'Hostel Dieu, ont fort peu de connoissance de ce qui concerne la matière : que cela procède du défaut de faire dissection de anatomie à iceulx present; l'afaire mise en déliberation.

La Compagnie a arresté, que de dorénavant il y aura estre fait dans l'Hostel Dieu dissection et anatomie de la matière : ce qui ne se fera maintenant, sinon aux la permission pour estre de quelque un de M.M. sieurs du Bureau, ayant soin de la chirurgie + que les aprentisse dudit Hostel Dieu, tant celles que auront desja fait leur aprentissage, que celles qui le doivent faire y seront presente, et non ailleurs : qu'on ne prendra d'icelles aucune chose pour leur faire ceste dissection, et telle autre ny indifferent : que les sagesfemmes de l'Hostel Dieu sera la liey, et que ce médecin de l'estat des accouchés y sera presente, pour copier ou adjouster ce qu'il jugera a propos, aux qui aura esté du paulindit Sagefemme.

+tout autre au nombre de quatre au moins

6 auril 1663

de Monseigneur le premier Président, qui viendra dimanche
prochain au soir à Paris, qu'il n'y a il St-paul audit
Seigneur premier Président [...] au conseil, que quand on
[...] dire [...], que le Bureau [...] suive
[...] aussi tout ce qui concerne le
spirituel dudit Saint [...].

Monsieur Perrin a dit, que depuis quelque temps
plusieurs femmes accouchent dans l'Hostel Dieu étant
[...] accouchées, il a désiré de savoir
la cause, que [...] a fait assembler dix veyx
de plusieurs de[...] femmes mortes, [...]
[...] médecine de l'Hostel Dieu, et du Sieur Bouchet
Chirurgien [...] aux accouchées, appellé [...] ce
[...] qui ont trouvé auxdites femmes la médecine
[...] générale et inutile, qu'on n'a pu découvrir au
vrai, [...] provient de la faute et ignorance de la
Sage femme, ou de quelque mauvaise constitution : et
[...] pouvant être [...], et ce qu'il s'est fait grand
nombre de mauvaises couches dans la ville; [...]
[...] en délibération, La Compagnie a arrêté, que ledit
Sieur Bouchet Chirurgien [...] pris, de donner une
[...], qui travaillera dans l'Hostel Dieu au plustost
[...] pendant quinze jours, pendant lequel le Sieur
de Villy s'abstiendra de toucher auxdites femmes : à quoi
elle sera disposée par Messieurs Perrin et Perrin, qui la
verront pour cet effet : et ledit Sieur Bouchet pour d'y
[...] lui rendant travaillé, et bien travaillé [...]
souvent qu'il pourra, pendant ladit quinzaine, pour [...]
[...] de délibérer sur ce qu'il y aura à faire, s'il y a quelque
air qui soit dans la Salle des accouchées [...]

A.
femmes en
couche.
fièvre puerpérale
Gratification par
le Rd à la M.esse
sage femme.

Monsieur le Couteulx de Mortron a dit, qu'il avoit reçu Mercredi au soir en revenant du Bureau une lettre de M. le Lieutenant Général de Police qui lui annonce que le Roi a bien voulu accorder à la maitresse Sage femme de l'Hôtel-Dieu une gratification extraordinaire de six cent livres, et qu'il y avoit joint la lettre à lui adressée par le Ministre des finances qui lui en donne avis, et le prie d'en instruire MM. les administrateurs au désir desquels Sa Majesté a bien voulu déferer.

Sur quoi la matiere mise en délibération,

La Compagnie a arrêté qu'il sera écrit au Ministre des finances et à M. le Lieutenant Général de Police pour les remercier, ce qui a été fait à l'instant et que lesd. deux lettres au Ministre des finances et de M. le Lieutenant Général de Police seront remises entre les mains de la maitresse Sage femme qui sera mandée à cet effet pour l'informer des bontés de Sa Majesté.

On a dit au Bureau que monsieur
Perreau estant decedé oirentrerré cejourdhy
dans le Chœur de leglise delost Dieu
proche le lieu oumessieurs gardent les
reliques lesjours depardon; et fait
Lhotel Dieu son legataire Vniuersel a
la charge de diuers Legats particuliers
quil acreu pouvexécutteuot le Bureau
quil apriue don remettre leSoin a
messieurs Bampy lefaiin et bachelier
quel Ceuel acté apposé Suucereffere
Incontinem apres Con deudres, a la
regatte delhotre Dieu; quil fault
donner ordre deleleuer et fairejuré
Surquoy lacompagnie ayant accepté
ledit Legs et laiz lexcution testam
et Designation deceux qui domeins auoir
Soin de Ladite Exécution dequoy
elle ha prié et Hir tous promus et
arrete queledit Scelle Sera leué de
Lundy prochain que linuentaire Sera
fait par leSieur Chuppin Notaire
del hotel Dieu qui aura pour Collegue
LeSieur Billault dont leurs Deffum
Je Seruoit en seur affaires et aauené

Légis Perreau